KB196836

피터팬과 웬디

피터팬과 웬디

초판 1쇄 인쇄 2025년 1월 22일
초판 1쇄 발행 2025년 1월 27일

지은이 제임스 매슈 배리
옮긴이 미하
펴낸이 남기성

펴낸곳 주식회사 자화상
인쇄,제작 데이타링크
출판사등록 신고번호 제 2016-000312호
주소 경기도 고양시 덕양구 꽃마을로 34, 1006호,1007호(향동동, DMC스타팰리스)
대표전화 (070) 7555-9653
이메일 sung0278@naver.com

ISBN 979-11-94440-02-4 03840

피터팬과 웬디

제임스 매슈 배리 지음 | 미하 옮김

자화
상

| 차례 |

Chapter
1

피터 팬,
장막을 뚫다

모든 아이는 자란다, 단 한 명은 제외하고. 아이들은
자신들이 자라날 것이란 걸 문득 깨닫는데, 웬디도 어느
날 이를 알게 되었다. 두 살 무렵의 어느 날, 정원에서 놀
던 웬디는 꽃을 하나 따서 엄마에게 달려갔다. 그 모습이
무척이나 사랑스러웠는지 달링 부인은 가슴에 손을 얹은
채로 감탄하며 말했다.

"왜 이 모습으로 영원히 있을 수 없는 거니!"

이 주제로 그들이 나눈 말은 이게 전부였지만, 웬디는
그 일로 자신이 반드시 자랄 것이라는 걸 알게 되었다.
두 살은 끝이자 시작이다.

그들은 14번지에 살았고 웬디가 태어나기 전까진 가
정의 중심이 달링 부인이었다. 그녀는 낭만적인 감성의
소유자이자 입꼬리가 살짝 올라가 귀여운 입 모양을 가

진 사랑스러운 여성이다. 그 낭만적인 감성은 마치 신비로운 동양에서 건너온 요술 상자 같았다. 겹겹이 작은 상자가 들어 있어서 몇 번을 열어도 항상 하나가 더 나올 것처럼 달링 부인은 늘 새로운 사람이었다.

달링 씨가 그녀를 쟁취한 경위는 이랬다. 그녀가 소녀였을 때 많은 청년이 그녀를 사랑했고, 그녀에게 청혼하기 위해 모두 그녀의 집으로 달려갔다. 오직 달링 씨만이 잽싸게 택시를 잡아탔고, 그렇게 그는 그녀를 얻었다.

그는 그녀의 모든 것을 얻었다. 가장 내밀한 상자와 그 키스만은 제외하고 말이다. 그는 그 상자에 대해선 결코 알지 못했고, 그 키스를 얻으려는 노력도 곧 포기했다. 장난기 가득한 모양의 입술로 건네는 키스를 웬디 또한 한 번도 받지 못했다. 그 키스가 오른쪽 입가에 분명히 존재했는데 말이다. 나폴레옹이라면 그걸 가질 수 있었을까? 글쎄, 아마 그도 노력하다가 이내 화가 나서는 문을 쾅 하고 세게 닫아버리지 않았을까.

달링 씨는 "네 엄마는 나를 사랑하는 것뿐만 아니라 존경한단다."라며 웬디에게 뽐내곤 했다. 그는 주식이나 채권 같은 것에 대해서 빠삭한 사람이었다. 물론 그걸 진짜로 아는 사람은 없겠지만, 아무튼 그는 꽤 잘 아는 것처럼 보였고, 주식이 상승한다거나 채권이 하락하는 것에 대해 종종 말하곤 했다. 그리고 이런 식의 얘기들은 어떤 여성이라도 그에게 호감을 품게끔 했다.

달링 부인은 하얀색 드레스를 입고 결혼했다. 그리고 처음에는 가계부를 게임이라도 하는 것처럼 즐거워하며 완벽히 작성했다. 방울양배추 하나조차 빠트리는 일 없이 말이다. 그러나 곧 콜리플라워를 빼먹었고, 대신 그 자리는 얼굴이 없는 아기들의 그림으로 채워졌다. 그녀는 총계를 내 계산해야 할 때면 그림을 그렸다. 그 아기들은 모두 달링 부인의 상상 속 인물이었다.

웬디가 처음으로 태어났고, 그다음은 존, 그다음은 마이클이었다.

웬디가 태어나고 한 주 혹은 두 주 동안 그들 부부는 웬디를 키울 수 있을지에 대한 의구심이 들었다. 먹여야 하는 입이 하나 더 늘어났기 때문이었다. 달링 씨는 웬디를 매우 자랑스러워했지만, 그와는 별개로 명예를 대단히 중히 여기는 사람이었다. 그는 달링 부인의 침대 가장자리에 앉아 그녀가 그를 간절히 바라보는 동안, 아내의 손을 잡은 채 비용을 계산했다.

"지금은 방해하지 말아요." 하고 그는 거의 간청하듯 말하곤 노트에 펜을 놀렸다.

"나에겐 지금 1파운드 17실링이 있고, 사무실에는 2실링 6펜스가 있어. 사무실에서 커피를 끓을 수 있을 테니까 그게 10실링쯤 된다 치고, 그럼 2파운드 9실링 6펜스가 돼. 당신이 가진 18실링 3펜스를 더하면 3파운드 9실링 7펜스, 거기다 내 수표책에 있는 5파운드 0실링 0펜스를 더하면 8파운드 9실링 7펜스가 돼. 누가 움직이는 거지? 8파운드 9실링 7펜스, 여기서 자리 올리면 7. 여보, 말하지 말아요. 그리고 당신이 그 문간에 와 있던 남자에게 빌려준 1파운드. 웬디, 조용히. 여기서 자리 올리고, 얘. 거기, 아이고, 저질러버렸네! 내가 9파운드 9실링 7펜스*라고 했던가? 그래, 9파운드 9실링 7펜스라고 했지. 문제는 우리가 9파운드 9실링 7펜스로 일 년을 살 수 있냐는 거야."

"물론이에요, 조지."

달링 부인이 고개를 끄덕이며 말했다. 그러나 그녀는 웬디의 편에 서서 판단하는 입장이었고, 부부 둘 중에는 그의 성격이 좀 더 강한 편이었다.

---

* 여기에서의 계산은 8파운드 7실링 9펜스가 되어야 맞다. 달링 씨의 계산이 틀렸음을 보여주는 장면이다. 이 작품이 쓰인 시기의 통화 시스템은 파운드(Pound), 실링(Shilling), 펜스(Pence), 기니(Guinea) 등으로 구성되어 있다. 1파운드는 20실링, 1실링은 12펜스이다. 펜스(Pence)는 페니(Penny)의 복수형이다.

"볼거리'도 생각해야지." 하고 그는 위협하듯 경고하며 다시 계산을 시작했다.

"볼거리 1파운드, 이건 적었어. 하지만 아마 30실링 정도 들 거야. 말하지 마요. 홍역 1파운드 5실링, 독일 홍역은 반 기니**, 다 합치면 2파운드 15실링 6펜스야. 손가락 흔들지 마요. 백일해는 15실링 정도야."

이런 식으로 계산은 계속됐고, 매번 다르게 금액이 조금씩 늘어났다. 하지만 웬디가 이 병들을 앓았을 무렵, 볼거리는 12실링 6펜스로 줄어들었고, 두 종류의 홍역은 하나의 질병으로 취급되었다.

존이 태어났을 때도 같은 소동이 있었고, 마이클 때는 그야말로 아슬아슬하기까지 했다. 그럼에도 달링 부부는 삼 남매를 모두 양육했고, 보모를 따라 일렬로 늘어서 유치원에 가는 세 아이를 곧 볼 수 있게 되었다.

달링 부인은 무엇이든 정확하고 완벽한 것을 좋아했고, 달링 씨는 이웃이 하는 것은 똑같이 다 하려는 열망이 있었기에 그들 부부는 당연하게도 보모를 두었다. 아

---

* 유행성 이하선염. 2~3주일의 잠복기를 거쳐 귀밑의 이하선이 부어오르고 열이 나는 전염병의 일종.
** 1기니는 21실링으로 1파운드 1실링보다는 약간 적은 금액이었다. 따라서 반 기니는 약 10.5실링 정도에 해당한다.

이들이 마시는 우유의 양이 어마어마해서 그들은 가난할 수밖에 없었다. 아이들의 보모는 성격이 온순한 뉴펀들랜드종의 강아지로 이름은 '나나'이다. 달링 부부는 켄싱턴 가든에서 이 개와 안면을 익혔는데, 그들이 데려오기 전까지 나나에게는 딱히 주인이 없었다. 나나는 항상 아이들을 중요하게 여겨서 하루의 대부분을 유모차를 들여다보는 데 썼다. 그래서 주변의 다른 부주의한 보모들에게 미움을 샀다. 그들의 안주인들이 나나만큼 주의를 기울여 달라 투덜대고 불평을 해댔기 때문이었다.

나나는 보모로서 정말로 보석 같은 존재였다. 목욕 시간에는 철두철미했고, 자신이 돌보는 아이가 얕은 울음소리라도 내면 밤중 어느 때라도 벌떡 일어났다. 나나의 개집은 아이들 방에 있었다. 아이가 기침이라도 하면 그것이 단발성인지 아닌지, 목에 가제수건을 둘러줘야 할 때가 언제인지를 귀신같이 알았다. 특히 아이들이 학교에 갈 때 앞장서서 안내하는 모습을 보면 나나가 천재 개라는 걸 바로 알 수 있었다. 아이들이 제대로 가고 있으면 그 옆에서 침착하게 걸었고, 아이들이 흩어지거나 하면 다시 줄을 맞추게끔 머리로 아이들을 밀어 넣었다. 심지어 존이 축구 수업이 있는 날에는 스웨터를 절대로 까먹지 않았고, 비가 내릴 때를 대비해서 입에는 우산을 물고 다녔다.

유치원 지하실에는 보모들이 대기하는 방이 하나 따로 있었는데, 나나도 그곳에서 함께 아이들을 기다렸다. 나나는 바닥에 누워서, 다른 보모들은 긴 의자에 앉아서 기다린다는 것만이 유일한 차이점이었다. 다른 보모들은 나나가 그들보다 사회적 지위가 낮다고 여겨 무시했고, 나나는 그들의 가벼운 대화를 경멸했다.

나나는 달링 부인의 친구들이 아이들 방에 오는 걸 너무너무 싫어했지만, 그럼에도 그들이 방문할 때면 마이클에게 아이용 점퍼스커트*를 벗고 파란 자수가 들어간 옷으로 다시 갈아입도록 했으며, 웬디에게 차림새를 반듯하게 매만지도록 하고, 재빠르게 존에게 머리를 손질하도록 했다. 그 어떤 유치원 교사도 이보다 손님맞이를 잘 지도하지는 못했을 것이다.

달링 부인은 나나가 제 역할을 잘하는 걸 잘 알고 있었지만, 달링 씨는 이웃들이 뭐라 하는지에 대해 때때로 불안해하고 걱정하며 궁금해했다. 그는 이 도시에서의 사회적 위치를 고려해야 했다.

---

* Jumper skirt. 블라우스 위에 입는, 소매 없는 웃옷과 스커트가 한데 붙은 옷.

나나는 또 다른 점에서 달링 씨에게 골칫거리였다. 달링 씨는 가끔 나나가 자신을 존경하지 않는 듯한 느낌을 받았다.

　"나나는 당신을 어마어마하게 존경해요, 조지."

　달링 부인은 그에게 이렇게 장담하고선, 아이들에게는 아버지를 특별히 더 잘 대하라고 주의를 주었다.

　가족끼리 즐거움에 겨워 다 함께 춤이라도 추면 그들의 유일한 사용인이었던 리자도 종종 합류했다. 체구가 작은 리자가 긴 치마를 입고 하녀 모자를 쓰면 작은 땅꼬마처럼 보였다. 그 차림새로 그녀는 다시 열 살이 된 것처럼 흥겹게 춤을 췄다.

　그중에서도 가장 즐겁게 춤을 추는 사람은 달링 부인이었다. 발끝으로 빙빙 도는 춤을 어찌나 격렬하게 췄던지 함박웃음을 짓고 있는 입밖에 보이지 않을 정도였다. 만약 그 순간 그녀에게 돌진했다면 아마도 입맞춤을 얻을 수 있었을지도 모른다.

　'피터 팬'이 나타날 때까지 이렇게 소박하고 행복한 가정은 없었다.

　달링 부인이 피터 팬에 대해 처음 알게 된 건 아이들을 생각하며 마음가짐을 정돈했을 때였다. 이건 거의 모든 엄마가 아이들을 재운 후에 밤마다 규칙적으로 하는 행동으로, 바로 내일 아침을 위해 마음가짐을 정리하고 오늘 낮 동안 여기저기 흩어져 있었던 많은 생각과 감정, 경험을 정돈하는 일이다. 만약 어렸을 때 잠든 도중에 깼다면 엄마가 그러고 있는 모습을 볼 수 있었을 테고, 그 모습을 지켜보는 게 얼마나 흥미로운 일인지 알 수 있었으리라.

마음가짐의 정돈은 마치 서랍 정리와도 비슷하다. 왠지 그 일은 무릎을 꿇고 할 것 같다고 생각할지도 모르겠다. 그런데 자세는 중요한 게 아니라 그저 그날 하루 아이들의 행동을 돌이켜보며 마음속을 들여다보는데 초점을 두어야 한다. 못 보던 장난감이 보이면 아이가 그것들을 어디에서 주워 왔는지 궁금해하고, 어떤 게 좋고 나쁜지 찾아내면서, 새끼 고양이처럼 그것들을 뺨에 대어보기도 하고, 눈에 보이지 않는 곳에 급히 집어넣거나 하는 식이다. 아이가 아침에 깨어나면, 잠자리에 들기 전 가졌던 장난기와 나쁜 마음은 작게 접힌 채로 아이의 마음속 맨 밑바닥에 놓이도록 정리해주는 것이다. 아이의 마음 속 맨 꼭대기에 예쁜 생각을 금방 걸칠 수 있도록 엄마는 그것을 환기시켜 펼쳐 준비해놓는다.

의사들은 때때로 환자의 몸속을 지도로 그리곤 한다. 그런데 사람의 마음을 그린 지도를 본 적이 있는가. 마음의 지도를 그리는 일은 몹시 흥미로운데, 아이의 마음 지도를 그리는 일은 그렇지 않다. 혼란스러워 종잡을 수 없고 항상 바뀌기 때문이다.

아이의 마음을 그린 지도에는 지그재그로 된 선들이 있는데 이건 마치 진료 카드 위에 체크해놓은 심전도처럼 보인다. 그 선들은 필시 섬 안의 도로 모양일 것이다. 왜냐하면 아이의 마음은 대체로 섬의 모습이기 때문이다. 그곳엔 놀랍고 알록달록한 얼룩이 여기저기에 있고, 앞바다에는 산호초와 멋지면서도 어딘지 위험해 보이는 배가 있고, 야만인과 인적이 드문 동굴, 대부분이 재단사인 땅요정, 강이 흐르는 동굴, 여섯 명의 형을 둔 왕자들, 썩어가는 오두막, 매부리코를 가진 키 작은 노파가 있을 것이다.

이게 전부였다면 그건 쉬운 지도였을 테다. 거기엔 학교에서의 첫날, 종교, 아빠, 둥근 연못, 바느질, 살인, 교수형, 간접 목적어를 갖는 동사들, 초콜릿 푸딩 먹는 날, 치아 교정기 착용, 99까지 세기, 혼자서 이를 뽑으면 3펜스 받기 등등이 있다. 이는 섬의 일부이거나 다른 아이의 섬이 비쳐 보인 것이다. 모두 다소 혼란스러운 것이며 특히나 가만히 멈춰 있는 것은 하나도 없다.

섬의 모습은 무척 다양하다. 예를 들어 존의 섬에는 작은 석호* 위를 날아다니는 홍학들이 있고 그는 그것들을 사냥하고 있다. 반면에 막내 마이클의 섬에는 한 마리의 홍학이 있고 그 위로 석호들이 날아다녔다. 존은 모래 위에 뒤집어진 배 안에 살았고, 마이클은 원형으로 된 원주민의 천막 아래 살았다. 웬디는 잎을 솜씨 좋게 엮은 집에서 친구들과 함께 살았다. 존은 친구가 없었고 마이클은 밤에는 많은 친구가 있었으며, 웬디에게는 부모에게서 버림받은 애완 늑대 한 마리가 있었다.

대체로 섬에는 가족적인 유사함 같은 게 있었는데, 가령 서로 코가 닮았다든지 하는 것이었다. 이 마법의 바닷가에서 아이들은 코러클 배**들을 기슭으로 가져와서 아주 오랜 시간 동안 놀곤 했다.

누구나 네버랜드에 가본 적이 있다. 어른은 여전히 밀려드는 파도 소리를 들을 수 있지만 더 이상 그곳에 가지는 않는다.

이 모든 매력적인 섬 가운데에서도 네버랜드는 가장 아늑하고 오밀조밀하다. 너무 넓지도 불규칙하게 뻗어

---

* 해안가에 형성되며, 주로 모래톱이나 산호초에 의해 바다와 분리된 물의 고인 곳을 말함. 석호는 해수와 담수의 혼합물로, 염도가 다양하고, 주로 바다와 연결되어 있어 조수의 영향을 받는다.

** Coracle. 웨일스와 아일랜드에서 타는, 동그랗고 작은 배.

있지도 않았고, 알다시피 하나의 모험과 다른 모험 사이의 거리가 지루할 정도의 거리도 아니었으며 좁은 공간 안에 들어갈 것은 다 들어가 있었다.

의자와 테이블보를 이용해서 낮에 놀 때면 그다지 와닿지 않지만, 잠들기 직전 2분 동안에는 매우 실감 난다. 이것이 야간등이 필요한 이유이다.

달링 부인은 아이들의 마음속을 여행하다가 가끔 이해할 수 없는 것들을 발견하곤 했는데, 그중에서도 가장 당혹스러운 건 '피터 팬'이라는 단어였다. 그녀는 그 어떤 피터 팬도 알지 못했지만, 존과 마이클의 마음 여기저기엔 피터 팬이라는 이름이 있었고, 웬디의 마음속에는 그 이름으로 온통 낙서가 되어 있었다. 그 이름은 다른 단어들보다도 더 굵은 글씨로 적혀 있었는데, 달링 부인은 어쩐지 자신이 쳐다볼 때마다 그 이름이 우쭐대는 느낌을 받았다.

"맞아요. 걘 좀 거들먹거리는 편이에요."

웬디는 유감스럽다는 듯이 그 점을 시인했다. 달링 부인은 웬디에게 물었다.

"대체 걔가 누구니, 아가?"

"피터 팬이잖아요. 엄마도 아시면서."

달링 부인은 처음에는 영문을 몰랐지만, 어린 시절의

기억을 곰곰이 더듬고 나서야 요정들과 함께 산다고 했던 피터 팬을 겨우 떠올려냈다. 세간에는 피터 팬에 대한 이상한 이야기가 있다. 아이들이 죽을 때면 피터 팬이 동행해서 아이들이 두렵지 않도록 해준다는 이야기였다. 달링 부인도 어렸을 때는 피터 팬을 믿었으나, 결혼을 하고 현실적으로 생각하게 된 지금에 와서는 그런 사람이 과연 있을까 의심이 들었다.

"게다가 피터 팬은 지금쯤이면 다 자랐을 텐데."

"아니에요. 걔는 자라지 않아요."

웬디는 엄마의 논리적인 말에 곧바로 자신에 차서 말했다.

"그리고 걘 저랑 크기도 딱 비슷해요."

웬디의 말은 마음과 몸, 둘 다 자신과 같은 크기라는 걸 의미했다. 웬디 스스로도 어떻게 그걸 아는지 잘 몰랐지만, 그저 확신이 들었다.

달링 부인은 남편에게 이 문제에 대해 상담했지만, 그는 그저 콧방귀를 뀌며 미소 지을 뿐이었다.

"내 말 잘 들어봐요. 그건 그냥 나나가 애들 머릿속에 집어넣은 터무니없는 생각 같은 거예요. 그야말로 개나 그런 생각을 한다고. 그냥 내버려둬요. 결국 사라질 테니까."

그러나 이 생각들은 사그라지지 않았고, 이 골칫거리 소년은 곧 달링 부인에게 크나큰 충격을 주었다.

아이들은 종종 이상한 모험을 하지만 그 때문에 문제를 겪지 않는다. 예를 들면 일이 일어난 지 일주일이 지난 후에야 기억해내고 언급한다. 죽은 아버지와 숲속에서 만나서 게임을 했다는 식의 이야기 말이다. 어느 날 아침, 심란할 법한 이야기를 털어놓던 웬디도 이런 무심한 태도였다.

평소와 다름없이 아이들을 깨우러 방에 들어갔던 달링 부인은 바닥에 웬 나뭇잎들이 떨어져 있는 걸 발견했다. 어젯밤 아이들이 잠자리에 들 때만 해도 확실히 그곳에는 아무것도 없었다. 달링 부인이 어리둥절해하자 웬디는 의기양양한 미소를 지으며 말했다.

"피터 팬이 또 그런 거예요!"

"도대체 그게 무슨 말이니, 웬디?"

"치우지도 않다니 걘 참 버릇이 없어요."

웬디가 한숨을 쉬며 말했다. 웬디는 깔끔한 아이였다. 웬디는 피터 팬이 가끔 밤에 방으로 와서 자신의 침대 발치에 앉아서는 피리를 연주해준다고 꽤 태연하게 설명했다. 유감스럽게도 웬디는 절대로 깨는 일이 없어서 스스로도 그 사실을 어떻게 아는지는 몰랐지만, 그저 그런 확신이 들 뿐이었다.

"그게 무슨 말도 안 되는 소리니, 아가. 문을 두드리지 않고는 아무도 집에 들어올 수 없는데."

"저는 걔가 창문으로 들어온다고 생각해요."

"웬디, 여기는 3층이야."

"창문 아래에 나뭇잎이 있지 않았어요, 엄마?"

웬디가 말한 대로 나뭇잎들은 창문과 아주 가까운 곳에서 발견되었다.

달링 부인은 이를 어떻게 받아들여야 할지 몰랐으나, 이 모든 일이 웬디에게는 너무나 자연스러운 것처럼 보여서, 딸아이가 꿈을 꾼 거라고 무시할 수도 없었다.

"아가. 이런 얘기를 왜 전에는 안 했니?"

달링 부인이 울 것처럼 묻자 웬디가 가볍게 말했다.

"잊어버렸어요."

웬디는 아무렇지 않은 얼굴로 아침을 먹으려고 서두를 뿐이다. '아, 웬디가 꿈을 꾼 게 틀림없다.'라고 달링 부인은 애써 생각했다.

그러나 바닥에는 분명 어젯밤에는 없던 나뭇잎들이 있다. 달링 부인은 잎사귀들을 주의 깊게 살펴보았다. 잎맥만 남아버린 잎사귀들이었지만 달링 부인은, 영국에서 자라는 그 어떤 나무도 이런 잎사귀를 가지고 있지 않다고 확신했다. 그녀는 바닥을 기어다니면서 혹여 발자국이 있는지 초를 비춰가며 유심히 살펴보았다. 그리고 부지깽이로 굴뚝을 쑤셔대고 벽을 두드렸다. 창문에서 노면까지 줄을 늘어뜨렸더니 수직으로 30피트(약 9미터)나 떨어졌다. 올라올 수 있을 만한 파이프도 하나 없었다.

'웬디가 분명 꿈을 꾼 거야.'

하지만 웬디가 꿈을 꾼 게 아니라는 사실은 바로 그다음 날 밤에 증명되었다. 아이들의 놀라운 모험이 시작되었다고 말할 수 있는 바로 그 밤에 말이다.

그 밤에 달링가의 세 아이는 모두 침대에 들어가 있었다. 나나는 이날 저녁에 쉬는 날이어서 달링 부인이 아이들을 씻겼다. 그녀는 세 아이가 모두 꿈나라로 스르륵 빠져들어 자기 손을 놓을 때까지 노래를 불러주었다.

모두가 너무도 안전하고 편안해 보여서 그녀는 이제 불안함을 잊고 미소 지었다. 그러고는 바느질을 하러 불가에 평온하게 앉았다.

달링 부인이 바느질하고 있는 것은 마이클이 생일날 받게 될 특별한 셔츠였다. 불은 따뜻했고, 아이들 방의 야간등이 세 개뿐이어서 어두침침했기 때문에 바느질감은 곧 달링 부인의 무릎 위에 툭 놓였다. 고개를 꾸벅거리는 그녀의 모습이 참으로 우아했다. 그녀는 스르르 잠

24

이 들었다. 방 안의 네 사람은 조금씩 떨어져 있었다. 웬디와 마이클은 저쪽에, 존은 이쪽에, 달링 부인은 난롯가에. 이곳에는 야간등이 네 개가 있었어야 했다.

달링 부인은 잠든 동안 꿈을 꿨다. 꿈에서 네버랜드는 너무나도 가까웠고 낯선 소년이 네버랜드를 뚫고 나왔다. 그녀는 그를 보고도 불안하지 않았다. 아이가 없는 많은 여자의 얼굴에서 그를 본 적이 있다고 생각했기 때문이었다. 어쩌면 어떤 엄마들의 얼굴에서도 그를 찾아낼 수 있을지도 모른다. 하지만 그는 네버랜드를 가리고 있던 장막을 찢어버렸고, 그래서 그녀는 이제 웬디와 존과 마이클이 그 작은 틈새로 장막 너머를 살짝 들여다보고 있는 모습을 보았다.

그 꿈 자체는 별것 아니었을지 몰라도, 달링 부인이 꿈을 꾸는 동안 방의 창문은 활짝 열렸고 소년은 바닥에 떨어졌다. 그의 옆에는 주먹 크기도 안 되는 이상한 불빛 하나가 동행하고 있었는데 살아 있는 것처럼 방 안을 이리저리 획획 날아다녔다. 아마도 그 불빛이 달링 부인을 깨운 것이리라.

그녀는 비명을 지르기 시작했는데, 소년을 보자마자 어찌 된 일인지 그가 피터 팬이라는 것을 단번에 알아차렸다. 사랑스러운 소년은 잎맥만 남은 나뭇잎과 나무에서 나오는 찐득한 즙으로 뒤덮여 있는 옷을 입고 있었다.
그의 가장 큰 매력은 젖니였다. 달링 부인이 다 자란 어
른이라는 것을 알자마자, 피터 팬은 그녀를 향해 그 작은
진주 같은 젖니를 악다물었다.

Chapter
2

그림자

달링 부인은 경종을 울리 듯 집이 떠나가라 비명을 질
렀고, 마침 저녁 산책에서 돌아온 나나가 곧장 문을 열고
뛰어 들어왔다. 나나는 으르렁거리며 소년을 향해 달려
들었고, 피터 팬은 개를 피해 창문을 가볍게 뛰어넘었다.
달링 부인은 이번에는 소년이 걱정되어서 또다시 비명
을 질렀다. 소년이 창문에서 떨어져 죽었을지도 모른다
고 생각했기 때문이다. 그녀는 현관문을 열고 거리로 달
려 나가 소년의 작은 몸을 찾아보았으나, 그곳에는 아무
것도 없었다. 그녀가 위를 올려다보았을 때는 까만 밤하
늘과 별똥별 같은 것 하나를 제외하곤 아무것도 보이지
않았다.

아이들 방으로 돌아온 그녀는 나나의 입에 무언가 물
려 있는 것을 발견했는데, 그것은 피터 팬의 그림자였다.

방금 전 소년이 창문을 뛰어넘을 때 나나는 그 뒤를 바짝 쫓았다. 피터 팬은 쏙 빠져나갔지만, 그의 그림자는 미처 빠져나가지 못했다. 창문이 쾅 하고 닫혀버리자, 그의 그림자가 뚝 부러져버린 것이다.

달링 부인이 그 그림자를 면밀하게 살펴보았다는 것을 믿어도 좋다. 하지만 그건 그냥 평범한 그림자였다.

나나는 소년의 그림자를 처리할 최고의 방법이 무엇인지에 대해선 그 어떤 의심도 없었다. 나나는 피터 팬의 그림자를 창문에 매달아놓았는데, 이는 '소년은 분명 이걸 찾으러 돌아올 테니 잘 보이는 곳에 놓아두면 돼요. 이러면 소년이 와도 아이들이 깨지 않을 거예요.'라는 의미였다.

그러나 불운하게도 달링 부인은 그림자를 차마 창문에 매달아놓을 수가 없었다. 그건 너무 빨랫감처럼 보여서 집의 외관을 해쳤다. 그녀는 그걸 달링 씨에게 보여줄까도 생각했지만, 이내 그만두었다. 남편은 정신을 차리려 머리에 젖은 수건을 질끈 둘러 묶은 채로 존과 마이클의 겨울 외투 가격을 계산하고 있었기 때문이다. 달링 부인은 이런 일로 그를 귀찮게 하는 건 부끄러운 일처럼 느껴졌다. 게다가 그녀는 남편이 어떻게 말할지 정확하게 알고 있었다. 분명 달링 씨는 '이게 다 개를 보모로 둔 탓이야.'라고 말하며 푸념할 것이다.

그녀는 남편에게 알릴 적절한 기회가 생길 때까지 그림자를 잘 말아서 서랍에 조심스레 넣어두기로 결정했다. 기회는 일주일 뒤에, 절대로 잊지 못할 금요일에 찾아왔다.

"금요일에는 특별히 조심했어야 했는데."

그녀는 나중에 남편에게 이렇게 말하곤 했다. 나나가 반대편에 있는 경우에는 나나의 앞발을 붙잡고 말이다.

그러면 고전 교육을 받은 적이 있는 달링 씨는 "아니, 아니야. 그 일은 전부 내 책임이에요. 나, 조지 달링이 그런 거라고. 메아 쿨파. 메아 쿨파.*"라고 항상 답했다.

이처럼 부부는, 그 돌이킬 수 없는 치명적인 금요일 이후, 매일 밤 앉아서 그날을 회상했다. 모든 세부 사항이 뇌에 각인될 때까지, 마치 불량 동전에 새겨진 얼굴들처럼 불쾌한 기분으로 그날을 생생하고 선명하게 떠올렸다.

"만약 내가 27번지 집의 저녁 식사에 초대받지 않았다면." 하고 달링 부인이 말했다.

---

* Mea culpa, mea culpa는 라틴어로 '나의 잘못, 나의 잘못'이라는 뜻이다. 이는 그릇된 행동이나 결정에 대한 자기비판이나 자비를 표현하는 말로 자주 사용된다.

"만약 내가 나나의 밥그릇에 내 약을 부어버리지만 않았다면." 하고 달링 씨가 말했다.

'만약 내가 그 약을 좋아하는 척했더라면.' 하고 나나가 젖은 눈으로 말했다.

"내가 파티를 좋아한 탓이에요, 조지."

"내 치명적인 유머 감각 때문이에요, 여보."

'하찮은 것들에도 성마른 제 성격 탓이에요, 주인님, 주인마님.'

그런 다음 그들 중 한 명 혹은 여럿은 감정을 주체하지 못하고 무너졌다. 나나는 '맞아, 맞아. 이분들은 애초에 개를 보모로 두면 안 됐어.'라고 생각했고, 달링 씨는 나나의 눈을 손수건으로 여러 번 닦아주었다.

"그 못된 녀석!"

달링 씨는 이렇게 소리를 질렀고, 나나의 짖는 소리가 메아리처럼 따랐지만, 달링 부인은 피터 팬을 비난하지 않았다. 그녀의 오른쪽 입가에는 피터 팬을 욕하고 싶지 않은 마음 같은 것이 달려 있었다.

그들은 텅 빈 아이들 방에 앉아서, 그 끔찍했던 금요일 저녁의 아주 작은 세부 사항들까지도 애틋하게 회상했다. 그날 저녁은 특별할 것 없이 시작되었다. 나나가 마이클의 욕조에 목욕물을 받고, 그를 등에 태워 옮기던 여느 저녁 풍경과 정확히 똑같았다.

"난 안 잘 거야!"

마치 그 문제에 대해 최후 통첩을 할 권리가 있다고 여전히 믿는 사람처럼 마이클이 소리를 질렀다.

"안 잘 거야, 안 잘 거야! 나나, 아직 여섯 시도 안 됐잖아! 나나, 나나! 이러면 난 더 이상 널 사랑하지 않을 거야, 나나! 분명히 말하는데 난 목욕 안 할 거야! 안 할 거야, 안 할 거야!"

그때 하얀색 이브닝드레스를 일찌감치 차려입은 달링 부인이 들어왔다. 웬디는 '아버지 조지가 선물한 목걸이를 차고 이브닝드레스를 입은 엄마의 모습'을 특히 좋아했다. 또 달링 부인은 팔에 웬디의 팔찌를 두르고 있었는데, 웬디는 엄마에게 팔찌를 빌려주는 걸 너무도 좋아했다.

달링 부인이 들어왔을 때 존과 웬디가 '이제 막 여자아이를 낳은 부부 놀이'를 하고 있었는데, 그녀는 두 아이가 노는 모습을 구경했다. 존이 말했다.

"부인, 이제 당신이 엄마가 되었다는 사실을 알려주게 되어서 기쁘군요."

이건 딱 달링 씨가 진짜로 그 상황에서 했을 법한 대사와 목소리 톤이었다. 그러자 응답하듯 웬디가 기쁨에 겨워 춤을 췄는데, 이것도 달링 부인이 실제로 했을 법한 행동이었다.

그다음에는 아들이 태어났는데, 남자아이가 태어나서인지 존은 좀 더 과하게 기쁨을 표현했다. 마이클이 욕조에서 나와서 셋째 아기도 태어나고 싶어 한다고 했을 때, 존은 더 이상 우리 부부는 아이를 원치 않는다고 야멸차게 말해버렸다.

마이클은 거의 울 것 같은 얼굴로 "아무도 나를 원하지 않아." 하고 말했다. 그러자 놀이를 잠자코 지켜보던 달링 부인은 가만있을 수가 없었다.

"나는 원하는걸. 난 세 번째 아이를 정말로 원해."

"남자애요, 여자애요?"

마이클이 시무룩한 모습으로 물었다.

"남자애."

달링 부인의 대답에 마이클은 엄마의 품 안으로 뛰어들었다.

달링 씨와 달링 부인, 나나가 두고두고 회상하기에는 사소한 일에 불과했지만, 만약 이게 아이들 방에서 마이클과 보낸 마지막 밤이라면 결코 사소한 일이 아니게 된다. 달링 부부와 나나는 계속해서 추억들을 이어 나갔다.

"그때 내가 토네이도처럼 막 서둘렀는데, 안 그래요?"라며 달링 씨가 자신을 비웃는 투로 말했다. 그는 정말로 그날 토네이도처럼 우왕좌왕했다. 아마도 그에게는 변명의 여지가 있었을 것이다.

그날 저녁, 그는 파티에 가려고 옷을 차려입던 중이었는데, 타이를 매기 전까지는 모든 것이 잘 풀리고 있었다. 차마 말하기도 어려운 놀라운 일이었지만, 이 남자로 말하자면, 그는 주식이나 채권에 대해서는 잘 알지 몰라도 타이에 관해서는 영 꽝이었다. 가끔은 손쉽게 타이를 묶기도 했다. 그렇지만 대부분은 아니었다. 차라리 그가 자존심을 굽히고 이미 매듭이 다 지어져 있는 기성품을 사용하는 편이 가정에는 더 좋았을 것이다.

그날이 그런 경우였다. 그는 손에 안쓰럽게 구겨진 작은 타이를 들고 아이들 방으로 다급히 들어왔다.

"아니, 무슨 문제라도 있어요, 여보?"

"문제 있지!" 그는 고함을 쳤다. 정말로 크게 말이다. "이 끈 말이에요. 이걸 못 묶겠어요." 그는 신랄하게 비아냥거렸다. "내 목에 묶을 수가 없다고! 침대 기둥에는 묶을 수 있는데! 침대 기둥에 이 끈을 20번이나 묶어봤고 성공했어! 그런데 내 목에 묶는 건 실패했어. 오, 여보!

제발 날 이 상황에서 좀 구해줘요!"

그는 달링 부인에게 그다지 심각성을 전달되지 못했다고 생각했는지 진지한 얼굴로 덧붙였다.

"내가 경고하는데, 여보, 만약 이 타이를 매는 데 실패하면 오늘 밤 식사하러 가지 않을 거예요. 오늘 밤 식사 자리에 못 나가면 난 다시는 사무실에 갈 수 없을 거고, 내가 사무실에 못 가면 당신이나 나나 굶어 죽을 거고, 우리 애들은 길거리에 나앉게 될 거예요."

심지어 그때에도 달링 부인은 차분했다. "내가 해볼게요, 여보."라고 그녀가 말했다. 아내가 그렇게 해주길 바라고 그가 그녀에게로 온 것이었다. 그녀는 시원한 손길로 남편의 목에 타이를 매주었고, 그동안 아이들은 그들의 운명이 결정되는 것을 보려고 주위에 둘러서 있었다.

어떤 남자들은 어려움을 겪은 일이 다른 사람에 의해 쉽게 풀릴 때 억울해할 수도 있다. 하지만 달링 씨의 성정은 그런 남자와는 거리가 멀었다. 그는 아내에게 조심스레 감사를 표했고, 그의 분노는 한 번에 사라졌다. 그는 기쁜 기색으로 마이클을 번쩍 들어 등에 업고 춤추며 방 안을 돌아다녔다.

"우리가 그날 얼마나 왁자지껄했는데!" 하고 달링 부

인은 그때를 회상하면서 말했다.

"우리가 마지막으로 떠들썩했던 때였지!"라며 달링 씨가 신음했다.

"조지와 마이클이 내게 와서 한 말을 기억해요? '어떻게 날 알게 됐어요, 엄마?'라고요."

"기억나!"

"아이들이 정말 사랑스러웠는데, 안 그래요, 조지?"

"그 애들은 우리, 우리 애들이니까. 근데 지금은 사라져버렸어."

그날의 소란은 나나의 등장과 함께 끝이 나버렸다. 달링 씨는 불운하게도 나나와 부딪히면서 바지에 개털을 묻히고야 말았다. 그 바지는 새것이었을 뿐만 아니라 수술 장식이 달린 단 하나의 바지였기 때문에 그는 눈물을 참기 위해 입술을 깨물어야만 했다. 달링 부인이 냉큼 솔질을 해주었지만, 그는 개를 보모로 둔 게 실수라고 다시금 한탄했다.

"조지, 나나는 보물이에요."

"그야 의심은 안 해요. 그렇지만 나나가 애들을 강아지처럼 바라보는 것 같아서 가끔 불편한 기분이 들어요."

"아니에요, 여보. 애들도 영혼이 있다는 걸 나나가 알고 있다고 확신해요."

"나는 의아해." 달링 씨가 깊이 생각에 잠겨 말했다.
"나는 의아하다고요."

달링 부인은 지금이 기회라고 느꼈다. 그 소년에 대해
서 남편에게 말할 기회 말이다. 처음에 그는 그 이야기에
대해 콧방귀를 뀌었지만, 그녀가 그림자를 보여주었을
땐 심각해졌다.

"내가 아는 사람은 전혀 아닌데." 그가 주의 깊게 살펴
보며 말했다. "하지만 정말로 악당처럼 보이는군."

"우리는 계속 토론 중이었어요, 당신도 기억하다시피."
달링 부인의 말에 달링 씨가 말했다.

"그때 나나가 마이클의 약병을 들고 왔죠. 나나, 넌 다시
는 입에 약병을 물고 오지 않겠지. 모든 게 내 잘못이야."

그는 강한 남자이긴 했지만, 약에 관해서라면 다소 어
리석게 행동했던 것에는 의심의 여지가 없다. 그에게 한
가지 흠이 있다면, 평생 약을 용감하게 먹어왔다고 착각
한 것이다. 그런 착각 때문에 그날도…….

마이클이 나나의 입에 물린 숟가락을 피하자 달링 씨
는 나무라듯 말했다.

"남자가 되어야지, 마이클."

"싫어, 싫어."

마이클이 막무가내로 울부짖었다. 달링 부인은 마이클에게 초콜릿을 주려고 방을 떠났고, 달링 씨는 아내가 아이에게 너무 무르다고 생각했다. "여보, 너무 오냐오냐하면 안 돼요."라며 그가 그녀의 뒤에 대고 말했다.

"마이클, 내가 네 나이 때는 아무 군소리 없이 약을 먹었어. '엄마, 아빠, 고맙습니다. 저를 낫게 해줄 약을 주셔서 감사합니다.' 이렇게 말했지."

달링 씨는 정말로 그리 살아왔고 약을 먹는 일이 용감한 일이라고 생각했다. 잠옷을 입은 웬디도 그렇게 믿었기 때문에, 마이클에게 용기를 북돋아주기 위해 말했다.

"아빠가 가끔 드시는 약은 훨씬 맛이 없죠, 안 그래요?"

"그야 훨씬 끔찍하지. 마이클, 너에게 지금 본보기를 보여주려고 했는데, 근데 약병이 사라졌네."

달링 씨는 짐짓 용감하게 말했다. 사실 그는 약병을 잃어버린 게 아니었다. 그는 한밤중에 옷장 꼭대기로 올라가선 거기에 약병을 숨겨두었다. 그가 미처 몰랐던 사실은 충실한 하녀 리자가 그것을 찾아내선, 세면대에 도로 가져다 두었다는 점이었다.

"그거 어디 있는지 제가 알아요, 아빠!"

웬디가 외쳤다. 웬디는 다른 사람을 도와주는 일에서 항상 기쁨을 느꼈다.

"제가 가져올게요!"

웬디는 달링 씨가 제지하기도 전에 방을 나섰다. 달링 씨는 이상하게도 기분이 즉시 가라앉았다. 그가 몸을 떨면서 말했다.

"존. 그건 정말 끔찍한 물건이야. 형편없고, 끈적거리고, 달아빠진 그런 종류야."

"금방 끝날 거예요. 아빠."

존이 명랑하게 말했고, 곧 유리병에 든 약을 들고 웬디가 들이닥쳤다.

"최대한 빨리 다녀왔어요."라며 웬디가 숨을 헐떡였다.

"기가 막히게 빠르구나."라며 딸에게 우아하게 답한 달링 씨의 목소리에는 원망이 묻어나 있었다. 웬디에게 유리병을 받아 든 달링 씨가 "마이클 먼저." 하고 완강하게 말했다.

그러자 의심이 많은 마이클이 "아빠 먼저."라고 말했다.

"난 토할 거야. 너도 알잖니." 하고 달링 씨는 위협하듯 말했다.

"어서요, 아빠."라며 존이 말했다.

"입 다물어, 존." 하고 달링 씨가 쏘아붙였다.

웬디는 꽤 어리둥절해하며 "아빠가 아무렇지 않게 드실 줄 알았는데."라며 말했다. 딸아이의 말에 달링 씨가 답했다.

"중요한 게 그게 아니잖니. 핵심은, 내 약병에 든 게 마이클 숟가락에 든 것보다 많다는 거야."

그의 자부심 넘치던 심장은 터지기 일보 직전이었다.

"게다가 이건 공평하지가 않아. 마지막 숨을 쉬는 그 순간까지 말할 수 있어. 이건 공평하지 않아."

"아빠, 저 기다리고 있잖아요."

마이클이 쌀쌀맞게 말했다.

"기다리고 있다니 좋은 말이네. 나도 기다리고 있어."

"아빠 겁쟁이예요."

"그럼 너도 겁쟁이야."

"전 겁먹지 않았어요."

"나도 겁먹지 않았어."

"그럼, 마셔봐요."

"그럼, 네가 마셔."

웬디는 멋진 생각이 떠올랐다.

"둘이 동시에 마시면 되잖아요."

"그러네! 준비됐어, 마이클?" 하고 달링 씨가 막내아들을 보며 물었다.

웬디가 하나, 둘, 셋 하고 숫자를 세었고, 마이클을 약을 먹었다. 그렇지만 달링 씨는 등 뒤로 약을 숨겨버렸다. 마이클이 화가 나서 고함을 질렀고, "아, 아빠!" 하고 웬디가 소리쳤다.

"'아, 아빠!'라니, 그게 무슨 뜻이니?" 하고 달링 씨가 따졌다. 큼큼 헛기침하곤 이어 말했다.

"소란 좀 그만 피워, 마이클. 난 약을 먹으려고 했는데, 그게, 놓, 놓, 놓쳐버렸어."

아버지를 향한 세 아이의 눈초리는 정말 무시무시했다. 마치 그를 존경하지 않는 것처럼.

"자, 잘 봐봐, 너희 모두."

그가 애원하다시피 말했다. 마침, 나나가 목욕탕으로 들어간 직후였다.

"방금 끝내주는 장난이 생각났어. 나나 밥그릇에 내 약을 붓는 거야. 그럼 나나가 그걸 마시겠지? 우유인 줄 알고 말이야!"

약은 우유 색깔이었다. 하지만 아이들은 아버지와 같은 유머 감각이 없었기에 나나의 밥그릇에 약을 붓고 있는 그를 비난하듯 바라봤다.

"얼마나 재밌니?"

그가 애매하게 말했다. 아이들은 달링 부인과 나나가 돌아왔을 때 그가 한 일을 감히 폭로하지 못했다.

"나나, 착하지."라며 달링 씨가 나나를 쓰다듬으며 말했다.

"내가 네 밥그릇에 우유를 좀 따랐어."

나나가 꼬리를 흔들며 밥그릇으로 달려가서 그걸 핥아 먹었다. 그러고 나서 화난 것도 아닌, 웃는 것도 아닌 표정을 지어 보였다. 짓궂은 주인을 미안하게 만드는 올망졸망한 눈망울 말이다. 나나는 개집으로 기어들어 갔다.

달링 씨는 너무나 부끄러웠으나 굴복하지 않았다. 그 지독한 침묵 속에 뭔가를 눈치챈 달링 부인이 그릇의 냄새를 맡았다.

"아니, 조지. 이건 당신 약이잖아요!"

"이건 그냥 장난일 뿐이야."

그가 으르렁거리듯 말했다. 달링 부인이 아이들을 달래는 동안 웬디는 나나를 끌어안았다. 달링 씨는 억울한 얼굴로 호소했다.

"분위기를 재미있게 만들려고 내가 이렇게 뼈를 깎는 노력을 하는데."

웬디는 여전히 나나를 껴안고 있었다.

"그래, 좋아!" 하고 그가 소리쳤다. "그렇게 나나만 애지중지하라고! 아무도 나는 아끼질 않지. 아무도 말이야!
내가 이 집의 유일한 가장인데, 왜 날 존중하지 않는 거
야, 왜, 왜, 왜!"

"조지." 달링 부인이 그에게 애원했다.

"소리 지르지 말아요. 하인들이 듣겠어요."

왜인지는 모르겠지만 그들은 리자를 '하인들'이라고
칭했다.

"그러라고 하라지."라며 그가 난폭하게 대답했다.

"세상 사람들이 다 와도 난 더는 개가 아이들 방에서
주인 행세를 하게 놔두지 않겠어."

아이들은 울고, 나나는 간청하듯 그에게 달려왔다. 하
지만 그는 나나의 등을 흔들어 밀쳤다. 그는 다시 강한
남자가 된 것처럼 느껴졌다. "이래도 소용없어."라며 그
가 소리쳤다.

"네가 있어야 할 적절한 장소는 마당이야. 그리고 당장
거기 묶여 있어야 해."

"조지, 조지." 달링 부인이 그를 부르곤 속삭였다.

"내가 그 소년에 대해 말한 걸 기억해요."

아아, 그는 듣고 있지 않았다. 그는 자신이 집의 주인
이라는 것을 보여주겠다고 마음먹었고, 제 명령에도 불
구하고 나나가 개집에서 나오지 않자, 달콤한 말로 나나

를 밖으로 꾀어내 거칠게 잡아챈 다음 아이들 방에서 질질 끌어냈다. 그는 스스로 그것이 부끄러운 행동인 걸 알았지만 멈추지 않았다. 이건 모두 가족의 동경을 갈망하는 그의 지나치게 애정 많은 천성 때문이었다. 그는 뒷마당에 나나를 묶고는 가련한 아버지가 되어 통로에 앉아 손으로 눈물을 닦았다.

그사이에 달링 부인은 평소와는 다른 적막함 속에 아이들을 침대에 누이고 야간등에 붉을 밝혔다. 그들은 나나가 짖는 걸 들을 수 있었다. 존이 훌쩍이며 "나나를 묶고 있는 중이라 그래."라고 말했다. 그러나 웬디는 더 현명했다.

"저건 불행할 때 짖는 소리는 아니야. 나나가 위험한 냄새를 맡았을 때 짖는 소리야."

웬디가 또렷한 목소리로 그리 말했다. 무슨 일이 일어날지에 대해서는 꿈에도 모르는 채로.

'위험이라니!'

"확실하니, 웬디?"

"네."

달링 부인은 떨면서 창가로 갔다. 창문은 확실하게 잠겨 있었다. 밖을 내다보니 별이 가득한 밤이었다. 집에서 무슨 일이 일어나는지 궁금하다는 듯 별들이 집 주변에 몰려 있는 모양새였지만, 그녀는 눈치채지 못했다. 그 작은 별들 중 하나 혹은 두 개의 별이 그녀를 향해 깜박거리고 있음을 말이다. 그러나 형언할 수 없는 공포가 달링 부인의 심장을 꽉 움켜쥐는 바람에 그녀는 울 듯이 소리를 지르고 말았다.

"아, 오늘 밤은 파티에 가지 않으면 좋으련만!"

반쯤 잠든 마이클조차도 그녀가 동요하고 있다는 걸 알아채고 물었다.

"뭐가 우릴 해칠 수도 있어요, 엄마? 등에 불을 켜놔도요?"

"아무것도 없단다, 아가. 그 불들은 엄마가 아이들을 지키려고 놔둔 눈들이란다."

달링 부인은 세 침대를 돌아다니며 아이들에게 마법의 주문을 외워주었고, 마이클은 팔을 힘껏 내밀어 "엄마." 하며 그녀를 둘러 안았다. 그러곤 "엄마가 있어서 기뻐요."라고 속삭였다. 그 말은 그녀가 오랜 기간 동안 아이에게서 들은 마지막 말이 된다.

파티 장소인 27번지는 집에서 단지 몇 야드(1야드는 약 91.44센티미터) 떨어진 곳이었는데, 눈이 살짝 내리고 있어서, 달링 부부는 신발을 더럽히지 않으려고 날쌔게 길을 골라 걸었다. 그들은 길 위에 있는 유일한 사람들이었고,

모든 별이 그들을 지켜보고 있었다.

별들은 아름다웠다. 하지만 별은 그 무엇에 있어서도 적극적인 역할을 하지는 않았다. 별은 그저 영원히 지켜보기만 해야 한다. 이건 아주 오래전 별들이 저질렀던 어떤 일에 대해 부과된 형벌이었다. 지금은 그 어떤 별도 그게 무엇이었는지 알지 못한다. 그리하여 나이 든 별들은 흐릿한 표정을 하고 좀처럼 말—빛을 깜박이는 것이 별의 언어였다—도 하지 않았다.

그러나 작은 별들은 호기심이 있었다. 보통 별들은 피터 팬에게 그다지 살갑지 않았는데, 그가 별들 뒤로 살금살금 다가와선 짓궂게도 그들을 불어서 꺼버리려고 했기 때문이었다. 그러나 작은 별들은 재밌는 걸 무척 좋아해서 오늘 밤만큼은 피터 팬의 편이었다. 그래서 그들은 어른들이 얼른 길을 떠나기만을 고대하고 있었다. 27번지의 문이 닫히자마자 하늘에서는 소동이 벌어졌고, 은하수의 별들 중 가장 작은 별이 소리쳤다.

"지금이야, 피터 팬!"

Chapter
3

가자!
가자!

달링 부부가 집을 떠난 직후에도, 세 아이의 침대 머리맡 야간등은 계속해서 선명하게 빛났다. 작고 예쁜 야간등 중 하나라도 피터 팬을 볼 수 있었으면 좋았을 것이다. 하지만 웬디의 야간등은 깜빡이며 하품을 했고, 다른 두 야간등도 하품을 하더니, 입을 다물기도 전에 세 개의 야간등이 모두 꺼져버리고 말았다.

이제 방 안에는 또 다른 불빛이 있었는데 그건 야간등보다 천 배나 밝았다. 그 불빛은 아이들 방의 모든 서랍을 왔다 갔다 하며 옷장을 뒤지고 주머니란 주머니는 다 뒤집어놓았다. 피터 팬의 그림자를 찾기 위해서였다.

그건 사실 불빛은 아니었다. 정말 빠르게 움직였기 때문에 빛을 만들어낸 것뿐 움직임이 잠시 멈추면 요정이란 걸 단번에 알 수 있으리라. 그건 손바닥보다 크지 않왔지만, 여전히 자라는 중이었다. 요정은 '팅커 벨'이라 불리는 여자아이였는데, 잎맥만 남은 나뭇잎으로 정교하게 만들어진 옷을 입고 있었다. 옷은 몸매를 가장 잘 드러내기 위해 짧고 네모난 형태로 잘려 있었다. 팅커 벨은 귀엽게 통통한 편이었다.

요정이 들어온 직후에 작은 별들의 숨결에 의해 창문이 활짝 열렸고 피터 팬이 안으로 떨어졌다. 피터 팬은 오는 길에 잠깐씩 팅커 벨을 들고 날아왔기 때문에 그의 손은 요정 가루가 잔뜩 묻어 있었다.

"팅커 벨."

아이들이 잠들어 있는 걸 확인한 후에 그가 조용히 불렀다.

"팅크, 어디 있어?"

요정은 작은 단지 안에 들어가 한참 나오지 않았다. 그런 단지 안에 들어가는 건 처음이라 무척 마음에 든 모양이었다.

"거기에서 나와. 그리고 말해봐. 그들이 내 그림자를 어디에 뒀는지 알아?"

황금 종소리 같은 아름다운 방울 소리가 그에게 답했다. 그건 요정의 언어였다. 평범한 아이들은 절대 들을 수 없는—그렇지만 만약 들을 수 있다면, 예전에 그런 소리를 한 번은 들어본 적이 있음을 알 것이다—소리였다.

팅커 벨은 그림자가 큰 상자 안에 있다고 말했다. 그건 서랍장을 말하는 것이었다. 피터 팬은 서랍장에 뛰어들어서 두 손으로 그 안에 들어 있는 모든 내용물을 꺼내 방바닥에 흩뜨려놓았다. 그 모습은 마치 군중에 푼돈을 던지는 왕을 떠올리게 했다. 잠시 후 그는 그림자를 되찾았고, 기쁨에 겨운 나머지 팅커 벨을 서랍 안에 가둬버린 걸 잊고 말았다.

피터 팬의 머릿속은 그림자를 붙일 생각만으로 가득했다. 그는 그림자를 가까이 두면 떨어진 물방울이 착 합쳐지듯 제 몸에 붙을 줄 알았다. 하지만 그림자는 붙지 않았고 그는 경악했다. 피터 팬은 목욕탕에서 비누를 가져와 그림자를 붙여보려고 했지만, 그것도 실패했다. 피터 팬은 몸서리를 치며 바닥에 주저앉아 울기 시작했다.

그 울음소리에 잠에서 깬 웬디가 침대에서 몸을 일으켰다. 웬디는 웬 낯선 소년이 방바닥에 앉아 울고 있는 모습을 보고도 크게 놀라지 않았다. 그녀는 단지 호기심이 들 뿐이었다.

"애, 왜 울고 있어?"

웬디가 자상하게 묻자 피터 팬도 대단히 점잖게 굴었는데, 그건 그가 요정들에게서 세련된 태도를 배웠기 때문이었다. 피터 팬은 자리에서 일어나 그녀에게 우아하게 고개 숙이며 인사했다. 웬디도 매우 기뻐하면서 침대에 앉은 채로 그에게 아름답게 고개 숙이며 인사했다.

"넌 이름이 뭐야?"

"웬디 모이라 안젤라 달링."

피터 팬의 물음에 그녀가 다소 만족스러운 얼굴로 대답했다.

"넌 이름이 뭐야?"

"피터 팬."

웬디는 그의 이름이 피터 팬이라는 사실을 진즉에 확신하고 있었지만, 제 이름에 비하면 짧게 느껴졌다.

"그게 전부야?"

"응." 하고 그가 다소 날카롭게 대꾸했다. 그는 처음으로 자신의 이름이 짧다고 느꼈다.

"안됐다." 하고 웬디 모이라 안젤라 달링이 말했다. "전혀 아닌데."라고 답한 피터 팬이 침을 꿀꺽 삼켰다. 그녀는 피터 팬이 어디에 사는지 물었다.

"오른쪽에서 두 번째. 그리고 아침까지 쭉 직진이야."

"주소가 너무 웃기다!"

피터 팬은 풀이 죽었다. 난생처음으로 그게 웃긴 주소라는 말을 들었기 때문이었다.

"그렇지 않아."

"내 말은……."

웬디는 자신이 이 집의 주인이라는 사실을 기억하며 다정하게 말했다.

"편지에 그렇게 적혀 있어?"

피터 팬은 웬디가 편지에 대해 언급하지 않았으면 했다.

"편지 같은 건 받지 않아." 하고 그가 경멸하듯 말했다.

"하지만 네 엄마는 편지를 받으시지 않아?"

"엄마 없는데."

그에게는 엄마가 없었을 뿐만 아니라, 엄마를 갖고 싶은 욕망도 전혀 없었다. 그는 엄마들을 과대평가된 사람들로 여겼다. 하지만 웬디는 그의 대답을 들은 순간 그 사실을 비극이라 여겼다.

"아, 피터 팬, 네가 울고 있었던 건 당연해."

그녀는 침대에서 내려와 그에게 달려갔다.

"엄마 때문에 울고 있었던 게 아닌데."

피터 팬이 다소 분해하며 말했다.

"그림자를 붙일 수 없어서 울었어. 게다가 난, 울지 않았다고."

"그림자가 떨어졌어?"

"응."

웬디는 바닥에 떨어져 있는 그림자를 내려다보았는데, 그것이 너무 후줄근해 보여서, 피터 팬이 너무나도 불쌍하게 느껴졌다.

"끔찍해라!"

그녀는 그렇게 말했지만, 피터 팬이 그림자를 비누로 붙이려고 했다는 걸 알아채고는 웃지 않을 수가 없었다. 어쩌면 이렇게 딱 소년다운지! 다행히 그녀는 무엇을 해야 하는지 단박에 알았다.

"꿰매야지." 하고 웬디가 약간 잘난 체하며 말하자 피터팬이 "꿰매는 게 뭐야?"라고 의아한 얼굴로 물었다.

"너 정말 무식하구나."

"아냐, 안 무식해."

하지만 그녀는 그의 무지함에 의기양양해졌다.

"내가 꿰매줄게, 꼬마 친구."

웬디가 말했다. 비록 둘의 키는 비슷했지만 말이다. 웬디는 바느질 도구들을 꺼내 피터 팬의 발에 그림자를 꿰매기 시작했다.

"아마 조금 아플 거야."

웬디가 피터 팬에게 경고했다.

"아, 난 울지 않아."

피터 팬은 인생에서 단 한 번도 울어본 적이 없다고

생각하며 말했다. 그는 이를 악물고선 울지 않았다. 곧 그의 그림자는 제대로 움직이기 시작했지만, 여전히 조금 구겨져 있었다.

"다림질을 해야 하나 봐."

웬디가 생각에 잠겨 말했다. 그러나 피터 팬은 남자아이답게도, 겉모양새에는 무관심했고 날것 그대로 때 묻지 않은 기쁨을 표하며 뛰어다녔다. 아아, 그는 이미 이더없는 행복이 웬디 덕분이라는 사실을 잊어버렸다. 피터 팬은 스스로 그림자를 붙였다고 생각했다. 그가 미친 듯 기뻐하며 떠들어댔다.

"난 정말 똑똑해. 아, 나의 이 똑똑함이란!"

피터 팬의 자만심은 그의 매력 가운데 하나이다. 잔인할 정도로 솔직하게 말하자면 그보다 더 건방진 소년은 없었다. 하지만 이를 아직 모르는 웬디는 충격을 받았다.

"너 정말 잘난 척한다."

그녀가 무시무시하게 비꼬면서 소리를 질렀다.

"그래, 당연히 난 아무것도 안 했겠지!"

"조금은 했어." 하고 피터 팬이 태연하게 말하며 계속 춤을 추었다.

"조금이라고?!"라고 어이없어하며 외친 웬디가 이내 거만하게 대꾸했다. 그러고는 "내가 쓸모가 없다면, 최소

한 물러나는 건 할 수 있지."라고 말한 후 가장 품위 있는 모습으로, 침대로 뛰어 올라가 이불로 얼굴을 가렸다.

피터 팬은 그녀의 시선을 도로 자신에게 가져오려고 밖으로 나가는 척을 했다. 하지만 효과가 없자, 침대 끝에 앉아 발끝으로 그녀를 살살 건드렸다.

"웬디. 물러나지마. 나는 막 자랑스럽게 떠벌릴 수밖에 없어. 웬디, 내가 잘나서 즐거운 걸 어떡해."

웬디는 이불 속에서 귀를 쫑긋하고 듣고 있었지만, 여전히 고개를 내밀지 않았다. 그는 어떤 여자아이도 저항할 수 없는 목소리로 계속 말했다.

"웬디, 한 명의 여자아이가 사내아이 스무 명보다 더 쓸모 있어."

웬디는 소녀로 피어나는 시기였다. 그녀는 이불 속에서 고개를 빼꼼히 내밀었다.

"정말 그렇게 생각해, 피터 팬?"

"응, 그래."

"넌 정말 상냥한 것 같아. 그럼 나도 다시 일어날게."

웬디는 침대에 피터 팬과 나란히 앉았다. 그러곤 "네가 원한다면 키스도 줄 수 있어."라고 말했다. 피터 팬은 웬디의 말이 무슨 의미인지 몰랐지만 기대하는 얼굴로 손을 내밀었다.

"키스가 뭔지는 알지?"

피터 팬의 손바닥을 내려본 웬디가 아연실색하며 물었다.

"네가 그걸 나에게 주면 알게 될 거야."

피터 팬은 확신에 차서 말했고, 웬디는 피터 팬의 감정을 상하지 않게 하려고 골무를 주었다.

"자, 이제는 내가 네게 키스를 주면 돼?"

피터 팬이 묻자 웬디는 약간 고상한 태도로 말했다.

"원한다면."

웬디는 피터 팬 쪽으로 얼굴을 살짝 기울였지만, 그는 그녀의 손에 도토리 모양의 단추를 떨어뜨릴 뿐이었다. 그래서 웬디는 얼굴을 원래대로 다시 돌리고선 웃으며 말했다.

"너의 키스를 목걸이로 만들어 달고 다닐게."

웬디가 그걸 목걸이에 달아둔 것은 운이 좋았다. 왜냐하면 그것이 나중에 그녀의 목숨을 구했기 때문이었다.

사람들이 서로를 소개할 때, 나이를 묻는 것이 관례였으므로, 항상 정확한 것을 좋아하는 웬디는 피터 팬에게 몇 살인지 물었다. 그건 피터 팬에게 퍽 유쾌한 일은 아니었다. 그건 마치 영국 왕들에 대한 질문을 기대하는 상황에서 문법을 묻는 시험지와도 같았다.

"몰라. 그렇지만 난 꽤 어려." 하고 피터 팬이 거북한 듯이 대꾸했다.

사실 피터 팬은 자신의 나이에 대해 전혀 아는 바가 없었다. 그는 단지 추측만 할 뿐이었지만, 모험 삼아 말했다.

"웬디, 난 태어난 날 도망쳤어."

웬디는 상당히 놀랐지만, 흥미가 일었다. 그가 낮은 목소리로 설명했다.

"왜냐하면 엄마 아빠가 하는 말을 들어서야. 내가 어른이 되었을 때 뭐가 되어야 하는지 얘기하고 계셨거든."

피터 팬은 지금 유난히 동요하고 있었다. 그가 열정적으로 말을 이었다.

"나는 절대 어른이 되고 싶지 않아. 나는 언제나 작은 소년이길 원해. 그리고 재미있게 놀고 싶어. 그래서 켄싱턴 가든으로 도망쳐서 요정들과 아주 오랫동안 살았어."

웬디는 피터 팬을 감탄 어린 얼굴로 쳐다보았다. 피터 팬은 자신이 도망쳤단 말에 웬디가 감격한 거로 생각했다. 하지만 그녀는 피터 팬이 요정들을 알고 있다는 사실에 감탄한 거였다. 평범한 가정에서 자란 웬디에게 요정들을 안다는 사실은 매우 매력적으로 다가왔다. 웬디가 요정에 관한 질문을 쏟아내자, 피터 팬은 놀랐다. 요정들은 피터 팬을 자주 방해하고 귀찮게 했기 때문에 다소 좀 성가신 존재였고, 그래서 가끔 요정들을 혼내주지 않을 수 없었다. 그렇지만 피터 팬은 전반적으로는 요정을 좋아했으므로 요정들의 기원에 대해 웬디에게 이야기해주었다.

"봐봐, 웬디, 아기가 세상에 태어나 처음으로 웃을 때, 그 웃음은 천 개의 조각으로 쪼개져서 사방으로 퍼져. 그게 요정의 시초야."

피터 팬에게는 지루한 이야기였지만, 집에만 틀어박혀 있던 웬디는 흥미로워했다. 피터 팬은 친절히 이야기를 이어 갔다.

"그래서 모든 소년 소녀는 저마다 하나의 요정이 있어야만 해."

"있어야만 한다고? 그렇다면 그렇지 않다는 얘기야?"

"응. 너도 알다시피, 요즘 아이들은 너무 많은 걸 알고 있어서 요정을 믿지 않게 되었어. 한 아이가 '난 요정을 믿지 않아.'라고 말할 때마다 어딘가에서 요정 하나가 죽고 말아."

피터 팬은 이제 요정 이야기는 충분히 했다고 생각했다. 문득 팅커 벨이 무척이나 조용하다는 사실이 그의 뇌리를 스쳤다.

"팅커 벨이 어디로 간 거지?"

그가 팅커 벨의 이름을 부르며 일어섰다. 웬디의 가슴
은 갑작스러운 흥분으로 두근거렸다.

"피터." 하고 웬디가 그를 잡으며 외쳤다. "이 방에 요
정이 있다는 소리는 아니겠지?"

"지금 여기에 있어."라며 피터 팬이 약간 안달이 나서
말했다.

"팅커 벨이 말하는 게 안 들려, 너는?"

그들은 둘 다 귀를 기울였다.

"나한테 들리는 소리라고는 작은 종소리뿐인걸."

"아, 그게 팅크야. 그게 요정 언어야. 내게도 들리는 것
같아."

소리는 서랍장에서 들려오고 있었고, 피터 팬은 크게
웃음을 터트렸다. 피터 팬만큼 즐거워 보이는 사람은 아
무도 없을 것 같았고, 그의 웃음은 여느 아이들의 까르륵
거리는 소리 중에서도 가장 사랑스러웠다. 그는 여전히
세상에 태어난 아기가 터트리는 최초의 웃음을 간직하고
있었다.

"웬디. 내가 팅커 벨을 서랍 안에 가둔 것 같아!"

피터 팬이 신이 나서 속삭였다. 이내 그는 불쌍한 요
정을 서랍에서 벗어날 수 있게 해주었고, 팅커 벨은 화가

나서 소리를 지르며 방 안을 날아다녔다. 그러자 피터 팬이 얼른 쏘아붙였다.

"그러면 안 돼. 널 가둔 건 미안하지만, 네가 서랍 안에 있는지 내가 어떻게 알았겠어?"

웬디는 피터 팬의 말을 듣고 있지 않았다.

"아아, 피터 팬! 내가 볼 수 있게 팅커 벨이 가만히 서 있게 해주지 않을래?"

"요정들은 잠시도 가만히 있지 않아."

피터 팬이 말했다. 그렇지만 웬디는 뻐꾸기시계 위로 휴식을 취하기 위해 다가오는 어떤 낭만적인 형체를 아주 잠시 볼 수 있었다. "아아, 사랑스러워!" 하고 웬디가 외쳤다. 비록 팅커 벨의 얼굴은 여전히 화가 나서 일그러져 있었지만 말이다.

"팅크. 이 숙녀분은 네가 자기 요정이었으면 하는데." 라며 피터 팬이 사근사근하게 말했다. 그러자 팅커 벨이 무례하게 대답했다.

"팅커 벨이 뭐라고 해, 피터 팬?"

피터 팬은 웬디에게 요정의 말을 통역해주어야만 했다.

"팅크는 별로 예의가 없어. 팅크가 말하길 넌 크고 못생긴 여자애래. 그리고 자기는 나의 요정이래."

피터 팬은 팅커 벨과 논쟁을 벌이려고 했다.

"내 요정이 될 수 없다는 걸 너도 알 텐데, 팅크, 왜냐 하면 난 신사고 넌 숙녀니까."

이 말에 팅커 벨은 "이 멍청이!"라고 대답하고는 욕실 로 사라져버렸다. 피터 팬이 미안하다는 듯 설명했다.

"팅크는 꽤 평범한 요정이야. 팅커 벨이라고 불리는 이 유는 그녀가 냄비와 주전자를 수리하기 때문이야."

이때 그들은 안락의자에 함께 앉아 있었고, 웬디는 피 터 팬에게 더 많은 질문을 던졌다.

"네가 지금 켄싱턴 가든에서 살지 않는다면—"

"가끔은 여전히 살아."

"그러면 대부분은 어디에 사는데?"

"잃어버린 소년들이랑."

"그게 누군데?"

"그 아이들은 보모들이 한눈을 팔 때 유모차에서 떨어 진 아이들이야. 7일 이내에 아무도 찾으러 오지 않으면 그 아이들은 머나먼 네버랜드로 보내져. 비용을 부담하 기 위해서지. 내가 대장이야."

"정말 재미있겠다!"

"맞아. 하지만 우린 좀 외로워. 여자 동료가 없거든." 하고 피터 팬이 은근슬쩍 말을 흘렸다.

"여자아이들이 하나도 없어?"

"없어. 여자아이들은, 너도 알다시피, 유모차에서 떨어지기에는 너무 똑똑하거든."

이 말은 웬디를 굉장히 기분 좋게 만들었다.

"여자아이에 대해 그리 말해주다니 넌 친절하구나. 존은 날 너무 얕보거든."

그에 대한 대답으로 피터 팬은 일어나서 침대에서 자는 존을 발로 차버렸다. 존은 이불에 둘둘 말린 채로 떨어졌다. 단 한 번의 발길질로 말이다. 오늘 그를 처음 만난 웬디에게 그 행동은 다소 과격하게 보였다. 웬디는 피터 팬에게 이 집에서는 그가 대장이 아니라고 단단히 일러주었다. 존은 발길질을 당해 바닥에 떨어졌는데도 잠에서 깨지 않고 색색 잘 자고 있었기에 그녀는 그를 그대로 두었다. 조금 마음이 수그러든 웬디가 말했다.

"네가 내 마음을 풀어주려고 그런 것은 알겠어. 네가 내게 키스를 줄지도 모르겠네."

웬디는 그가 키스를 모른다는 사실을 깜빡하고 있었다. 그녀의 말을 듣고 피터 팬이 다소 비통한 목소리로 "키스를 돌려받으려고 하는 거구나."라며 골무를 돌려주려고 했다. 상황을 알아챈 웬디가 재빨리 말을 바꿨다.

"아, 이런. 내가 말한 건 키스가 아니라 골무였어."

"그게 뭔데?"

"그건 이런 거야." 하고 웬디가 피터 팬에게 키스했다.

"재밌는데!" 하고 피터 팬이 외치고는 곰곰이 생각하다 "이제 내가 네게 골무를 주면 돼?"라고 물었다. 웬디가 이번에는 고개를 똑바로 세우며 "원한다면." 하고 말했다.

피터 팬은 웬디에게 골무를 했다*. 그리고 거의 즉시 웬디가 비명을 질렀다.

"왜 그래, 웬디?"

"뭔가가 내 머리카락을 잡아당겼어."

"아마도 팅크일 거야. 지금껏 이렇게 못되게 군 적은 없었는데."

실제로 팅커 벨은 이리저리 정신없이 움직이면서 거친 말을 내뱉고 있었다.

"팅크가 말하길, 웬디, 내가 너에게 골무를 줄 때마다 이럴 거래."

"왜?"

"왜 그러는 거야, 팅크?"

팅커 벨이 "이 멍청이!"라고 대답했다. 피터 팬은 팅커 벨이 왜 화를 내는지 알 수 없었지만, 웬디는 이해했다.

---

* 피터 팬이 웬디에게 키스를 한 상황을 유머러스하게 표현한 것이다. 피터 팬이 키스와 골무를 반대로 이해하고 있기 때문이다.

처음으로 이곳, 아이들 방 창문으로 찾아온 이유가 여자아이인 자신을 발견해서가 아니라 달링 부인이 들려주는 이야기를 듣기 위해서였다고 피터 팬이 말했을 때 웬디는 약간 실망했다.

"너도 알다시피 난 그런 이야기들을 잘 몰라. 잃어버린 소년들 중에는 그런 이야기를 아는 아이가 한 명도 없어."

"정말 끔찍하네."

"너 혹시 알아? 제비가 왜 처마 밑에 집을 짓는지? 그건 이야기를 듣기 위해서야. 아아, 웬디, 너희 엄마는 너에게 정말 사랑스러운 얘기를 들려주고 있었어."

"어떤 이야기?"

"유리 구두를 신은 숙녀를 찾지 못하는 왕자 이야기 말이야."

"피터, 그 숙녀는 신데렐라야. 왕자는 그녀를 찾았고, 그 둘은 영원히 행복하게 살았어."

웬디가 흥분한 기색으로 알려주자 피터 팬은 크게 기뻐하며 앉아 있던 바닥에서 일어나 창문으로 뛰어갔다.

"어디 가는 거야?"

그녀가 불안한 마음으로 외쳤다.

"다른 남자애들에게 이야기해주러."

"가지 마, 피터. 난 그런 이야기를 많이 알고 있어."

웬디가 그에게 간청하듯 말했다. 그 말은 사실이었지만 그녀가 먼저 피터 팬을 붙든 것은 부정할 수 없다.

피터 팬은 돌아왔고, 이제 그의 눈에는 그녀가 두려워해야 할 탐욕이 담겨 있었다. 그러나 웬디는 두려워하지 않았다.

"아, 내가 남자애들에게 이야기를 들려줄 수도 있어!"라고 웬디가 외치자, 피터 팬은 그녀를 움켜잡고 창문으로 끌고 가기 시작했다.

"이러지 마. 놔줘!"

"웬디, 나랑 같이 가서, 다른 애들에게 이야기를 해줘."

웬디는 그에게 부탁을 받았다는 사실이 기뻤지만, 거절했다.

"그럴 수는 없어. 엄마를 생각해야지! 게다가 난 날지도 못하는걸."

"내가 가르쳐줄게."

"와, 날 수 있다니 너무 멋지다."

"내가 바람의 등에 올라타는 법을 가르쳐줄게. 그러면 우린 멀리 갈 수 있어."

"와, 정말?!"

그녀가 황홀한 듯 소리쳤다.

"웬디, 웬디, 그 바보 같은 침대에서 잠들어 있을 시간에, 나랑 같이 밤하늘의 별들에게 재미있는 말들을 하며 날아다닐 수도 있을 거야."

"와!"

"그리고 인어들도 있어."

"인어! 꼬리 달린?"

"아주 긴 꼬리가 달렸지."

"와. 인어를 볼 수 있다니!"

웬디가 감탄하자 피터 팬의 목소리는 무척이나 은근해졌다.

"웬디, 우리가 널 얼마나 존경하게 될지 생각해봐."

웬디가 불안한 사람처럼 몸을 꼼지락거렸다. 마치 아이들 방의 바닥에 남아 있으려고 애쓰는 것 같았다. 그러나 피터 팬은 그녀에게 그럴 틈을 주지 않았다.

"웬디. 넌 밤에 우리를 포근히 감싸줄 수도 있어. 마치 우리는 이불에 폭 들어간 기분이 들겠지."

"아!"

"우리 중 누구도 밤에 이불로 포근히 들어간 적이 없어."

웬디는 "정말?" 하고 되물으며 팔을 그에게로 뻗었다.

"그리고 넌 우리 옷을 꿰매줄 수도 있고, 우리에게 주

69

머니를 만들어줄 수도 있어. 우리 중 누구도 주머니를 가진 사람은 없어."

어떻게 웬디가 거부할 수 있을까.

"정말이지 엄청나게 매력적이야! 피터, 존과 마이클에게도 나는 법을 가르쳐줄 수 있어?"

"원한다면." 하고 피터 팬이 무심하게 말했다. 웬디는 존과 마이클에게로 달려가 그들을 흔들어 깨웠다.

"일어나! 피터 팬이 왔어. 우리한테 나는 법을 알려준대."

존이 눈을 비비며 "그러면 일어나야겠다."라고 웅얼거렸다. 존은 이미 바닥에 있었다.

"안녕. 난 일어났어!"

마침 마이클도 일어났는데, 그의 눈빛은 마치 여섯 개의 날과 톱을 가진 나이프처럼 예민하고 날카로워 보였다. 그때 피터 팬이 갑자기 조용히 하라는 신호를 보냈다. 아이들은 영민한 낯빛을 한 채로 어른의 세계에서 들려오는 소리를 집중해 들었다. 사방은 소금처럼 쥐 죽은 듯 조용했다. 그러면 모든 것이 괜찮은 셈이었다. 아니, 잠깐! 모든 것이 잘못되었다. 나나는 저녁 내내 괴롭다는 듯 짖어댔지만, 지금은 조용했다. 그들은 조용히 귀를 쫑긋 세우고 있는 나나의 존재를 눈치챘다.

"불 꺼! 숨어! 빨리!"

존이 외쳤다. 모든 모험을 통틀어서 그가 지휘를 맡은 유일한 시간이었다. 잠시 후 리자가 나나를 데리고 들어왔을 때, 아이들 방은 이전처럼 조용하고 매우 어두웠다. 아마도 세 명의 악당이 잠든 척 내는 천사의 숨소리가 들렸을 것이다. 아이들은 실제로 창문 커튼 뒤에 교묘하게 숨어서 잠든 척 숨소리를 내었다.

리자는 기분이 좋지 않았다. 왜냐하면 부엌에서 크리스마스 푸딩을 만들다가 나나의 터무니없는 의심 때문에 볼에 건포도 하나를 묻힌 채로 끌려 나왔기 때문이었다. 리자는 잠시만이라도 나나를 아이들 방으로 데려가는 것이 개의 흥분을 가라앉히는 가장 좋은 방법이라고 생각했다. 물론 나나에게 목줄을 채운 채였다.

"잘 봐, 이 의심 많은 짐승아."라고 리자가 말했다. 그녀는 나나가 굴욕적인 상황에 처하는 것을 안타까워하지 않았다.

"아이들은 완벽하게 안전해, 그렇지? 침대에서 잠든 작은 천사들이 내는 소리를 들어봐. 부드러운 숨소리를 들어보라고."

이때 마이클이 성공에 고무된 나머지 너무 크게 숨을 쉬는 바람에 하마터면 들킬 뻔했다. 거짓 숨소리임을 알

71

아챈 나나는 리자의 손아귀에서 벗어나려고 발버둥 쳤다. 그러나 깜빡 속고 만 리자는 "더 이상 안 돼, 나나." 하고 엄격하게 경고하곤 나나를 방에서 끌어냈다.

"경고하는데, 다시 짖으면 주인님과 주인마님을 곧장 파티에서 모셔올 거야. 그러면 봐, 아마 주인님이 널 채찍질하시지 않을까?"

그녀는 불행한 개의 목줄을 잡아당겼지만 그렇다고 나나가 짖기를 멈추었을까? 주인님과 주인마님을 파티에서 데려오겠다는 게 협박이 될까? 그건 나나가 정확히 원하는 바였다. 채찍질을 당하더라도 자기의 역할은 아이들을 안전히 지키는 것이라고 생각했다. 안타깝게도 리자는 다시 푸딩을 만들려 주방으로 돌아갔고, 나나는 리자로부터 아무런 도움을 받을 수 없다는 사실을 알아채고선 사슬을 부술 때까지 안간힘을 썼다. 마침내 나나는 사슬을 끊고 27번지의 다이닝룸으로 뛰어 들어가서는 앞발을 하늘로 쳐들었는데, 이건 위험을 알리는 가장 효과적인 의사소통 방식이었다. 달링 씨와 달링 부인은 아이들 방에서 뭔가 끔찍한 일이 벌어지고 있다는 사실을 단번에 알아차리고선, 그들을 초대해준 이들에게 인사도 없이 길거리로 뛰쳐나갔다.

세 명의 꼬마 악당이 커튼 뒤에서 숨쉬기 시작한 지

이미 10분이 지나 있었고, 10분이면 피터 팬은 많은 일을 할 수 있다. 10분 전 상황으로 돌아가보자.

"이제 괜찮아." 하고 존이 숨어 있던 곳에서 모습을 드러내며 선언했다. "그런데 피터, 정말 날 수 있어?"

존이 묻자 피터 팬은 굳이 대답을 하는 수고를 하는 대신, 날아서 방을 돌면서 벽난로 위를 지나갔다.

"정말 멋지잖아!" 하고 존과 마이클이 말했다.

"정말 사랑스러워!" 하고 웬디가 외쳤다.

"맞아, 난 사랑스러워, 아! 난 정말 사랑스럽다고!"라며 피터 팬이 다시 겸손함을 잊어버린 채로 말했다.

날아다니는 일은 매우 쉬워 보여서 아이들은 처음에는 방바닥에서, 그다음에는 침대에서 날기를 시도했지만, 번번이 실패해 바닥으로 떨어졌다.

"이봐, 피터. 도대체 넌 어떻게 하는 거야?"

존이 무릎을 문지르며 물었다. 존은 꽤 현실적인 면이 있는 소년이었다.

"그냥 멋지고 아름다운 생각을 하면 돼. 그러면 그 생각들이 널 공중으로 들어 올릴 거야."

설명을 마친 피터 팬은 다시 시범을 보였다.

"너 정말 날쌔구나. 천천히 한 번만 더 보여줄래?"

존의 부탁에 피터 팬은 천천히, 그리고 빠르게 날아 보였다. "아, 이제 알았어, 웬디!"라고 존이 외쳤지만, 곧바로 그게 아님을 알아챘다. 세 아이 모두 바닥에서 1인치조차 날지 못했다. 피터 팬은 알파벳은 모르면서도—어린 마이클조차 2음절로 된 단어를 안다—하늘을 나는 법은 알았다.

사실 피터 팬은 세 아이들에게 장난을 치고 있었다. 요정 가루를 불어넣지 않고서는 날 수 없었다. 다행히도 앞서 언급했듯이, 그의 손은 요정 가루로 범벅이 되어 있었다. 그는 장난치기를 그만두고 아이들 한 명 한 명에게 요정 가루를 불어넣어 주었다. 그러자 결과는 환상적이었다.

"자, 이제 어깨를 이런 식으로 꿈틀거려봐. 그리고 몸이 날아가도록 그대로 둬봐."

아이들은 모두 침대 위에 있었는데, 그중 용감한 마이클이 제일 먼저 몸을 맡겼다. 의도적으로 의식해서 몸을 놓은 것은 아니었지만, 어쨌든 그렇게 했고, 곧바로 방 건너편으로 날아갔다.

"나 날았어!"

마이클이 공중에 떠 있는 상태에서 비명을 질렀다. 존도 긴장을 풀었고 욕실 근처에서 웬디와 만났다.

"우와, 멋져!"

"끝내준다!"

"나 좀 봐!"

"나 좀 봐!"

"나 좀 봐!"

그들의 비행은 피터 팬만큼 우아하지는 않았다. 팔다리를 버둥거리고 머리를 부딪치기도 했지만 비행은 너무도 신나는 일이었다. 피터 팬은 처음에는 웬디를 도왔지만, 팅커 벨이 너무 화를 냈기 때문에 그만둘 수밖에 없었다.

그들은 위아래로, 또 사방으로 빙글빙글 날아다녔다. 웬디의 표현에 따르면 그건 '천국' 같았다.

"있잖아. 우리 밖으로 나가보는 건 어때!"

존이 신나서 외쳤다. 그건 피터 팬이 먼저 제안하려고 했던 거였다. 마이클은 준비가 되어 있었다. 그는 10억 마일(약 16억 934만 킬로미터)을 가는 데 얼마나 걸리는지 알고 싶어 했다. 하지만 웬디는 망설였다.

그녀의 망설임을 눈치챈 피터 팬이 "인어!" 하고 웬디에게 상기시켰다.

"아!"

"그리고 해적들도 있어."

"해적이라고? 지금 당장 가자."

존이 교회에 가는 일요일이나 가족 행사에 쓰는 멋진 모자를 꼭 쥐며 외쳤다.

같은 시각, 달링 씨와 달링 부인이 나나와 함께 27번지에서 급하게 나오고 있었다. 그들은 길 한가운데로 달려가 아이들 방의 창문을 올려다보았다. 창문은 여전히 닫혀 있었지만, 방은 강렬한 빛으로 번쩍이고 있었다. 특히 그들의 심장을 사로잡은 광경은 커튼에 비치는 그림자였다. 세 개의 작은 형체가 잠옷 바람으로 빙글빙글 원을 그리며 돌고 있었다. 바닥이 아닌 공중에서 말이다. 셋이 아니었다. 넷이었다!

그들은 긴장한 채로 대문을 열었다. 달링 씨는 위층으로 뛰어 올라가려고 했지만, 달링 부인은 그에게 조심스럽게 가라는 신호를 주었다. 그러곤 심장 박동을 가라앉히려 애썼다.

그들이 제때 아이들 방에 도착할 수 있을까? 만약 그렇다면 얼마나 다행일까. 모두 안도의 한숨을 내쉴 것이다. 그러나 그렇다면 더 이상의 모험 이야기는 없다. 반면, 그들이 제때 도착하지 못한대도 걱정 말라, 모든 것은 결국 잘될 것이다.

작은 별들이 그들을 지켜보고 있지 않았더라면 그들은 아이들 방에 제때 도착했을 것이다. 별들은 다시 한번 창문을 활짝 열어버렸고, 그중 가장 작은 별이 외쳤다.

"조심해, 피터 팬!"

피터 팬은 한순간도 꾸물거려서는 안 된다는 걸 알아차렸다.

"가자! 가자!"

그가 긴박하게 소리치고는 즉시 밤하늘로 높이 날아올랐다. 존과 마이클 그리고 웬디가 그 뒤를 따랐다.

달링 씨와 달링 부인, 나나는 아이들 방으로 뛰어들었지만, 너무 늦어버렸다. 새들은 날아가버렸다.

Chapter
4

비행

"오른쪽에서 두 번째. 그리고 아침까지 쭉 직진이야."

이것이 바로, 피터 팬이 웬디에게 알려준 네버랜드로 가는 길이었다. 하지만 이 설명만으로는 네버랜드를 발견할 수 없었다. 지도를 들고 바람 부는 모퉁이에서 정보를 찾아보는 새들조차도 말이다. 눈치챘다시피, 피터 팬은 그의 머릿속에 떠오르는 대로 아무 말이나 한 것뿐이었다.

처음에 세 아이는 그를 무조건 신뢰했다. 하늘을 나는 즐거움이 너무나 컸던 나머지, 세 아이는 교회 첨탑처럼 높은 건물을 만나면 가던 길을 멈추고 주위를 돌아다니느라 시간을 허비했다. 존과 마이클은 경주도 했다. 먼저 시작한 것은 마이클이었다.

세 아이는 고작 방을 날아다닐 수 있다는 이유로 기뻐

했던—그리 오래되지 않은—때를 회상하며 자신들이 우물 안 개구리였다고 생각했다.

'그런데 그게 얼마나 오래된 일이지?'

웬디가 심각하게 그 생각에 사로잡히기 시작했을 때, 그들은 바다 위를 날고 있었다. 존은 그 바다가 두 번째이고 세 번째 밤이라고 생각했다.

때로는 어두웠고 때로는 밝았으며, 너무 추웠다가 금세 너무 따뜻해졌다. 세 아이가 배고프다고 했더니—정말 배가 고팠을까, 아니면 피터 팬이 먹을 것을 마련하는 즐겁고 새로운 방법을 알고 있다고 해서 그런 척했던 걸까 알 수 없다— 피터 팬이 음식 구하는 법을 알려주었다. 그 방법이란 인간이 먹을 만한 음식을 찾는 새를 쫓아가서 그걸 먼저 낚아채는 것이었다. 그러면 먹이를 빼앗긴 새들이 뒤따라와서 그걸 다시 낚아챘다. 그들은 몇 마일씩 술래잡기를 하듯이 신나게 서로 쫓고 쫓기다가 나중에 가선 웃으며 헤어졌다. 그러나 웬디는 약간 염려가 되었다. 피터 팬은 빵과 버터를 얻는 자신의 방식이 좀 이상하다는 것도, 다른 방법이 있다는 것도 모르는 것처럼 보였기 때문이다.

세 아이는 졸린 척은 하지 않았다. 실제로 졸렸기 때문이다. 그건 너무도 위험했는데, 왜냐하면 깜빡 졸면 순간 아래로 쑥 추락했기 때문이다. 끔찍하게도, 피터 팬은 그 모습을 재미있어했다.

"저기 또 그런다!"

스르르 잠들어버린 마이클이 아래로 뚝 떨어지는 순간 피터 팬이 즐겁게 소리쳤다.

"피터! 구해줘! 어서 구해줘!"

웬디가 저 멀리 아래에 있는 잔인한 바다를 보며 공포에 찬 비명을 질렀다. 결국 피터 팬은 허공을 가르듯 다이 빙하여 마이클이 바다에 빠지기 직전에 그를 잡았다. 그 모습은 멋있었다. 하지만 그는 항상 마지막 순간까지 기다렸는데, 사람을 구하는 일보다는 자신의 능력을 과시하는 데 더 흥미가 있어 보였다. 피터 팬의 관심사는 다양해서, 잠시 몰두하던 스포츠에 흥미가 식으면, 삼 남매가 지상으로 떨어지더라도 그냥 놔둘지도 몰랐다.

세 아이와 달리 피터 팬은 추락하는 일 없이 공중에서 잠을 잘 수 있었는데, 그냥 둥둥 떠서 허공에 등을 대고 눕기만 하면 되었다. 하지만 이건 그가 워낙 가벼워서— 그의 뒤에서 입김을 분다면 그를 휙 날려버릴 수도 있다 —가능한 일이었다.

"피터 팬에게 더 예의 있게 굴어. '나를 따르라' 놀이를 할 때 말이야."

웬디가 존에게 속삭였다.

"그러면 잘난 척 좀 그만하라고 해."

존이 퉁명스레 말했다. '나를 따르라' 놀이를 할 때면, 피터 팬은 물 가까이 날아가서 지나가는 상어마다 꼬리를 건드렸다. 마치 거리를 걸으며 철책을 손가락으로 쓰다듬듯이 말이다. 그들은 그 모습을 능숙히 따라 하지 못했다. 특히 그들이 놓친 꼬리가 몇 개인지 보려고 뒤에서 지켜보는 피터 팬의 얼굴은 의기양양한 기색이 역력했다.

"피터 팬에게 잘 대해줘. 그가 우리를 떠나버리면 어떡하려고 그래?"

웬디가 동생들에게 당부하자 마이클이 "우린 돌아갈 수 있어."라고 말했다. 이에 웬디가 반론했다.

"피터 팬 없이 돌아가는 방법을 우리가 어떻게 알아?"

"음, 그러면 우리는 계속 가면 돼."라며 존이 웬디의 질문에 대답했다.

"그건 끔찍한 일이야, 존. 우리는 멈추는 방법을 모르니까 계속 가야만 할 거야."

웬디의 말은 사실이었다. 피터 팬은 그들에게 멈추는 법을 보여주지 않았다. 존은 최악의 상황에 대비해서 그들이 해야 할 일은 오직 계속 직진하는 것뿐이라고 말했다. 왜냐하면 지구는 둥그니까, 결국에는 제때 그들의 창문으로 다시 돌아갈 수 있을 거라고 했다.

"그럼 우리 음식은 누가 구해다 주는데, 존?"

"난 그 독수리 입에서 먹이를 몇 번이나, 꽤 깔끔하게 낚아챘어, 웬디."

"스무 번은 넘게 시도해서 말이지." 하고 웬디가 상기시켰다. "그리고 우리가 음식을 꽤 잘 줍는다고 해도, 피터 팬이 우릴 도와주지 않으면 구름이나 다른 것들에 얼마나 많이 부딪히는지 좀 봐."

정말로 그들은 계속 여기저기에 충돌하고 있었다. 그들은 강하게 날 수 있었지만, 여전히 심하게 발버둥 치고 있었다. 그들 앞에 구름이 보이면 그걸 피하려고 발버둥 쳤고 그러면 어김없이 부딪히고 말았다. 만약 나나가 함께 있었다면 그때마다 마이클의 이마에 붕대를 감아주었을 것이다.

피터 팬은 그들과 잠시 떨어져 있었는데, 그 높은 곳에 자기들끼리만 있자니 셋은 좀 외로워졌다. 그들보다 훨씬 빨리 날 수 있는 피터 팬은 갑자기 시야에서 사라져버리곤 했는데, 그때마다 그는 그들과는 상관없는 어떤 모험을 했다. 별들에게 이야기할 만큼 무시무시할 정도로 재미있는 어떤 것을 한 뒤 웃으며 내려왔지만, 세 아이와 합류했을 땐 이미 그것이 무엇이었는지 잊어버린 채였다. 한번은 인어 비늘을 몸에 붙인 채로 왔지만 무슨 일이 있었는지 확실하게 말하지 못했다. 인어를 본 적 없는 아이들에게 있어서 그건 좀 짜증 나는 일이었다.

"피터 팬은 정말 빨리 잊어버리는데. 우릴 계속 기억할 거라고 어떻게 기대할 수가 있어?"라고 웬디가 주장했다. 실제로 피터 팬은 사라졌다가 다시 돌아왔을 때 가끔 그들을 기억하지 못하거나, 어렴풋이 떠올리는 듯했다. 피터 팬이 그들을 지나치려던 찰나에, 그제야 뒤늦게 세 아이를 알아보는 기색을 웬디는 그의 눈빛에서 읽었던 것이다. 결국 웬디는 자신의 이름을 피터 팬에게 말해주어야만 했다.

"나 웬디야."라고 웬디가 떨리는 목소리로 말했다. 그러자 그는 매우 미안해하며 속삭였다.

"웬디. 내가 널 까먹을 때마다 항상 그렇게 '나 웬디야.'라고 말해줘. 그럼 난 기억이 날 거야."

웬디는 피터 팬의 대답이 만족스럽지 못했다. 그는 그들이 가고 있는 방향으로 부는 강한 바람에 몸을 편히 누이는 방법을 보여주는 것으로 분위기를 만회하려 했다. 피터 팬이 알려준 방법은 꽤 효과적이었다. 그들은 몇 번이나 그 방법을 시도했고 안전한 자세로 잠들 수 있다는 걸 알게 되었다. 실제로 그들은 좀 더 길게 잠을 잘 수 있었지만, 피터 팬은 잠자는 것에도 금방 싫증을 느끼고는 곧 대장처럼 큰 목소리로 외쳤다.

"이제 여기서 떠난다!"

때때로 말다툼도 있었지만, 여정은 대부분 유쾌한 분위기였고 그들은 어느새 네버랜드에 가까워졌다. 여러 번 달이 떠오른 후에 결국 그들은 그곳에 도착했다. 그들은 그동안 꽤 일직선으로 날아왔다. 그것은 아마도 피터 팬과 팅커 벨의 안내 덕분이라기보다는 섬이 그들을 찾고 있었기 때문이리라. 오직 섬이 허락해야만 마법의 해변을 볼 수 있었다.

"저기야." 하고 피터 팬이 차분하게 말했다.

"어디, 어디?"

"저기 화살들이 가리키는 곳."

실제로 백만 개쯤 되는 화살들이 섬을 가리키고 있었고, 그것은 모두 그들의 친구인 태양이 시키는 일이었다. 밤이 되기 전에 그들을 섬에 보내주려는지, 태양은 그들에게 길을 확실히 알려주었다.

웬디와 존과 마이클은 처음으로 마주하는 섬의 광경을 눈에 담으려고 공중에서 까치발로 서 있었다. 이상한 얘기이지만, 그들은 모두 단박에 섬을 알아보았고, 오랫동안 꿈꿔왔던 뭔가를 마침내 보았을 때처럼, 아니 휴일을 맞아 집으로 돌아온 친한 친구를 맞을 때처럼 반겼다. 두려움이 엄습하기 전까지는 말이다.

"존, 저기 석호가 있어."

"웬디, 거북이들이 모래에 알을 묻고 있어, 봐봐."

"있잖아, 존, 다리가 부러진 형의 홍학이 보여."

"봐, 마이클, 네 동굴도 있어."

"존, 저 덤불숲 속에 뭐가 있어?"

"저건 늑대랑 새끼들이야. 웬디, 누나의 새끼 늑대인 것 같은데."

"저기 내 배야, 존. 옆구리가 부서진 거 말이야."

"아냐, 그건 아니야. 왜, 우리가 네 배를 불태웠잖아."

"아냐, 하여간 저건 내 배 맞아. 있잖아, 존, 원주민 야영지의 연기가 보여."

"어디? 보여줘, 그들이 출정 준비 중인지 아닌지 구불구불한 연기를 보고 말해줄게."

"저기, 비밀의 강 너머야."

"이제 보인다. 그래, 그들은 확실히 출정 준비 중이야."

피터 팬은 아이들이 너무 많은 것을 알고 있어서 약간 짜증이 났다. 만약 그가 아이들에게 으스대고 싶었다면 그는 곧 그리될 것이었다. 두려움이 곧 엄습할 예정이었으니 말이다. 그것은 화살들이 사라지고, 섬이 어둠에 잠길 때쯤 닥쳐왔다.

집에서 잠자리에 들 때쯤 마주한 네버랜드는 언제나 약간 어두워지고 위협적으로 보이곤 했다. 그러면 탐험하지 않은 미지의 부분들이 나타나 펼쳐지고, 그 속에선 검은 그림자들이 움직였다. 맹수들은 포효하여, 무엇보다도 이길 수 있을 거라는 확신이 안 들 것이다. 그러면 침실에 야간등이 켜져 있음에, 곁에 나나가 지키고 있음에 안도하며 네버랜드는 모두 허구일 뿐이라고, 그곳은 그냥 벽난로 위의 선반일 뿐이라고 되뇌리라.

그때의 네버랜드는 허구가 맞다. 하지만 지금은 실제였고, 야간등도 없었으며, 시시각각 어두워지고 있었다. 게다가 나나는 어디 있단 말인가?

그들은 흩어져서 날아다니고 있었지만, 지금은 피터 팬 옆에 바짝 붙어 있었다. 그는 마침내 무신경한 태도에서 벗어나 눈을 반짝였다. 아이들은 피터 팬의 몸에 닿는 순간마다 전율에 휩싸였다. 그들은 무시무시한 섬 위를 낮게 날고 있었는데, 때때로 나무에 발을 긁혔다. 공중에 끔찍한 것은 보이지 않았지만, 그들의 비행 속도는 적군 사이로 밀고 나아가는 것처럼 힘들고 느렸다. 가끔은 피터 팬이 허공을 주먹으로 휘두를 때까지 공중에 매달려 있었다.

"그들이 우리가 착륙하는 걸 원치 않아." 하고 피터 팬이 설명했다.

"그들이 누군데?" 하고 웬디가 몸을 떨면서 속삭였다. 그러나 피터 팬은 말할 수 없었거나 말하고 싶지 않았는지 답이 없었다. 팅커 벨은 그의 어깨 위에서 잠들어 있었지만 그는 그녀를 깨워 앞장서게 했다.

가끔 피터 팬은 공중에서 무언가를 할 태세를 갖추었다. 귀에 손을 갖다 댄 채 무언가를 열중하며 들었고, 땅에 두 개의 구멍이라도 뚫을 것처럼 밝은 눈으로 아래를 뚫어져라 응시하기도 했다. 이런 일들을 한 뒤, 그는 다시 길을 나아갔다.

그의 용기는 거의 간담을 서늘케 할 지경이었다. "지금 모험을 할래?" 하고 피터 팬이 존에게 태연하게 물었다. "아니면 차 한잔할래?"

웬디가 "차 먼저."라고 빠르게 말했고, 마이클은 감사의 표시로 그녀의 손을 꼭 쥐었지만, 존은 망설였다. "어떤 모험인데?" 하고 존이 조심스럽게 물었다.

"바로 우리 아래쪽 초원에 해적 하나가 잠들어 있어. 원한다면, 우린 내려가서 그를 죽일 수 있어."라고 피터 팬이 말했다.

"난 그가 안 보이는데." 하고 존이 긴 침묵 끝에 말했다.

"난 보여."

피터 팬의 대답에 존이 약간 쉰 목소리로 말했다.

"만약에 그가 깨어나면……."

그러자 피터 팬이 분개해 외쳤다.

"그가 잠자고 있을 때 내가 그를 죽일 거로 생각하는 거지! 난 그를 먼저 깨운 다음 죽일 거야. 그게 내가 항상 해오던 방식이야."

"있잖아! 넌 많이 죽여봤어?"

"몇 톤쯤 되지."

존은 "정말 멋져." 하고 말했지만 차를 먼저 마시기로 결정했다. 그는 지금 섬에 해적이 많은지 물었고 피터 팬은 이렇게 많았던 적은 없었다고 말했다.

"지금 선장이 누구지?"

"후크."

피터 팬이 대답했다. 아주 싫다는 듯이, 그 단어를 말할 때 피터 팬의 얼굴은 매우 굳어졌다.

"제임스 후크?"

"그래."

그때 마이클이 울기 시작했고, 존은 침을 꿀꺽 삼키는 것만 할 수 있었다. 모두 후크 선장의 악명을 들어 알기 때문이었다. 존이 쉰 목소리로 속삭였다.

"그는 검은 수염이라고 하는 배의 갑판장이었어. 그는 가장 나쁜 놈 중에 하나야. 바비큐가 두려워하는 유일한 사람이라고."

"바로 그자야."라고 피터 팬이 확인해주었다.

"어떻게 생겼는데? 커?"

"예전만큼 크지는 않아."

"그게 무슨 말이야?"

"내가 그를 약간 잘라버렸어."

"네가?!"

"그래, 내가." 하고 피터 팬이 날카롭게 말했다.

"무례하게 굴려고 한 건 아니야."

"아, 괜찮아."

"그런데 있잖아, 뭘 잘랐는데?"

"오른손."

"그럼 이제는 싸울 수 없겠네?"

"설마 그럴까!"

"왼손잡이야?"

"오른손이 있던 자리에 쇠갈고리를 달았어. 그걸로 할 퀴지."

"할퀸다고!"

"있잖아, 존."

"응."

"이렇게 말해봐, '예, 예, 대장님.'"

"예, 예, 대장님."

"한 가지. 나를 따르는 모든 소년이 약속해야만 하는
게 있어. 너도 그래야만 하고."

피터 팬의 말에 존의 얼굴이 창백해졌다. 피터 팬은 존
을 쳐다보며 이어 말했다.

"그건 이거야. 만약 우리가 후크와 정면으로 맞닥뜨리
게 된다면, 넌 나를 위해 그를 남겨놔야 해."

"약속할게." 하고 존이 충성스러운 목소리로 말했다.
그 순간 그들은 조금 덜 으스스하다고 느꼈다. 팅커 벨이
함께 날고 있기 때문이었다. 그녀의 빛은 서로를 알아볼
수 있게 해주었다. 불행하게도 그녀는 그들처럼 천천히
날 수가 없어서 주위를 빙글빙글 날아다녔는데, 그 바람
에 일행은 후광에 휩싸인 듯 보였다. 웬디는 그걸 상당히
좋아했다. 피터 팬이 단점을 지적할 때까지는.

"팅크가 말하길. 어둠이 오기 전에 해적들이 우리를 발
견하고는 롱톰'을 꺼냈대."

"큰 총이야?"

———

* Long Tom. 해군이나 해적선에서 사용되던 큰 대포.

"그래. 그리고 당연히 그들은 팅크의 빛을 볼 거야. 만약 그들이 우리가 가까이 있다고 짐작한다면 그걸 쏘겠지."

"웬디!"

"존!"

"마이클!"

"그녀에게 당장 저리 가버리라고 해, 피터 팬."

세 사람이 동시에 울부짖었다. 그렇지만 그는 거부했다. 그러곤 딱딱하게 대꾸했다.

"팅크는 우리가 길을 잃었다고 생각해. 그리고 그녀는 좀 겁먹었어. 그녀가 겁에 질려 있는데, 내가 팅크 혼자 떠나보낼 리 없잖아!"

잠시 빛의 동그라미가 깨졌고, 무언가 애정을 담아 피터 팬을 꼬집었다.

"그럼 그녀에게 말해. 그 불을 끄라고." 하고 웬디가 애원했다.

"그녀는 불을 끌 수 없어. 그건 요정들이 할 수 없는 일이야. 잠들어야만 스스로 불이 꺼진다고, 딱 별들처럼 말이야."

"그럼 그녀에게 즉시 잠들라고 말해!" 하고 존이 명령하듯 말했다.

"그녀는 정말 졸릴 때 말고는 잠들 수 없어. 그건 요정들이 할 수 없는 또 다른 일이야."

"내가 보기엔." 존이 으르렁거리듯 운을 뗐다. "지금 우리에게 필요한 일은 딱 그 두 가지인데." 하고 말을 마쳤을 때 그는 꼬집혔지만, 그 손길에 애정이 담겨 있지는 않았다.

"만약 우리 중 누구라도 주머니가 있다면……. 팅크를 그 안에 넣고 다닐 수 있을 텐데."

피터 팬의 말에 다들 침묵했다. 그들은 너무나 서둘러 출발했기 때문에 넷 중 아무도 주머니를 가진 사람이 없었다.

그때 피터 팬이 좋은 생각을 떠올렸다. 존의 모자! 팅커 벨은 모자를 손에 들고 있을 때는 그 안에 들어가 여행하는 것에 동의했다. 그녀는 피터 팬이 들고 가주길 기대했지만, 존이 모자를 들고 다녔다. 머지않아 웬디가 모자를 옮겨 들었는데, 날 때마다 모자가 무릎에 부딪힌다고 존이 투덜댄 탓이다. 그리고 존의 말은 곧 못된 장난으로 이어졌다. 팅커 벨은 웬디의 보호 아래에 있는 것을 싫어했기 때문이다.

검은 모자 안에서 요정의 빛은 완전히 가려졌고, 그들은 침묵 속에서 날아갔다. 그건 그들이 경험해보지 못한 가장 고요한 침묵이었다. 멀리서 뭔가 할짝거리는 소리가 그 침묵을 한 번 깼는데 피터 팬은 야생 짐승들이 여울에서 물을 마시는 소리라고 설명했다. 그리고 또다시 귀에 거슬리는 소리가 났는데 세 아이는 아마도 나무들이 서로 스치는 소리이려니 생각했다. 그러나 피터 팬은 그게 원주민들이 칼을 날카롭게 가는 소리라고 했다.

이내 그런 소리들마저 사그라졌다. 마이클은 적막이 주는 외로움을 견딜 수 없었다. "뭔가 소리라도 났으면 좋겠어!"라고 그가 소리쳤다.

그때 그의 요청에 대답이라도 하듯이 여태껏 들어본 소리 중 가장 큰 굉음이 공기를 찢어놓을 듯 갈랐다. 해적들이 그들을 향해 롱톰을 발사한 것이었다. 으르렁거리는 듯한 소리가 산을 울리며 메아리쳤고, 그 메아리는 야만적으로 울부짖는 듯 보였다.

"이놈들이 어디 있지? 어디 있지? 어디 있지?"

겁먹은 세 아이는 환상의 섬과 그것이 실제화된 듯한 섬 사이의 차이점을 신랄하게 배워야만 했다.

마침내 하늘이 다시 고요해졌을 때 존과 마이클은 어둠 속에 그들 홀로 남겨졌다는 걸 알아챘다. 존은 공중에 기계적으로 발을 디디고 있었고, 마이클은 어떻게 떠 있는지도 모른 채로 떠 있었다.

"너 맞았어?" 하고 존이 떨면서 속삭였다.

"아직은 아닌 것 같아." 하고 마이클이 역시 속삭였다.

다행히 일행 중 아무도 맞지 않았다. 그러나 피터 팬은 총알의 바람에 의해 바다 저 멀리 날아갔고, 웬디는 동료도 없이 팅커 벨과 함께 위로 날아갔다.

그 순간 웬디가 차라리 모자를 떨어뜨렸다면 좋았을 것이다. 팅커 벨이 그 생각을 갑자기 떠올린 것인지, 아니면 그 전부터 계획했는지는 모르겠지만, 그녀는 즉시 모자에서 튀어나와 웬디를 파멸로 이끌려 했다.

팅커 벨이 완전히 나쁜 요정은 아니었다. 그녀는 가끔 완전히 착하기도 했다. 하지만 지금은 약간, 아니 완전히 나쁘긴 했다. 요정들은 몸이 너무 작아서, 불행하게도 이것이든 저것이든 한 번에 하나의 생각만 몸에 담을 수 있었다. 그들은 변화가 허락된다면, 완전히 변할 수도 있었다.

현재 팅커 벨은 웬디에 대한 질투로 가득 차 있었다. 팅커 벨에게서 사랑스러운 방울 소리가 들렸지만 웬디는 그녀가 무슨 말을 하는 것인지 알 수 없었다. 그중 일부는 나쁜 말들이었을 테지만, 웬디의 귀에는 다정하고 친절하게 들렸다. 웬디는 '날 따라와. 그러면 모든 게 다 잘될 거야.'라고 받아들여서 팅커 벨을 따라 뒤로, 그리고 앞으로 날아갔다.

불쌍한 웬디가 무엇을 할 수 있었겠는가. 그녀는 피터 팬과 존과 마이클을 불렀지만, 돌아오는 소리라고는 놀리는 듯한 메아리뿐이었다. 웬디는 팅커 벨이 맹렬하게 그녀를 미워하고 있다는 사실을 아직 몰랐다. 그래서 놀라 어쩔 줄 몰라 하며, 그녀는 팅커 벨을 쫓아 비틀비틀 날아가 파멸로 향했다.

Chapter
5

네버랜드

피터 팬이 돌아오고 있다고 느끼자, 네버랜드는 생명을 얻은 듯 깨어났다. 정확한 과거 완료시제인 '깨어나 있었다(had wakend)'를 사용해야겠지만, 피터 팬이 즐겨 쓰는 표현인 '깨어났다(had woke)'가 더 좋을 것 같다.*

피터 팬이 부재중일 때의 섬은 꽤 조용하다. 요정들은 아침에 한 시간 더 잠을 잤고, 짐승들은 새끼를 돌보았으며, 원주민들은 6일 밤낮으로 배불리 먹고, 해적들과 잃어버린 소년들은 만나면 그저 서로의 엄지손가락을 깨물

---

* had woke와 had wakened는 모두 영어의 과거 완료 시제로 과거의 어떤 시점 이전에 일어난 일을 설명할 때 사용된다. had woke는 일부 방언이나 구어체에서 사용되는 비표준적 표현이고, 표준형은 had waked가 맞다. 한국어로는 모두 '깨어나다'라는 뜻을 갖지만, 뉘앙스에 차이를 주기 위하여 '깨어났다'와 '깨어나 있었다'로 번역하였다.

었다.*

하지만 무기력한 상태를 싫어하는 피터 팬이 돌아올 때면 모든 것이 다시 움직이기 시작한다. 땅에 귀를 대어 본다면, 섬 전체가 생명으로 끓어오르는 소리를 들을 수 있을 정도로 말이다.

그 저녁에 섬의 주요 세력들은 다음과 같이 배치되었다. 잃어버린 소년들은 피터 팬을 찾아 나섰고, 해적들은 잃어버린 소년들을 찾아 나섰고, 원주민들은 해적들을 찾아 나섰고, 짐승들은 원주민들을 찾아 나섰다. 그들은 섬을 빙글빙글 돌고 있었는데 서로 만나지는 못했다. 왜냐하면 모두 같은 속도로 움직이고 있었기 때문이다.

섬의 소년들을 제외하곤 모두 피를 원했다. 보통은 그들도 피를 좋아했지만, 자신들의 대장을 맞이하기 위한 오늘 밤은 예외였다. 섬의 소년들은 상황에 따라 그 숫자가 변동되었는데, 죽거나 기타 등등의 이유에 따른 것이었다. 그들이 자라난 것처럼 보이면—규칙에 위배되므로—피터 팬이 그들을 솎아냈다. 현재 섬의 소년들은 여섯 명이었다. 쌍둥이를 둘로 셀 때는 말이다.

———

* 고전적인 표현으로, 주로 서로에 대한 무례함이나 도전의 의미로 사용된다. 이 제스처는 엄지손가락을 물고, 그 손가락을 다른 사람에게 향하게 함으로써 상대방을 비난하거나 모욕하는 의미를 내포한다.

여기 사탕수수밭 사이에 누워 있다고 가정해보자. 손에 단검을 하나씩 쥔 채 일렬로 줄지어 지나가는 그들을 바라보면서 말이다.

피터 팬은 자신과 조금이라도 닮아 보이는 것을 금지했기에 아이들은 직접 죽인 곰의 가죽을 입고 있었다. 매우 둥글둥글하고 털이 북슬북슬한 그들은 자칫 넘어지기라도 하면 데굴데굴 구를 수밖에 없었다. 그러므로 잃어버린 소년들은 삐끗하지 않으려 발에 힘을 단단히 주고 걸었다.

가장 먼저 지나가는 소년은 투틀스였는데 제일 용감하지는 않았지만, 그 용맹한 무리에서 가장 불운한 녀석이었다. 그는 다른 누구보다도 모험을 덜 겪었는데, 그건 지금껏 그가 모퉁이를 돌아 나가는 바로 그때 큰일들이 일어나기 때문이었다. 모든 것이 조용할 때면 그에게 불을 피우기 위한 나뭇가지들을 모으러 잠시 자리를 비우는 기회가 생겼는데, 돌아왔을 때면 다른 사람들은 피를 닦아내고 있었다. 이런 불운은 그의 얼굴에 뭔가 부드러운 구슬픈 느낌을 만들어냈지만, 그의 성격은 시큼해지기보다는 달콤해졌다. 그래서 그는 소년들 사이에서 가장 겸손한 사람이었다.

불쌍하고 친절한 투틀스, 오늘 밤 위험이 도사리고 있

으니 부디 몸조심하도록. 만약 모험을 받아들인다면, 그를 깊은 비통에 빠트릴지도 모른다. 이 밤에 장난질에 열중하고 있는 요정 팅커 벨은 도구를 찾고 있고, 그녀는 투틀스를 소년들 중에서 가장 꾀어내기 쉽다고 여겼다. 투틀스, 부디 팅커 벨을 조심하도록. 그가 경고를 듣길 바라지만, 그는 그냥 지나갔다. 손가락을 깨물면서.

다음엔 유쾌하고 멋지고 당당한 닙스가 지나갔고, 다음으론 나무로 호각을 만든 슬라이틀리가 직접 지어낸 곡조에 무아지경으로 취해 춤을 추며 뒤따랐다. 슬라이틀리는 소년들 중에서 가장 자만심이 강하다. 그는 잃어버리기 전의 나날을, 예의범절과 풍습을 기억한다고 생각했는데, 이건 그의 콧대를 하늘 높을 줄 모르고 치솟게 만들었다.

네 번째로 지나간 이는 컬리였다. 그는 말썽쟁이였는데, 피터 팬이 엄격하게, "이 짓을 저지른 사람은 앞으로 나와."라고 말할 때면 자주 자수를 하곤 했다. 이제는 그가 그 일을 저질렀든 저지르지 않았든 자동으로 자수를 하는 지경에 이르렀다.

마지막으로는 쌍둥이가 지나가는데, 그들은 제대로 묘사할 수가 없다. 왜냐하면 틀림없이 잘못된 쪽을 묘사할 것이기 때문이다. 피터 팬은 쌍둥이가 무엇인지 잘 알지 못했고, 그의 무리는 대장이 모르는 것에 대해서 아는 것은 허락되지 않았기 때문에 쌍둥이는 항상 모호하게 행동했다. 그리고 서로 가까이 붙어 지내며 미안해한다든가 하는 식으로 피터 팬에게 만족을 주려고 최선을 다했다.

소년들이 어둠 속으로 사라지고, 잠시 정적이 흘렀다. 그렇지만 섬에서는 모든 것이 활발히 돌아갔으므로 그리 긴 정적은 아니었다. 해적들은 소년들의 흔적을 따라 지나갔다. 해적들이 모습을 드러내기 전에 그들의 소리를 먼저 들을 수 있다. 그것은 항상 같은 끔찍한 노랫소리였다.

그만, 중지, 어기야디야, 배를 멈춰
해적질을 하며 우리가 나가신다
총에 맞아 갈가리 찢어져도
우린 지옥에서 반드시 만나리!

이보다 더 악랄한 무리가 해적 처형대*에 줄지어 매달린 적은 없다. 그들 중 약간 앞서 나가는 자는 때때로 머리를 땅에 대고 소리를 들었다. 굵은 두 팔은 맨살을 드러내고, 장신구로 스페인 은화를 귀에 건 그는 잘생긴 이

---

* Execution Dock 해적 처형장으로 템스강변 Wapping 부근에 있었다.

탈리아인 체코였다. 그는 가오*에 있는 감옥에서 교도소장의 등에 피로 자신의 이름을 새겨 넣었다. 이 거대한 흑인은 검은 피부의 어머니들이 과조모의 강둑에서 아이들을 겁주기 위해 흔히 사용하는 이름을 버린 뒤로 여러 개의 이름을 가지고 있었다.

해적들 중에는 몸의 마디마디가 전부 문신으로 덮여 있는 자도 있었는데, 그의 이름은 빌 주크스였다. 바다코끼리호에서 플린트로부터 72대의 채찍질을 당하기 전까지도 포르투갈 금화 자루를 내려놓지 않았던 바로 그 빌 주크스다.

그다음 지나간 해적, 쿡슨은 검은 머피의 형제로 알려져—증명되지는 않았다—있다. 그다음 지나간 해적, 젠틀맨 스타키는 공립학교에서 직원으로 일한 과거 때문에 죽이는 방식도 얌전했다. 그다음으로 지나간 해적은 스카이라이츠(모건의 스카이라이츠)였다.

그다음으로 지나간 해적, 아일랜드인 갑판장 스미는 상대를 무기로 찌를 때에는 이상하게 상냥했는데, 말하자면 불쾌하게 하는 행위 없이 찔렀다. 그는 후크의 선원

---

* Gao. 말리 동부 Niger 강가의 도시.

들 중 유일한 비국교도*였다.

그다음으로 지나간 해적은 손이 뒤집혀 있는 누들러, 그다음으로 지나간 해적은 로버트 멀린스와 알프 메이슨이었다. 그 밖에도 스페인 해협에서 오랫동안 알려져 있고 두려움의 대상이었던 다른 악당이 많았다.

그 한가운데, 어두운 배경 속에서도 가장 검고 큰 보석인 제임스 후크—그는 서명할 때는 재스 후크라고 썼다—가 비스듬하게 편히 자리해 있었다. 그는 해적 씨쿡이 유일하게 두려워한 인물이라고 알려져 있다. 후크는 그의 부하들이 밀고 끄는 거친 전차 위에 편안히 누워 있었는데, 오른손이 있어야 할 곳에 쇠갈고리가 달려 있었으며, 이따금 그것을 들어 올림으로써 부하들을 부추겨 속력을 높이도록 했다. 이 끔찍한 남자는 부하들을 개처럼 대하고 다뤘으며, 그들도 개처럼 그에게 복종했다.

생김새로 말하자면 그는 죽은 사람처럼 창백하다 못해 검은빛을 띠었으며 그의 머리카락은 약간 멀리서 보면 마치 촛불처럼 구불구불 늘어져 있어 잘생긴 얼굴에 기묘한 위협적인 인상을 더했다. 그의 눈은 물망초의 푸

* 잉글랜드의 국교는 성공회이다. 아일랜드인 스미는 성공회 교도가 아니었다는 의미이다. 아일랜드인의 대부분은 가톨릭 신자이다.

른색을 띠고 깊은 우수가 배어 있었지만, 쇠갈고리로 상대를 깊게 찌를 때면 빨간 두 개의 반점이 나타나 두 눈을 끔찍하게 빛나게 만들었다.

태도를 보자면, 그에게는 고귀한 영주의 그 무엇인가가 여전히 들러붙어 있어서, 사람을 갈기갈기 찢어놓을 때조차 점잖을 떨었다. 그는 명성이 자자한 '달변가'였다. 후크가 가장 정중히 굴 때면 사악하기 그지없었는데, 이것은 아마도 그의 품성을 시험하는 가장 진실한 방법일 것이다. 그의 말투는 욕설을 내뱉을 때조차 우아해서, 그 태도의 탁월함을 돋보이게 했다. 그럼으로써 그의 부하들과는 다른 계급의 사람임을 보여주었다.

이 불굴의 용기를 지닌 남자가 유일하게 겁을 먹는 때는 자신의 피를 볼 때였는데, 그건 두꺼우면서도 특이한 색이었다. 옷차림에 있어서는 찰스 2세의 이름에 수반되는 의상을 다소 흉내 내었는데, 그의 경력의 초기에 불행한 스튜어트 왕가와 묘하게 닮았다는 말을 들었기 때문이었다. 그의 입가에는 한 번에 두 개의 시가를 피울 수 있는, 직접 고안한 시가 홀더가 물려 있었다. 하지만 그에게 있어 가장 음침한 부분은 의심의 여지없이 오른손 대신에 달린 쇠갈고리였다.

자, 이제 후크의 자비 없는 방식을 보여주기 위해 해적을 하나 죽여보자. 스카이라이츠가 적당하겠다. 그들이 지나갈 때, 스카이라이츠는 어설프게 걷다 그만 후크와 부딪쳤고 그 바람에 그의 레이스 옷깃이 구겨지고 말았다. 후크의 갈고리가 앞으로 휙 나아가고 뭔가 찢어지는 소리와 비명이 들렸다. 그런 다음 힘을 잃고 쓰러진 몸뚱이는 걷어차여 옆으로 치워졌고 해적들은 아무 일 없었다는 듯 계속 나아갔다. 후크는 입에서 시가조차 빼지 않은 상태다.

피터 팬은 이렇게 무서운 인물과 겨뤄야만 하는 것이다. 과연 누가 이길까?

해적들의 뒤를 따라 출정길에 나선 원주민들이 눈을 부릅뜬 채 살금살금 소리 없이—보통 사람은 눈에 보이지도 않을 만큼 은근한 움직임이었다—지나갔다. 그들은 도끼와 칼을 쥔 채였고, 벗은 몸은 페인트와 기름으로 어슴푸레 빛났으며, 해적뿐만 아니라 소년들의 머리 가죽을 꿰어 두르고 있다. 이들은 피카니니 부족으로, 여린 심장을 가진 델라웨어나 휴론 부족과 혼동해서는 안 된다. 그들의 선두에는 네발로 기는 그레이트 빅 리틀 팬서가 있는데, 그는 머리 가죽을 가장 많이 두르고 있는—움직이는 데 약간 방해가 될 정도의 양이다—전사다.

가장 위험한 위치인 후미에는 자랑스럽게 곧추서 있

는 타이거 릴리가 있는데, 그녀는 고유의 권한이 있는 족장의 딸이다. 그녀는 검은 피부의 다이아나* 중에서도 가장 아름다운, 피카니니 부족에서 최고의 미인이었다. 그녀는 때로는 고혹적이고, 때로는 냉정하며, 때로는 요부처럼 애정이 넘쳤다. 이처럼 다루기 힘든 그녀이지만 공주를 아내로 맞아들이기 싫은 전사는 하나도 없었다. 하지만 그녀는 결혼식 제단을 도끼로 저지했다.

원주민들이 땅에 떨어진 나뭇가지 위를 어떻게 지나가는지 보라. 들리는 소리라고는 오로지 약간의 무거운 숨소리뿐이다. 사실 그들은 폭식 후에 약간 살이 쪘는데—시간이 지나면 다시 살이 빠질 것이다—현재로서는 이것이 그들의 가장 큰 위험으로 여겨졌다.

원주민들은 나타났을 때와 마찬가지로 그림자처럼 사라졌고 그 자리는 몸집이 거대하고 다양한 짐승들의 행진으로 채워졌다. 사자, 호랑이, 곰. 그리고 포식자로부터 달아나는 작은 동물들이었다. 모든 종류의 짐승—특히 사람을 잡아먹는 맹수—이 천혜의 섬에서 살아간다. 허기진 동물들은 혀를 늘어뜨리고 어슬렁어슬렁 네발로 걸

---

* [로마신화]에서의 다이아나는 달의 여신으로 처녀성과 수렵의 수호신이다. 그리스 신화의 Artemis.

었다.

그것들이 지나가고 나면, 마지막으로는 거대한 악어 한 마리가 온다. 이놈이 누굴 찾고 있는지 머지않아 밝혀질 것이다.

악어가 지나가고, 곧 소년들이 다시 나타난다. 행렬은 무리의 어느 한쪽이 멈추거나 속도를 바꾸기 전까지 무한히 계속된다. 그들은 곧 서로 마주치게 될 것이다.

모두 전방을 날카롭게 예의주시하고 있지만, 뒤에서 위험이 살금살금 다가오고 있음을 아무도 의심하지 않는다. 이것은 이 섬이 얼마나 현실적인지를 보여준다.

움직이는 원에서 가장 먼저 떨어져 나온 것은 소년들이었다. 그들은 땅속에 있는 집 근처의 풀밭에 몸을 던졌다.

"피터 팬이 돌아오면 좋겠어."

모두 신경이 곤두서서 한목소리로 말했다. 소년들은 모두 그들의 대장보다 키나 몸집이 훨씬 컸다.

"해적을 무서워하지 않는 건 나 하나뿐이야."

슬라이틀리가 말했다. 이런 말투 때문에 그는 평소에 호감을 얻지 못했다. 그러나 멀리서 들려오는 소리가 거슬렸는지, 그는 급하게 덧붙였다.

"하지만 나도 피터 팬이 돌아왔으면 좋겠어. 그래서 신데렐라에 대해서 더 말해주었으면 좋겠어."

그들은 신데렐라에 대해 이야기했고, 투틀스는 자신의 엄마가 신데렐라와 매우 닮았을 거라고 확신했다. 엄마에 대해 이야기하는 건 피터 팬이 없을 때에만 가능했다. 어리석은 일이라며, 피터 팬이 그 주제에 대해 대화하는 걸 금지했기 때문이었다.

"엄마에 대해 내가 기억나는 거라고는, 아빠에게 자주 '아, 나도 나만의 수표책이 있으면 좋겠어.'라고 말했다는 거야. 난 수표책이 뭔지 모르지만, 엄마에게 아주 기쁜 마음으로 그걸 줄 수 있을 거야."라고 닙스가 말했다.

그들이 대화하는 동안 멀리서 소리가 들려왔다. 숲속의 야생동물들이 아닌 이상 보통 사람은 아무것도 듣지 못했을 것이다. 그렇지만 그들은 소리를 들었고, 그건 음산한 노래였다.

어기야디야, 어기야디야. 해적의 인생
해골과 뼈의 깃발
즐거운 시간, 교수형 밧줄
만세! 데이비 존스*여

---

* Davy Jones. 바다에서 익사한 사람들이 간다는 바다의 해저, 밑바닥을 일컬음. 바다귀신이라는 의미도 있다.

그 즉시 잃어버린 소년들은 몸을 숨겼다. 토끼도 그보다 더 빨리 사라질 수는 없을 것이다. 정찰을 위해 잽싸게 도망간 닙스를 제외하고, 소년들은 벌써 땅속에 있는 그들의 집에 들어가 있었다. 소년들의 집은 아주 훌륭한 거주지였는데 머지않아 이곳을 자세히 볼 기회가 있을 것이다.

그나저나 땅속에 있는데 어떻게 집에 갔단 말인가? 그 어떤 입구도, 위장용―치우면 동굴 입구가 드러나는 것처럼―수풀 더미도 보이지 않았다. 그러나 자세히 들여다보면 일곱 그루의 큰 나무가 보이는데, 나무 몸통마다 소년 하나가 들어갈 수 있을 정도로 큰 구멍이 있음을 알 수 있다. 이것이 바로 땅속 집으로 향하는 일곱 개의 입구인데, 후크는 그것을 찾으려 여러 달을 헛되이 보내고 있었다. 그가 과연 오늘 밤 입구를 찾게 될까?

해적들이 가까이 다가왔고 그중 시야가 넓은 스타키는 숲으로 사라지는 닙스를 보았다. 그 순간 그의 총이 번쩍였다. 하지만 쇠갈고리가 그의 어깨를 움켜쥐는 바람에 발포하지 못했다.

"선장님, 놔주십시오."

그가 고통에 몸부림치며 외쳤다. 후크가 입을 열었다. 그의 목소리는 검은색을 떠올리게 했다. "총 먼저 도로 집어넣어." 하고 그가 위협적으로 말했다.

"선장님이 싫어하는 녀석들 중 한 명입니다. 제가 그놈을 쏴 죽일 수 있다고요."

"그래, 그 소리는 타이거 릴리의 원주민들을 우리에게 불러들일 거고. 너, 머리 가죽이 벗겨지고 싶나?"

"녀석을 뒤쫓게 해주세요, 선장님. 조니 콕스크루*로 녀석을 간지럼을 태울까요?"

총이 안 되면 검으로 해결하겠다는 듯 스미가 나섰다. 스미는 모든 것에 재밌는 이름을 붙였는데 조니 콕스크루는 그의 단검 이름이었다. 그는 찔러 넣은 단검을 비트는 방식을 주로 썼기 때문이다. 한 가지 언급하자면 스미에게는 그 밖에도 독특한 습관이 여럿 있었다. 이를테면 그는 무언가를 죽인 후에는 무기를 닦는 대신 안경을 닦았다.

"조니는 말이 없는 놈이니까요."라며 그가 후크에게 상기시켰다. 그러자 후크가 음침하게 말했다.

"지금은 아니야, 스미. 녀석은 한 놈이야. 난 그 일곱 모두를 원해. 흩어져서 그들을 찾아."

해적들은 나무 사이로 사라졌고, 곧 그들의 선장과 스

---

* 코르크 마개 따개.

미만이 남았다. 후크는 무거운 한숨으로 어깨를 들썩였다. 왜 그런지는 모르겠지만 그건 아마도 저녁의 아름다운 분위기 때문이리라. 그는 충직한 갑판장에게 그의 인생 이야기를, 비밀을 모두 털어놓고 싶단 충동을 느꼈다. 그는 길고 진지하게 말했지만, 다소 멍청한 스미는 그의 속내가 무엇인지 끝내 알 수 없었다. 그러다 스미는 후크의 입에서 나오는 '피터 팬'이라는 단어를 알아들었다.

"무엇보다도. 난 그들의 대장인 피터 팬을 원해. 그래 맞아, 그놈이 내 팔을 잘랐어."

후크가 열정적으로 말하고 있었다. 그는 위협적으로 갈고리를 치켜들었다.

"난 이걸로 녀석과 악수하기를 오랫동안 기다려왔어. 난 녀석을 갈기갈기 찢어버릴 거야."

"그런데 저는 선장님이 사람 손 스무 개보다도 갈고리가 훨씬 가치 있다고 종종 말씀하시는 걸 들었는데 말이죠. 머리를 빗거나 다른 집안일을 할 때에도요."

"그래. 내가 만약 엄마라면 난 내 아이들이 그것 대신 이걸 가지고 태어나게 해 달라고 기도할 거야."

후크가 쇠갈고리를 자랑스레 쳐다보고는 나머지 손에는 경멸의 눈길을 보냈다. 그런 다음 그는 다시 얼굴을 찌푸렸다.

"피터 팬이 내 팔을 내던졌지."라고 말한 그가 움찔하며 말을 이었다. "지나가던 악어에게 말이야."

"저는 종종 선장님이 악어들에게 이상한 두려움을 가지고 있다고 느꼈어요."

후크가 목소리를 낮춰 스미의 말을 바로잡았다.

"악어들이 아니야. 악어 한 마리지. 그놈은 내 팔을 너무 좋아했어, 스미. 그놈은 바다면 바다, 땅이면 땅, 어디든 쫓아와서 내 다른 몸뚱어리를 맛보려고 입술을 핥고 있어."

"어떤 면에서는…… 그것도 일종의 칭찬이네요."

"난 그따위 칭찬은 원치 않아!" 하고 후크가 짜증스럽게 일갈하곤 말을 덧붙였다.

"난 피터 팬을 원해. 그 짐승에게 처음으로 내 맛을 알게 한 놈 말이야."

그는 커다란 버섯 위에 앉았다. 이제 목소리에는 떨림이 있었다. "스미." 하고 갑판장을 부른 그가 쉰 목소리로 말했다.

"그 악어는 벌써 날 먹어버렸을 테지. 하지만 그러기 전에 운 좋게도 시계를 삼켜버려서 말이야. 그 속에서 째깍거리는 소리가 나. 그래서 그놈이 내게 오기 전에 난 그 째깍거리는 소리를 듣고는 번개처럼 도망치지."

그는 웃었지만 어쩐지 그 웃음소리는 공허하게 들렸다.

"언젠가 그 시계가 멈추면 그놈이 선장님을 잡을 거예요."라고 스미가 말했다. 후크는 마른 입술을 적셨다.

"그래. 그게 바로 나를 괴롭히는 두려움이지."

후크는 버섯에 앉은 이후로 이상하게 엉덩이가 뜨겁다고 느꼈다.

"스미, 엉덩이가 뜨거워. 이런 빌어먹을, 말아먹을, 타 죽겠네!"

그는 펄쩍 뛰어 일어나 외쳤다. 그들은 버섯을 살펴보았는데, 그건 본토*에서는 흔치 않은 크기와 딱딱함을 지니고 있었다. 후크와 스미는 그것을 뽑으려고 시도했는데, 그러자마자 곧 손 위에 올려놓을 수 있었다. 왜냐하면 그것에는 뿌리가 없기 때문이었다. 더욱 이상했던 건 그 즉시 연기가 피어오르기 시작했다는 점이었다. 둘은 서로를 바라보다 "굴뚝!" 하고 동시에 외쳤다.

후크와 스미는 정말로 땅속 집의 굴뚝을 발견한 것이었다. 아이들은 적들이 가까이에 있을 때 버섯으로 굴뚝을 막아놓는 습관이 있었다.

————

* Mainland. 이 작품에서 설정된 가상의 공간으로 섬인 네버랜드와 구별되는 주 대륙을 말한다.

그곳에선 연기만 피어오르고 있는 것이 아니었다. 아이들의 목소리도 흘러나오고 있었다. 은신처가 매우 안전하다고 느낀 아이들은 즐겁게 수다를 떨고 있었다. 두 사람은 그 소리를 음침하게 듣고는 버섯을 다시 제자리에 돌려놓았다. 그다음에 둘은 주위를 둘러보고는 일곱 그루의 나무에 나 있는 구멍에 주목했다.

"피터 팬이 집에 없다고 하는 소리 들으셨죠?"

스미가 조니 콕스크루를 쥔 채 안절부절못하며 속삭였다. 후크는 오랫동안 생각에 잠겨 있다가 마침내 거무스름한 얼굴에 오싹한 미소를 띠었다.

스미는 그것을 기다리고 있었다. "계획을 펼쳐보세요, 선장님!" 하고 그가 열정적으로 외쳤다. 후크가 천천히 잇새로 목소리를 내뱉었다.

"배로 돌아가서 초록 설탕을 뿌린 아주 크고 두툼한 케이크를 만들어. 저 아래에는 단 하나의 방만 있을 거야. 왜냐하면 굴뚝이 하나뿐이니까. 저 어리석은 두더지들은 각자 하나씩 문을 가질 필요는 없다는 걸 알아채는 기민함은 없어. 저건 엄마가 없다는 걸 보여주는 거지. 우리는 인어의 석호 기슭에 케이크를 놔둘 거야. 이 녀석들은 항상 거기서 인어들이랑 놀면서 수영을 하니까. 녀석들은 케이크를 발견할 테고 게걸스럽게 먹어 치우겠지. 왜냐하면 녀석들은 엄마가 없으니까 진하고 촉촉한 케이크가 얼마나 위험한지 모르겠지."

그가 웃음을 터트렸다. 이번에는 텅 빈 웃음이 아니라 진짜 웃음이었다.

"아하, 녀석들은 곧 죽겠군요. 이만큼 사악하고 아름다운 계획은 처음 들어요."

후크의 계획을 듣고 난 스미가 감탄하며 외쳤다. 그들은 기쁨에 겨워 춤을 추고 노래를 불렀다.

그만! 멈춰! 내가 나타나면
그들은 두려움에 휩싸이지
뼈 위엔 아무것도 남지 않으리
쿡과 한판 붙었을 땐

그들은 노래를 시작했지만 끝맺지 못했다. 왜냐하면 다른 소리가 갑자기 끼어든 탓에 입을 다물어야 했기 때문이다. 그 소리는 처음에는 너무 작아서 나뭇잎이 떨어지는 것만으로도 덮어버릴 수 있었는데, 가까이 다가올수록 점점 뚜렷해졌다.

째깍 째깍 째깍 째깍.

후크는 몸서리치며 한 발을 공중으로 치켜들었다.

"그 악어야."

그는 숨을 헉 들이켜더니 황급히 달아났다. 갑판장도 그 뒤를 따랐다. 그건 정말로 악어였다. 그놈은 해적들의 흔적을 쫓고 있는 원주민들을 앞질러 온 것이었다. 그놈은 후크의 뒤를 쫓아 서서히 나아갔다.

소년들이 슬그머니 땅속에서 나왔다. 하지만 밤의 위험은 아직 끝난 것이 아니었다. 곧이어 닙스가 숨을 헐떡이며 그들에게로 뛰어왔다. 그는 늑대 무리에게 쫓기고 있었다. 추격자들은 혀를 길게 내민 채 으르렁거렸고 그 광경은 무섭고 소리는 끔찍했다.

"살려줘, 살려줘!" 하고 닙스가 땅에 쓰러지며 외쳤다.

"우리가 뭘 할 수 있어? 우리가 뭘 할 수 있어?"

이 끔찍한 순간에 소년들이 그들의 대장을 떠올렸다는 것은, 피터 팬으로서는 최고의 찬사였다.

"피터 팬이라면 어떻게 할까?"

그들이 동시에 외쳤다. 그리고 거의 같은 숨에 그들은 또 외쳤다.

"피터 팬이라면 자기 다리 사이로 저 짐승들을 보았을 거야! 우리도 피터 팬처럼 해보자!"

이건 늑대를 물리치는 가장 성공적인 방법이었다. 그들은 마치 한 몸이 된 듯 몸을 구부려 다리 사이로 늑대를 바라보았다. 억겁 같은 몇 초가 흐르자 승리가 찾아왔다. 소년들이 괴상한 자세로 다가가자, 늑대 무리는 꼬리를 내리고 달아나버렸다.

그제야 닙스는 땅에서 일어섰다. 그러고는 어딘가를 뚫어지게 응시했는데, 다른 아이들은 그가 아직도 늑대들을 보고 있다고 생각했다. 그러나 닙스가 본 건 늑대가 아니었다.

"더 놀라운 걸 본 것 같아."

아이들이 주변에 열정적으로 몰려들자, 닙스가 외쳤다.

"커다랗고 하얀 새. 이쪽으로 날아오고 있어."

"어떤 종류의 새라고 생각해?"

"모르겠어. 그렇지만 아주 지쳐 보여. 그리고 날면서 푸념을 하고 있어. '불쌍한 웬디'라고."

닙스가 경외에 찬 목소리로 말했다.

"불쌍한 웬디?"

"기억났어. 웬디라는 이름의 새들이 있어." 하고 슬라이틀리가 즉각 말했다.

"저기 봐. 이쪽으로 오고 있어."

그때 컬리가 하늘을 날아오고 있는 웬디를 가리키며 외쳤다. 웬디는 이제 거의 소년들의 머리 위에 있었고 그들은 그녀의 애처로운 비명을 들을 수 있었다. 하지만 더 또렷하게 들리는 건 팅커 벨의 날카로운 목소리였다. 질투에 휩싸인 요정은 이제 우정의 가면을 모두 던져버리고, 사방에서 자신의 제물을 향해 쏜살같이 돌진해댔고 웬디의 몸에 닿을 때마다 사납게 꼬집어댔다.

"안녕, 팅크!"

이상하게 생각한 소년들이 소리쳤다. 팅커 벨은 하늘에서 작은 종소리로 "피터 팬이 웬디를 쏘라고 했어."라고 답했다. 피터 팬이 명령했을 때 아이들은 토를 달지 않았다.

"피터 팬이 원하는 대로 하자."

단순한 소년들이 외쳤다.

"빨리, 활과 화살을 가져와."

투틀스를 제외한 모든 아이가 나무에서 재빠르게 내려왔다. 투틀스는 이미 활과 화살을 갖고 있었다. 팅커 벨은 그걸 알아채고는, 작은 손을 비벼댔다.

"빨리, 투틀스, 빨리. 피터 팬이 정말 기뻐할 거야." 하고 그녀가 종소리로 외쳤다.

투틀스는 그의 활에 화살을 정확히 끼워 넣었다.

"팅크, 저리 비켜."

그가 소리쳤다. 그러고는 화살을 쏘았다. 웬디는 가슴에 화살을 맞고 퍼덕이며 땅으로 떨어졌다.

Chapter
6

작은 집

다른 소년들이 무장한 채 나무에서 뛰어내렸을 때, 어리석은 투틀스는 마치 정복자처럼 웬디의 몸 위에 서 있었다. 그가 자랑스럽게 외쳤다.

"너희들은 너무 늦어. 내가 웬디를 쐈어. 피터 팬이 아주 기뻐할 거야."

"바보 멍청이!" 하고 위에서 팅커 벨이 소리치고 쏜살같이 숨어버렸다. 다른 아이들은 그녀의 소리를 듣지 못했다. 아이들이 웬디의 주위로 구름같이 몰려들어 그녀를 내려다보았다. 숲엔 끔찍한 침묵이 내려앉았다. 만약 웬디의 심장이 뛰고 있었다면 그들은 그 소리를 들을 수 있었을 것이다. 슬라이틀리가 처음으로 겁에 질린 목소리로 말을 뗐다.

"이건 새가 아니야. 내 생각에 이건 숙녀가 틀림없어."

"숙녀?" 하고 투틀스가 되묻고는 몸을 떨기 시작했다.

"우리가 그녀를 죽였어."라며 닙스가 쉰 목소리로 말했다. 그들은 모두 모자를 홱 벗었다.

"이제 알겠어. 피터 팬이 우리에게 그녀를 데려온 거야." 하고 컬리가 비탄에 잠겨 무릎을 꿇었다.

"마침내 우릴 돌봐줄 수 있는 숙녀가 왔는데 네가 그녀를 죽인 거야." 하고 쌍둥이 중 하나가 말했다.

그들은 투틀스를 안타깝게 여겼지만, 자신들에게 더 애석함을 느꼈다. 투틀스가 한 걸음 가까이 다가오자 그들은 그에게서 돌아섰다. 투틀스의 얼굴은 하얗게 질려 있었지만, 예전에는 볼 수 없었던 위엄이 느껴졌다.

"내가 그런 거야. 숙녀들이 꿈에서 내게 다가올 때마다 난 '어여쁜 엄마, 어여쁜 엄마.'라고 불렀지. 마침내, 엄마가 정말로 왔는데, 내가 그녀를 쏴버린 거야."

투틀스가 천천히 멀어져 갔다. 아이들이 딱한 마음으로 "가지 마." 하고 그를 불렀다.

"난 가야만 해. 난 피터 팬이 너무 무서워." 하고 그가 몸을 떨며 말했다.

이 비극적인 순간, 그들은 심장이 입까지 올라오게 만드는 어떤 소리를 들었다. 피터 팬이 입으로 낸 수탉 울음소리였다.

"피터 팬!"

소년들이 비명을 질렀다. 그건 그가 돌아올 때마다 항상 보내는 신호였기 때문이다.

"그녀를 숨겨."

그들이 목소리를 낮춰 속삭이고선 웬디 주위로 서둘러 모여들었다. 그렇지만 투틀스는 저만치 떨어져 있었다. 다시 수탉의 울음소리가 울려 퍼지고, 피터 팬이 그들 앞으로 내려왔다.

"안녕, 애들아."

그가 외치자, 아이들이 기계적으로 경례를 하고선 다시 침묵을 유지했다. 그가 얼굴을 찌푸렸다.

"내가 돌아왔어. 왜 아무도 환호해주지 않는 거야?"

그가 열띤 목소리로 말했다. 아이들은 입을 벌렸지만, 환호성은 나오지 않았다. 피터 팬은 영광스러운 소식을 말할 생각에 소년들의 분위기를 눈치채지 못했다.

"엄청난 소식이 있어, 애들아. 내가 마침내 너희 모두를 위해 엄마를 데려왔어."

피터 팬이 신나서 외쳤지만 소년들에게서는 아무 소리도 들리지 않았다. 투틀스가 무릎을 꿇을 때 나던 작은 털썩 소리를 제외하고는 말이다.

"그녀를 못 봤어? 이쪽으로 날아왔는데."

피터 팬이 걱정스럽게 물었다.

"아아, 이런."

한 목소리가 말했고, 다른 목소리도 말했다.

"아, 애도의 날이야."

투틀스가 일어서며 그를 나지막이 불렀다.

"피터 팬. 내가 그녀를 보여줄게."

다른 아이들이 여전히 그녀를 숨기려 할 때 그가 딱딱한 목소리로 말했다.

"물러서, 쌍둥이. 피터 팬이 볼 수 있게 해줘."

그리하여 그들은 뒤로 물러서서 피터 팬이 웬디를 볼수 있게 했다. 피터 팬은 그녀를 보았지만 잠시 그다음에 무엇을 해야 할지 몰랐다.

"그녀가 죽었어. 이렇게 죽어 있는 상태로 있으면 아마도 무서울 거야."

피터 팬이 불편한 듯 말했다. 그는 자신이 그녀의 시야에서 벗어날 때까지 우스꽝스러운 몸짓으로 깡충깡충 뛰어볼까, 그리고 더 이상 그곳으로 가까이 가지 말까 고민했다. 피터 팬이 이렇게 했다면 아이들은 모두 기꺼이 그를 따라 했을 것이다.

하지만 화살이 있었다. 그는 웬디의 심장에서 화살을 뽑은 다음 자신의 무리를 향해 돌아섰다.

"누구의 화살이지?" 하고 그가 엄한 말투로 물었다.

"내 것이야, 피터 팬." 하고 투틀스가 무릎을 꿇으며 말했다.

"오, 비겁자의 손이군."

피터 팬이 단검처럼 화살을 들어 올리며 말했다. 투틀스는 움찔하지 않았다. 그는 가슴을 드러냈다.

"찔러, 피터 팬. 제대로 찔러."

투틀스가 단호하게 말했다. 피터 팬은 두 번 화살을 들어 올렸지만, 두 번 다 손을 내려놨다.

"나는 찌를 수가 없어. 뭔가가 내 손을 막고 있어."

그가 경외심에 차서 말했다. 모두가 놀라서 피터 팬을 바라보았다. 닙스를 제외하고 말이다. 닙스는 운 좋게도 웬디를 바라보고 있었다.

"그녀야! 웬디 아가씨야. 봐봐, 그녀의 팔을."

닙스의 외침에 모두가 한곳으로 고개를 돌렸다. 놀랍게도, 웬디가 팔을 들어 올리고 있었다. 닙스가 그녀에게로 몸을 굽혀, 경건하게 귀를 기울였다. "그녀가 '불쌍한 투틀스.'라고 한 것 같아." 하고 닙스가 속삭였다.

"그녀가 살아 있어." 하고 피터 팬이 간결하게 말했다. 그러자 슬라이틀리가 "웬디 아가씨가 살아 있어."라고 곧바로 외쳤다.

피터 팬은 그녀 옆에 무릎을 꿇고서는 자신의 단추를 찾아냈다. 그녀는 피터 팬에게서 받은 도토리 모양의 단추를 목걸이 줄에 달아 목에 둘렀었다.

"봐! 화살이 여기에 맞았어. 내가 그녀에게 준 키스야. 이게 그녀의 생명을 구했어."

피터팬이 외치자 슬라이틀리가 재빨리 끼어들었다.

"아, 키스! 나 알아. 나도 좀 보게 해줘. 그래, 맞아, 그건 키스야."

피터 팬은 그의 말을 듣지 못했다. 피터 팬은 웬디에게 빨리 나아서 깨어나야만 인어를 볼 수 있지 않겠냐고 애원하고 있었다. 웬디는 아직 끔찍한 기절 상태에 있었으므로 대답을 할 수 없었다.

"팅크가 내는 소리 좀 들어봐. 웬디가 살아 있어서 울고 있어."

컬리의 말을 시작으로 소년들은 팅커 벨의 범죄에 대해 피터 팬에게 털어놓기 시작했다. 그들은 그렇게 무서운 표정을 짓는 피터 팬을 거의 본 적이 없었다.

"잘 들어, 팅커 벨. 난 더 이상 네 친구가 아니야. 내 옆에서 영원히 사라져버려!"

피터 팬이 소리쳤다. 팅커 벨이 피터 팬의 어깨 위로 날아와서 애원했지만, 그는 그녀를 빗자루 쓸듯 손으로 쓸어버렸다. 피터 팬은 웬디가 다시 팔을 들어 올린 후에야 겨우 마음을 누그러뜨리곤 "음, '영원히'까지는 아니고 일주일 정도는 사라져."라고 말을 바꿨다.

그럼 웬디가 팔을 들어 올린 것에 대해 팅커 벨이 고마워했을까? 아니, 전혀 아니었다. 오히려 팅커 벨은 웬디를 너무나도 꼬집고 싶었다. 요정들은 정말로 이상했다. 그래서 요정들을 가장 잘 이해하고 있는 피터 팬은 그들을 종종 살짝살짝 때려주곤 했다. 그나저나 몸이 약해진 웬디를 어떻게 해야 할까?

"그녀를 집으로 데리고 내려가자." 하고 컬리가 제안했다. "그래. 그거야말로 숙녀에게 해줘야 하는 일이야." 하고 슬라이틀리가 동의했다. 그러자 피터 팬이 이의를 제기했다.

"안 돼, 안 돼. 너희들은 그녀를 만지면 안 돼. 숙녀에 대한 예의가 아니야."

"그건…… 그래 그게 바로 내가 생각한 거야." 하고 슬라이틀리가 금세 말을 바꿔 피터 팬에게 동의했다.

"그렇지만 저기에 누워 있으면 죽게 될 거야." 하고 투틀스가 말했다.

"맞아. 죽게 될 거야." 하고 곧바로 슬라이틀리가 인정하곤 덧붙였다.

"하지만 방법이 없어."

"아니, 방법이 있어! 그녀 주위에 작은 집을 지어주는 거야."

피터 팬이 생각해낸 제안에 그들은 모두 기뻐했다. 피터 팬이 아이들에게 명령했다.

"빨리 우리가 가지고 있는 것들 중에 최고로 좋은 거 한 개씩 가져와. 집을 다 뜯어버려. 얼른."

순식간에 이들은 결혼식 전날 밤의 재단사처럼 바빠졌다. 그들은 모두 이쪽저쪽으로 허둥지둥 뛰어다녔다. 침구를 마련하기 위해 아래로 내려갔다가, 장작 때문에 위로 올라왔다.

그리고 그들이 그러는 가운데, 마땅히 거기 있어야 할 존과 마이클은 보이지 않았다. 그들은 땅에 끌려가면서 서 있는 채로 잠이 들었고, 멈췄고, 깨어났고, 다시 또 한 발 내디뎠고, 다시 또 잠들었다.

"존, 존. 일어나봐. 나나는 어디 있어? 존하고 엄마는?"

먼저 잠에서 깬 마이클이 외치자 존이 눈을 비비며 중얼거렸다.

"그래, 그건 정말이었어. 우리는 날았어."

그들은 피터 팬을 발견한 후 안심했다.

"안녕, 피터 팬."

"안녕."

피터 팬은 비록 그들을 그동안 잊고 있었지만 우호적으로 대답했다. 피터 팬은 이 순간 웬디에게 필요한 집이 얼마나 커야 하는지 발로 측정하느라 매우 바빴다. 그는 의자와 테이블을 위한 공간도 남겨두려고 했다. 존과 마이클은 피터 팬을 쳐다봤다.

"웬디는 자고 있어?"

"응."

"존. 웬디 누나를 깨워서 우리 저녁을 만들어 달라고 하자."

하지만 마이클이 그렇게 말하는 동안 다른 소년들은 집을 짓기 위한 가지를 옮기느라 달리고 있었다.

"저들을 봐!" 하고 마이클이 소리쳤다.

"컬리. 이 소년들이 집 짓는 걸 도울 수 있도록 해."

피터 팬이 가장 대장다운 목소리로 말했다.

"예, 예, 대장님."

"집을 지어?" 하고 존이 외쳤다.

"웬디를 위해서야." 하고 컬리가 말했다.

"웬디를 위해서?" 하고 존이 기겁하며 말했다. "왜? 웬디 누나는 그저 여자아이일 뿐인데."

"그야 우리가 바로 그녀의 하인들이기 때문이지." 하고 컬리가 설명했다.

"너희들이? 웬디 누나의 하인이라고!"

"그래. 너희들도 마찬가지야. 저리 가서 같이 일해."

존과 마이클은 피터 팬의 말에 크게 충격을 받았으나 소년들에게 끌려가서 나무를 뽑고, 자르고 옮기는 걸 도와야 했다.

"의자와 벽난로 망부터. 그러면 그걸 중심으로 집을 지을 거야." 하고 피터 팬이 명령했다. "예. 그게 바로 집을 짓는 방법이야. 이제 생각이 나네." 하고 슬라이틀리가 말했다. 피터 팬은 모든 것을 생각하고 있었다.

"슬라이틀리. 의사를 데려와."

"예, 예."

피터 팬이 명령하자 슬라이틀리가 난감한 듯 머리를 긁으며 사라졌다. 어쨌든 그는 피터 팬에겐 복종해야만 한다는 것을 알고 있었기 때문에, 잠시 후 존의 모자를 쓰고 침통한 표정으로 돌아왔다.

"실례합니다, 선생님. 의사이신가요?"

피터 팬이 그에게 다다가 말했다. 피터 팬과 다른 소년들과의 차이점이라면, 상황극 놀이를 할 때 이것이 가상이라는 것을 소년들은 알고 있었던 반면, 피터 팬에게는 가상과 실제가 완전히 같다는 점이었다. 이건 때때로 소

년들을 곤란하게 만들었다. 예를 들면 저녁을 먹은 척해
야 할 경우처럼 말이다. 만약 소년들이 상황극을 잘 못하
면 피터 팬이 그들의 손마디를 톡 하고 때렸다.

"그래요, 젊은 양반." 하고 슬라이틀리가 걱정스럽게
대답했다. 그의 손은 마디마디가 갈라져 터 있었다.

"제발요, 선생님. 한 숙녀가 매우 아파서 누워 있어요."

피터팬이 절박하게 설명했다. 웬디는 그들의 발치에
누워 있었지만, 슬라이틀리는 그녀를 못 본 척하는 지혜
를 발휘했다.

"허허. 어디에 누워 있죠?"

"저기 숲속의 빈터에요."

"그녀의 입에 이 유리컵에 담긴 걸 넣을 겁니다."

슬라이틀리가 말했다. 그는 치료하는 척을 했고, 반면
에 피터 팬은 기다렸다. 빈 유리컵을 입에서 떼는 순간엔
불안함이 감돌았다.

"그녀는 어떤가요?" 하고 피터 팬이 물었다.

"허허. 이게 그녀를 낫게 할 거예요."

"정말 기뻐요."

"저녁에 다시 오죠. 주전자처럼 생긴 컵으로 소고기 차
한잔을 먹이도록 하세요."

놀이를 마친 슬라이틀리가 존에게 모자를 돌려준 후,

큰 숨을 내쉬었다. 그건 곤궁에서 벗어났을 때 보이는 그의 버릇이었다.

그사이 숲은 도끼 소리로 활력이 넘쳤다. 아늑한 거주지를 위해 필요한 모든 것이 웬디의 발치에 놓여 있었다.

"우리가 알 수 있다면 좋을 텐데. 어떤 종류의 집을 그녀가 가장 좋아하는지 말이야."

소년 중 한 아이가 말하자 다른 아이가 소리쳤다.

"피터 팬! 그녀가 잠자면서 움직이고 있어!"

"입이 벌어졌어! 예뻐라!"

세 번째 아이가 그녀의 입을 공손하게 들여다보며 외쳤다.

"아마도 자면서 노래를 부를지도 몰라. 웬디, 어떤 집을 좋아하는지 노래를 불러줘."

피터팬이 말하자 웬디가 눈을 뜨지도 않은 채, 노래를 부르기 시작했다.

나는 예쁜 집을 가졌으면 해
지금까지 본 중에 가장 작은 집
재미있는 붉은 벽이 있는 집
이끼로 덮인 초록 지붕 집

그들은 기쁨에 겨워 까르륵 웃어댔다. 노랫말처럼 마침 소년들이 가져온 나뭇가지가 수액으로 붉은색으로 보였고, 카펫처럼 초록색 이끼로 땅이 덮여 있기 때문이었다. 그들은 작은 집을 덜그럭덜그럭 착착 만들며 노래를 불렀다.

　우린 작은 벽과 지붕을 짓고 있어요
　예쁜 문도 만들었어요
　그러니 우리에게 말해줘요, 엄마 웬디
　무얼 더 원하나요?

이에 그녀가 다소 욕심을 내며 답가를 불렀다.

　오, 정말, 다음으로 내가 바란 건
　여기저기에 밝고 아름다운 창문이 났으면
　창밖으로 장미들이 보였으면
　알잖아요, 아기들은 밖을 내다보잖아요

　그들은 뚝딱뚝딱 창문을 내고, 크고 노란 잎들로 차양을 달았다. 그런데 장미는?
　"장미." 하고 피터 팬이 엄격하게 외쳤다. 그들은 재빨리 가장 사랑스러운 장미가 벽을 타고 자라나 있는 척 연기를 했다. 그런데 아기들은?

피터 팬이 아기들을 만들어내라고 명령하는 걸 방지하기 위해 그들은 서둘러 노래를 불렀다.

장미들이 밖을 내다보고 있어요
아기들은 문 앞에 있어요
우린 우리를 만들 수가 없어요, 알잖아요
우린 이미 만들어졌으니까요

피터 팬은 그것참 좋은 생각이다 싶어서 즉시 그것이 자기 아이디어인 것처럼 행동했다. 집은 꽤 아름다웠고, 웬디는 안에서 매우 편하게 있을 것임을 의심하지 않았다. 비록 그들은 그녀를 더 이상 볼 수 없었지만 말이다. 피터 팬은 위아래로 왔다 갔다 하며, 마무리 작업을 지시했다. 그의 예리한 눈을 피해갈 수 있는 것은 아무것도 없었다.

"문에 노크용 고리가 없잖아."

피터 팬이 지적하자 그들은 부끄러워 몸 둘 바를 몰라 했다. 그때 투틀스가 자신의 신발 밑창을 건네주었고 그건 훌륭한 노크용 고리가 되었다.

그걸로 드디어 집이 완성되었다고 그들은 생각했다. 그렇지만 전혀 그렇지 않았다. 피터 팬이 입을 열었다.

"굴뚝이 없잖아. 우린 굴뚝이 있어야만 해."

"굴뚝은 확실히 필요한 거지."

존이 진지하게 말했다. 그러자 피터 팬이 아이디어를 떠올렸다. 그는 존의 머리에서 모자를 낚아채 챙을 떼어낸 다음 지붕 위에 올려놓았다. 작은 집은 멋진 굴뚝이 생긴 것이 기쁘다는 듯—고맙다고 말하는 듯—모자 밖으로 연기를 피워내기 시작했다.

이제 정말로, 정말로 집이 완성이 되었다. 노크하는 일밖에 남지 않았다. 피터 팬이 소년들에게 경고했다.

"최선을 다하자! 첫인상은 너무너무 중요하니까 말이야."

그는 첫인상이 무엇인지 아무도 묻는 사람이 없자 기뻤다. 그들은 모두 최선을 다해 보이기에 여념이 없었다. 그들은 예의 바르게 문을 두드렸다. 그 순간 아이들 못지않게 숲이 조용해서 아무 소리도 들려오지 않았다. 나뭇가지에 앉아 그들을 지켜보며 노골적으로 비웃고 있는 팅커 벨을 제외하곤 말이다.

소년들이 궁금했던 건, 중요한 인물이 노크 소리에 응답할지였다. 만약 어떤 숙녀가 응답한다면, 그녀는 어떤 모습일까? 문이 열리고 한 숙녀가 밖으로 나왔다. 웬디였다. 소년들은 모두 모자를 벗었다. 웬디는 적잖이 놀랐다. 그것이야말로 아이들이 기대했던 그녀의 반응이었다.

"여기가 어디지?"

웬디의 물음에 제일 먼저 입을 뗀 사람은 슬라이틀리였다.

"웬디 아가씨. 당신을 위해서 우리가 이 집을 지었어요."

"부디 기쁘다고 말해줘요." 하고 닙스가 외쳤다. 그러자 웬디가 "사랑스럽고, 아름다운 집이야." 하고 말했다. 그들이 바랐던 바로 그 말이었다.

"그리고 우린 당신의 아이들이에요."

쌍둥이가 외쳤다. 그러자 모든 소년이 무릎을 꿇고 팔을 벌리며 외쳤다.

"오, 웬디 아가씨, 우리의 엄마가 되어주세요."

"그래야만 할까?"

웬디가 그래도 되냐는 듯 묻고는 밝은 얼굴로 이어 말했다.

"물론 그건 무척이나 매력적인 일이지만, 너희도 보다시피 나는 그저 작은 소녀야. 진짜 경험이 없어."

"그건 문제가 안 돼. 우리에게 필요한 건 그냥 좋은 엄마 같은 사람이야."

피터 팬이 마치 모든 것을 아는 사람인 것처럼 말했지

만, 그는 사실 제일 조금 알고 있는 사람이었다.

"어머나! 너희도 알다시피 내가 딱 그런 사람 같은걸."

"맞아요, 맞아요. 우리는 한눈에 알아봤어요."

웬디의 말에 소년들이 맞장구를 쳤다.

"좋아. 최선을 다해볼게. 어서 안으로 들어와, 이 개구쟁이들. 분명히 발이 축축할 거야. 그리고 너희들을 침대에 눕히기 전에 신데렐라 이야기를 해줄 시간이 있을 거야."

웬디의 초대로 그들은 작은 집의 안으로 들어갔다. 어떻게 그곳에 그들이 전부 비집고 들어갈 공간이 있었는지 모르겠지만, 네버랜드에서는 원하면 그럴 수가 있다. 그리고 그날은 아이들이 웬디와 함께 보낸 많은 즐거운 저녁 중 첫 번째였다.

웬디는 곧 아이들을 나무 아래 작은 집의 큰 침대에 눕혔다. 그리고 그녀는 그날 밤 작은 집에서 처음으로 잠을 청했다. 피터 팬은 검을 빼 들고 밖에서 경비를 섰다. 왜냐하면 해적들이 멀리서 술을 마시며 흥청거리는 소리가 들려왔고, 늑대들은 배회하고 있었기 때문이다. 작은 집은 어둠 속에서도 매우 아늑하고 안전해 보였다. 밝은 빛이 차양 사이로 흘러들어왔고, 굴뚝에서는 아름다운 연기가 피어올랐으며, 피터 팬은 망을 보며 서 있었다.

어느 순간 피터 팬은 잠이 들었는데, 진탕 마시고 놀던

잔치에서 집으로 돌아오던 몇몇 휘청거리는 요정들은 그
를 타고 넘어가야만 했다. 다른 소년이 자고 있었다면 한
밤중에 요정의 길을 방해했다며 나쁜 장난을 쳤겠지만,
그들은 그냥 피터 팬의 코를 살짝 건드리고 지나갈 뿐이
었다.

Chapter

7

땅속의 집

다음 날 피터 팬이 가장 먼저 한 일 중 하나는 속이 빈 나무 중 어떤 것이 웬디와 존과 마이클에게 맞는지 치수를 재는 일이었다. 소년들이 각각 한 사람에 하나씩 나무가 필요하다고 생각한 것을 두고 후크가 비웃은 걸 기억할 것이다. 하지만 이건 무지에서 비롯된 것이었으니, 나무가 몸의 크기에 맞지 않으면 집 안에서 오르락내리락하는 것이 어려웠다. 또한 소년들의 몸은 크기가 제각각이었다.

일단 나무와 몸의 크기가 맞아야 위쪽에 난 입구로 들어갈 때 숨을 크게 들이쉬면 딱 적당한 속도로 아래로 내려갈 수 있다. 그리고 집에서 나갈 때는 숨을 번갈아 들이마시고 내쉬며 꿈틀꿈틀 기어오르면 된다. 이 동작들을 완벽히 익히면 의식하지 않고도 자연스럽고 우아한 자세로 집을 오르내릴 수 있다.

하지만 그러려면 몸이 반드시 나무에 맞아야 한다. 피터 팬은 그 사람에게 맞는 나무를 고르기 위해 옷을 맞추는 것처럼 신중하게 몸의 치수를 측정한다. 한 가지 차이점이 있다면 옷은 그 사람에게 맞도록 재단되지만, 나무는 그럴 수 없어서 그 크기에 맞게 사람이 몸을 맞추어야 한다는 점이다. 이 일은 생각보다 쉬운데, 옷을 아주 많이 껴입거나 아주 얇게 입으면 되었다. 하지만 몸의 특정 부분이 울퉁불퉁하거나 돌출되어 있거나 사용 가능한 나무가 이상한 모양일 경우에는 피터 팬이 그 사람의 몸을 조금 조정해준다. 그 후엔 몸이 나무에 잘 맞게 된다.

한번 나무에 몸이 맞게 되면 가장 주의할 점은 그 적당한 알맞음을 계속 유지해야 한다는 점이다. 이것은 가족 전체를 완벽한 상태로 유지할 수 있게 해준다. 웬디는 기쁘게도 이 사실을 막 발견한 참이었다. 웬디와 마이클은 첫 시도 만에 몸을 나무에 잘 맞추었지만 존은 약간의 조정이 필요했다.

며칠간 연습을 하고 나자, 세 아이는 우물 안의 들통처럼 각자의 집을 손쉽게 오르락내리락할 수 있게 되었다. 그리고 그 땅속의 집을 엄청나게 사랑하게 되었는데, 특히 웬디가 그랬다.

땅속 집은 큰 방 하나로 이루어져 있었고, 고치고 싶다면 바닥의 땅을 파기만 하면 되었다. 그 바닥에선 매력적인 색깔의 통통한 버섯들이 자라나서 의자로 사용했다. 방의 중앙에선 네버 트리가 자라나려고 애를 쓰고 있었지만, 매일 아침 그들은 바닥과 수평을 맞추기 위해 나무의 몸통을 잘라내었다. 차를 마실 시간이면 나무는 항상 2피트(약 60센티미터) 정도로 다시 자라나 있었다. 그 위에 문짝을 올려놓으면, 그것은 식탁이 되었다. 식탁을 다 치우고 나면 그들은 다시 나무 몸통을 톱질하여 잘라냈고, 그러고 나면 방은 놀기에 적당해졌다. 그리고 방 어느 공간에서든 불을 지필 수 있는 거대한 벽난로가 있었다. 웬디는 이 벽난로들에 섬유질로 된 줄을 걸쳐놓고 빨래를 널어놓았다.

침대는 낮엔 벽에 기대어 세워놓았다가 저녁 6시 30분이 되면 바닥으로 내려놓았는데 그 크기가 방의 절반을 차지했다. 마이클을 제외한 모든 소년은 통조림 속에 든 정어리처럼 그곳에서 잠을 잤다. 뒤척이는 것을 엄격히 제한하는 규칙도 있었는데, 한 사람이 신호를 주면 그땐 모두가 한꺼번에 돌아누웠다. 원래는 마이클도 그 침대를 이용해야 했지만, 그녀는 아기가 있었으면 했기에—마이클이 가장 작았다—그는 매달린 바구니 속에서 잠을 청해야 했다.

땅속의 집은 거칠고 단순했는데, 아기 곰들이 땅속에 지은 보금자리와 별반 다르지 않았다. 벽에는 새장보다는 작은 크기로 움푹 들어간 곳이 하나 있었는데, 그곳은 팅커 벨의 사적인 공간이었다. 작은 커튼으로 집의 나머지 부분과 구분을 지어놓았는데, 까다로운 팅커 벨은 옷을 입고 있을 때나 벗고 있을 때나 항상 커튼을 쳐놓았다. 그 어떤 여성도—성인 여성일지라도—그보다 정교하게 아름다운 침실을 가질 수는 없었다.

팅커 벨이 항상 침상이라고 부르는 그것은 고전적 클럽 스타일의 다리*를 가진 진짜 '퀸 맙**'이었고, 계절에 따라 과일나무 꽃무늬 침대 시트로 다양하게 교체했다. 그녀의 거울은 '장화 신은 고양이' 제품이었는데, 이것으로 말하자면 요정 판매상 사이에 알려진 것 중에도 깨지지 않은 것이 단 세 개뿐이었다. 세면대는 '파이 크러스트' 스타일로 양면을 사용할 수 있었으며, 서랍장은 진품 '챠밍 6세' 스타일이었다. 카펫과 러그는 '마저리와 로빈'의

---

* Club leg. 둥글고 두꺼운 모양의 다리로, 아랫부분으로 갈수록 좁아지는 형태를 가지고 있다.
** Quéen Máb. 인간의 꿈을 지배한다는 영국·아일랜드 민화의 요정.

초창기 것들이었다. 샹들리에는 '티들리윙크스'에서 온 것으로 겉치레를 위한 것이었다.

집 안의 불은 팅커 벨이 직접 밝혔다. 그녀는 집의 나머지 부분은 신경 쓰지 않았다. 그녀의 침실은 매우 아름다웠지만 다소 허영이 묻어나 있었다.

한편 웬디는 네버랜드의 모든 것이 특별하고 매혹적으로 느껴졌는데, 그건 아마도 통제 불가능한 소년들이 그녀에게 할 일을 많이 주었기 때문이리라. 웬디는 정말로 몇 주 내내 저녁에 양말을 깁는 일을 할 때를 제외하고는 결코 땅 위에 있지 않았다. 요리할 때는 냄비에 코를 박고 있을 정도라고 해도 과언이 아니었다.

그들은 주식으로 구운 빵나무 열매, 참마, 코코넛, 구운 돼지고기, 마미 사과*, 타파 롤, 바나나를 먹었고, 조롱박에 담긴 포포 주스를 마셨다. 그러나 실제 식사인지, 그저 식사 놀이에 불과한지는 오로지 피터 팬의 변덕에 달려 있었다. 피터 팬은 먹을 수 있었고 실제로 먹기도 했지만, 그건 놀이의 일부일 뿐 배고파서 먹지는 않았다.

배부르게 먹는 일을 아이들은 그 어느 것보다도 가장 좋아했다. 그다음으로 좋아하는 것은 그에 대해 이야기

---

* Mammee apple. 열대 아메리카산(産) 금사도과(科)의 교목, 그 열매.

하는 것이었다. 식사 놀이는 피터 팬에게 너무나도 실제와 같아서 식사 도중에 그는 둥글둥글해졌다. 힘겨운 일이지만 아이들은 그가 시키는 대로 단순히 따라 하면 되었다. 아이들이 각자의 나무를 통해 땅속 집에 들어갈 수 있단 걸 증명할 수 있다면 피터 팬은 더부룩해질 때까지 먹도록 놔두었다.

웬디가 바느질을 하거나 구멍을 깁기 가장 좋아하는 시간대는 아이들이 모두 잠자러 간 이후였다. 웬디의 표현에 따르면 그 시간이야말로 숨 쉴 수 있기 때문이었는데, 그녀는 이 시간을 그들에게 새로운 것을 만들어주거나 무릎에 두 겹의 천 조각을 깁는 데 썼다. 왜냐하면 아이들은 무릎이 해질 만큼 거칠게 놀았기 때문이다.

뒤꿈치가 모조리 구멍 난 양말 바구니 옆에 앉은 웬디는 종종 팔을 높이 들어 올리며 "아아, 나도 언젠간 혼자 사는 사람들이 부러워질 때가 있겠지." 하고 탄식하곤 했다. 이 말을 외칠 때면 웬디의 얼굴에 웃음이 활짝 피어났다.

웬디의 애완 늑대에 대해 기억하는가? 음, 그 늑대는 웬디가 섬에 왔다는 것을 곧 알아차렸고 그녀를 찾아냈다. 그들은 곧장 서로의 품으로 달려들었다. 그 후로 그 늑대는 그녀를 어디든 따라다녔다.

시간이 흐른 후 웬디는 뒤에 남겨두고 온 사랑하는 부모님에 대해 생각했을까? 이건 어려운 질문이다. 왜냐하면 네버랜드에서는 시간이 어떻게 지나가는지 가늠하기가 거의 불가능하기 때문이다. 네버랜드에서는 달과 해로 시간을 계산하였는데, 달과 해가 본토보다도 훨씬 많았다.

웬디는 아빠나 엄마에 대해서 그다지 걱정하지 않았다. 자신이 다시 날아서 돌아갈 때를 대비하여 부모님이 언제나 창문을 열어두고 있을 것이라고 확신했기 때문이다. 바로 이 점이 그녀에게 완벽한 심리적 안정감을 주었다.

웬디를 괴롭히는 일은 따로 있었다. 존이 부모님을 그저 한때 알고 있었던 사람들처럼 희미하게 기억하고 있다는 것, 그리고 마이클이 그녀를 진짜 엄마라고 기꺼이 믿기 시작했다는 것이었다. 이런 변화는 웬디를 약간 두렵게 했고, 의무를 다해야겠다는 숭고한 열망을 품도록 했다.

웬디는 학교에서 하던 것처럼 시험 문제를 만들어서 동생들의 마음에 예전 기억을 각인시키려 노력했다. 다른 소년들은 이걸 굉장히 흥미롭게 여겨서 자신들도 끼워 달라고 주장했다. 아이들은 자신들을 위한 석판을 만들어 식탁 위에 둥그렇게 앉아선 웬디가 다른 석판에 쓴

질문들에 대해 생각하고 쓰면서 시간을 보냈다. 그것들
은 가장 평범한 보통의 질문들이었다.

   ※엄마의 눈 색깔은 어떠했나? 아빠와 엄마 중 누
   구의 키가 더 컸나? 엄마는 금발이었나, 갈색 머
   리였나? 가능하다면 세 질문 모두에 답하시오.
   ※지난 휴일을 어떻게 보냈는지, 아니면 아빠와 엄
   마의 성격 비교에 대하여 40단어 이내로 에세이
   를 작성하시오.
   ※다음 중 한 가지를 작성하시오. (1) 엄마의 웃음
   소리를 묘사하시오. (2) 아빠의 웃음소리를 묘사
   하시오. (3) 엄마의 파티 드레스를 묘사하시오.
   (4) 개집과 개집의 주인에 대해 묘사하시오.

   질문들은 이처럼 매우 일상적인 것들이었는데, 만약
답을 할 수 없으면 질문 옆에 X자를 그려야 했다. 존조차
도 X자를 그리는 횟수가 끔찍하게 많았다. 모든 질문에
답을 한 소년은 슬라이틀리였다. 일등을 하겠다는 희망
으로 가득 찬 사람은 그밖엔 아무도 없었지만, 슬라이틀
리의 답은 완전히 어처구니가 없어서 결국 꼴찌를 하고
말았다. 참으로 우울한 일이 아닐 수 없다.

피터 팬은 경쟁에 뛰어들지 않았다. 첫 번째 이유는 피터 팬이 웬디를 제외하고는 모든 엄마를 경멸하기 때문이었고, 두 번째 이유는 그가 섬에서 글쓰기나 아주 기본적인 단어의 철자조차 모르는 유일한 소년이었기 때문이다. 그는 그런 종류의 일에는 관심이 전혀 없었다.

그나저나 웬디의 질문은 모두 과거 시제로 쓰였다. 엄마의 눈 색깔은 무엇이었나 하는 질문들 말이다. 그렇다. 웬디 역시 잊어가고 있었다.

네버랜드에서의 모험은 앞으로 매일같이 일어난다. 하지만 이 시기에 피터 팬은 웬디의 도움으로 새로 고안해낸 놀이에 푹 빠졌다. 갑자기 흥미가 뚝 떨어질 때까지는—이건 그가 놀이를 할 때면 늘 일어나는 일이었다—말이다. 그가 생각해낸 놀이는 '모험하지 않는 척하기'였는데, 사실 존과 마이클이 항상 해오던 것들—의자에 앉아 공을 던지고, 서로를 밀치고, 산책하러 나가서는 회색곰 한 마리조차 죽이지 않고 돌아오는 일 등—이었다.

피터 팬이 의자에 앉아 아무것도 하지 않는 것을 보는 것은 대단한 볼거리였다. 그는 이럴 때마다 근엄한 표정을 지었는데, 피터 팬이 생각했을 때 가만히 앉아 있는 것이야말로 너무나 우스운 일이었기 때문이다. 피터 팬은 건강을 위해 산책하러 나간 것이라고 으스댔다. 몇 번의 해가 뜨고 지는 동안 이것이 그에게는 모든 모험 중에서도 가장 새롭고 신기한 놀이였다. 존과 마이클은 그 놀이가 재미있는 척해야만 했는데 그러지 않으면 피터 팬이 가혹하게 대했기 때문이었다.

피터 팬은 종종 혼자 외출했는데, 돌아왔을 땐 그가 모험을 했는지 안 했는지 확실히 알 수 없었다. 일부러 말하지 않은 것일 수도 있고, 그것에 대해 완전히 잊어버려 아무 말도 하지 않은 것일 수도 있다. 어쨌든 피터 팬이 혼자 외출하고 돌아온 후에 밖에 나가면 시체가 있었다.

반면에 피터 팬이 모험에 대해 근사하게 늘어놓을 땐 밖에선 시체를 발견하지 못할 수도 있다. 때때로 피터 팬은 머리에 붕대를 감고 집으로 돌아왔고, 그러면 웬디는 달콤한 말을 건네며 미지근한 물로 피터 팬을 씻겨주었는데, 그러는 동안 그는 근사한 이야기들을 늘어놓았다. 그러나 웬디는 그 이야기들 중 대다수는 진실이라고 확신할 수 없었다.

그러나 웬디가 직접 겪었기 때문에 사실로 알고 있는 모험도 많이 있었다. 다른 소년들도 참여했기 때문에 피터 팬의 모험담이 완전한 진실인―적어도 부분적으로는 사실인―걸 알 수 있을 때도 있었다.

이 모든 모험을 서술하려면 영어-라틴어, 라틴어-영

어 사전만큼이나 큰 책이 필요할 것이다. 가장 최선의 방법은 섬에서의 모험을 한 시간 정도만 대표적으로 서술하는 것이다. 다만 어떤 모험을 선택할지가 문제다.

협곡에서 치른 원주민과의 전투를 예로 들어야 할까? 그건 피비린내 나는 사건이었는데, 특히 피터 팬의 기이한 성격의 한 면을 보여주는 흥미로운 일이었다. 피터 팬은 전투 중에 갑자기 편을 바꿔버렸다. 협곡에서 양쪽의 기세가 팽팽할 무렵—승리의 기세가 이쪽으로 기울다가 때로는 반대쪽으로 기울었을 때—피터 팬이 외쳤다.

"난 오늘 원주민이야. 넌 뭐야, 투틀스?"

그러면 투틀스는 대답했다. "원주민이지, 너는 뭐야, 닙스?" 그러면 닙스는 말했다. "원주민이지. 너네는 뭐야, 쌍둥이?" 이런 식이었다. 그 결과로 그들은 모두 원주민이 되었다. 아이들이 전부 원주민이 되었기에 전투는 끝날 수도 있었다. 하지만 진짜 원주민들이 피터 팬의 방식에 매료된 나머지, 자신들이 잃어버린 소년들이 되기로 하는 통에, 그들의 전투는 계속되었고 전보다 더 치열해졌다.

이 모험의 놀라운 결말은—아직 이 모험을 대표적으로 들려줄 모험으로 결정하지 않았다—원주민들이 공격해온 그 밤에 대한 것일지도 모른다. 그때 몇몇 원주민들은 속이 빈 나무에 끼었는데, 아이들은 코르크 마개처럼 그들을 뽑아내야만 했다.

혹은 피터 팬이 인어들의 석호에서 타이거 릴리의 목숨을 구해 그녀를 동맹으로 만든 모험을 들려줄 수도 있다.

혹은 해적들이 아이들에게 먹여서 죽게 만들려고 했던 케이크에 대해 들려줄 수도 있을 것이다. 해적들은 교묘한 곳들에 케이크를 숨겨놓았지만, 웬디는 항상 아이들이 먹기 전에 그들의 손에서 케이크를 낚아챘다. 케이크는 시간이 지나면서 촉촉함을 잃어 돌처럼 변해버렸다. 아이들은 그것을 무기 삼아 해적들에게 투척했고, 후크는 어둠 속에서 그것에 걸려 쾅당 넘어졌다.

혹은 피터 팬의 친구인 새들에 관해서 들려줄 수도 있다. 특히 석호 위에 드리워진 나무에 둥지를 튼 네버 새에 대해서 말이다. 네버 새는 물 위에 떨어진 둥지 속에서도 알을 품었고, 피터 팬은 그 새를 방해하지 말라고 아이들에게 명령을 내렸다. 이건 아주 예쁜 이야기이지만—그 끝은 새가 얼마나 고마워할 수 있는지를 보여준다—결말까지 들려주려면 인어들의 석호에 관한 모험부터 얘기해야 한다. 그러면 하나가 아니라 두 가지의 모험을 들려주어야 해서 이야기가 길어질 수 있다.

꽤 흥미롭고 짧은 모험도 있다. 팅커 벨이 몇몇 요정들의 도움을 받아 잠든 웬디를 둥둥 떠다니는 커다란 나뭇잎에 실어 본토로 보내버리려고 한 일이 있었다. 운 좋게도 잎이 무너지는 바람에 웬디는 깨어났는데, 그녀는 목욕하던 중이었나 하고 생각해 헤엄쳐 돌아왔다.

혹은 피터 팬이 화살로 땅에 원을 그리고 사자들로 하여금 도전할 사람은 선을 넘어오라고 선언한 이야기를 들려줄 수도 있다. 웬디와 아이들이 나무에서 숨도 쉬지 못하며 지켜보는 가운데 피터 팬은 원 안에 서서 몇 시간이나 기다렸다. 그런데 어느 사자도 피터 팬의 도전을 받아들일 엄두를 내지 못했다.

이 모험들 가운데 어느 것을 선택해야 할까? 가장 좋은 방법은 동전을 던지는 것이다. 동전은 던져졌고, 결국 석호 이야기로 결정되었다. 협곡 전투, 독이 든 케이크, 하늘을 떠다니는 나뭇잎 이야기가 선택되었으면 했던 기대도 있을 것이다. 물론 다시 동전을 던질 수도 있고, 세 번의 판에서 두 번이 나온 이야기를 할 수도 있지만, 어쩌면 가장 타당한 것은 석호 이야기를 받아들이는 것이리라.

Chapter
8

인어의
석호

눈을 감았을 때 운이 좋다면, 때때로 어둠 속에 떠 있는 아름답고 옅은 색깔의 형체 없는 웅덩이를 볼 수 있을지도 모른다. 감은 눈에 힘을 주면 웅덩이는 형체를 갖추고 색깔은 더욱 선명해지기 시작할 것이다. 더더욱 감은 눈에 힘을 꽉 주면 확 불이 붙을 것이다. 이때 불이 붙기 직전 석호가 보일 것이다. 이것이 본토에서 석호에 닿을 수 있는 가장 가까운 방법이다. 단 하나의 천국 같은 순간이다. 만약 두 가지의 천국 같은 순간을 볼 수 있다면 그것은 아마도 해변으로 밀려드는 큰 파도와 인어들의 노랫소리를 듣는 것일 테다.

아이들은 긴 여름날의 대부분을 이 석호에서 보냈다. 헤엄치고 둥둥 떠다니고 물속에서 인어들과 놀이를 하는 식으로 말이다. 그렇다고 해서 인어들이 아이들에게 친절했다고 생각해서는 안 된다. 오히려 반대로 섬에 있는 동안 아이들은 인어들로부터 정중하고 예의 바른 말을 한 번도 들어본 적이 없다. 웬디는 이 점을 늘 아쉬워했다.

웬디가 석호의 가장자리로 살며시 다가갈 때면 수십의 인어들을 볼 수 있었는데, 그들은 특히 해적 바위 위에서 햇볕을 쬐고 한가롭게 머리 빗는 것을 좋아했다. 그 모습은 웬디의 호기심을 자극했다. 웬디가 헤엄쳐 가까이 가면—심지어 조심스럽게 다가가도—인어들은 그녀를 보자마자 물속으로 뛰어들어 꼬리로 물을 튀겼다. 실수가 아닌 고의로 말이다.

인어들은 소년들에게도 같은 태도로 대했지만 피터 팬만은 예외였다. 피터 팬은 해적 바위 위에서 인어들과 몇 시간씩 수다를 떨었고 그들의 꼬리에 앉아 장난치기도 했다. 피터 팬은 웬디에게 인어들의 빗 가운데 하나를 주었다.

인어들을 보며 가장 인상적인 장면은 달의 모양이 바뀔 때 펼쳐진다. 그 시간에 인어들은 울부짖는 듯한 이상한 울음소리를 낸다. 아무 힘없는 보통의 인간에게는 이 때의 석호가 가장 위험하다.

지금 들려줄 그날 저녁까지 웬디는 달빛 아래의 석호를 본 적이 한 번도 없었다. 두려움 때문이 아니라—물론 언제나 피터 팬이 동행하지만—7시까지는 모든 사람이 반드시 잠자리에 들어야 한다는 엄격한 규칙 때문이었다.

그런데 웬디는 비 온 후 햇빛이 쨍한 날이면 종종 석호에 있곤 했다. 그런 날이면 인어들은 평소보다 많은 수가 물 위로 올라와 자신들이 만들어내는 거품을 가지고 놀았다. 무지갯빛의 물에서 다채로운 색깔을 가진 거품들을 공처럼 다루고, 꼬리를 이용해서 이쪽에서 저쪽으로 즐겁게 때려대고, 물거품이 터질 때까지 무지개 안에 가둬두는 놀이였다. 골대는 무지개의 양끝에 있고, 골키퍼만 손을 사용할 수 있다. 때때로 수백의 인어들이 한꺼번에 석호에서 노는 걸 볼 수가 있는데 이는 꽤 멋진 광경이었다.

하지만 아이들이 그 놀이에 끼어들려고 하면 인어들은 즉시 사라져버려서 그들은 끼리끼리 놀아야 했다. 그럼에도 불구하고, 인어들이 침입자들을 몰래 지켜보며 재밌는 아이디어들을 받아들였다는 증거가 있다. 예를 들면 존이 거품을 칠 때 손 대신 머리를 사용하는 새로운 방법을 소개했는데 인어 골키퍼들은 그걸 받아들였다. 이것은 존이 네버랜드에 남겨놓은 하나의 흔적이다.

한편 아이들이 점심 식사 후 30분 동안 바위 위에서 쉬는 모습도 꽤 보기 좋은 장면이었다. 웬디는 아이들이 그래야만 한다고—비록 그 식사가 진짜가 아닌 상상이었을 때도—고집했다. 소년들은 햇빛 아래 누웠고, 그 아래에서 아이들의 몸은 빛났다. 웬디에게 있어 아이들 옆에 앉아 있는 그 시간은 소중했다.

이제 들려줄 모험이 일어난 그날, 그들은 모두 해적 바위 위에 있었다. 바위는 그들의 침대보다 크진 않았지만, 어쨌든 아이들은 공간을 많이 차지하지 않는 방법을 알고 있었다. 아이들은 졸거나 눈을 감은 채 누워 있었고—웬디가 보지 않을 때는 가끔 서로를 꼬집기도 했다—웬디는 바느질을 하느라 매우 바빴다.

웬디가 바느질을 하는 동안 석호에 변화가 찾아왔다. 작은 떨림이 호수 표면을 출렁이게 했고, 해는 사라졌으며, 그림자들은 물 위를 살며시 가로질러 스산한 분위기를 드리웠다. 심상찮은 공기 때문에 웬디는 더 이상 바늘에 실을 꿸 수 없었다. 그녀가 위를 올려다보았을 때, 항상 웃음이 가득했던 석호가 어쩐지 무시무시하고 불친절하게 보였다.

웬디도 알아차렸듯이, 밤이 찾아온 것이 아니었다. 밤처럼 어두운 무언가가 온 것이었다. 아니, 그보다 더 나빴다. 그것은 아직 온 것은 아니었지만, 수면의 떨림을 일으킴으로써 경고를 보내었다. 점차 다가오는 그것은 무엇일까?

웬디의 머릿속에 문득 떠오른 것은 해적 바위에 전해져 내려오는 이야기였다. '해적 바위'라는 이름은 사악한 선장들이 바위 위에 선원들을 두고 물에 빠져 죽게 만들어서 붙여진 것이었다. 밀물이 되면 바위가 물에 잠기기 때문에 그들은 익사할 수밖에 없었다.

웬디는 즉시 아이들을 깨워야 했다. 그들을 향해 다가오고 있는 미지의 존재 때문이 아니라도 쌀쌀해진 바위 위에서 자는 것은 건강에 좋지 않기 때문이다. 그렇지만 웬디는 어린 엄마였기 때문에 이를 알 리 없었다. 웬디는 '점심 식사 후 30분 낮잠'이라는 규칙을 철저히 지켜야만 한다고 생각했다. 그래서 두려움이 그녀를 덮쳤음에도, 아이들을 깨우지 않았다. 심지어 소리를 죽인 은밀한 노 젓는 소리를 들었음에도, 심장이 입 밖으로 튀어나올 것처럼 두근거렸음에도 아이들을 깨우지 않았다. 웬디는 아이들이 계속 잘 수 있도록 곁을 지켰다. 도리어 웬디는 정말 용감한 건지도 모른다.

아이들에게 다행이었던 점은 잠결에도 위험을 감지할 수 있는 사람이 그들 중에 한 명은 있었다는 것이다. 피터 팬은 벌떡 일어나더니 사냥개처럼 눈빛이 단번에 말똥말똥해졌다. 그러곤 한 손을 귀에 대고 미동도 없이 서 있었다. 잠시 후 피터 팬은 단 한 마디의 경고를 외침으로써 아이들을 깨웠다.

"해적이다!"

다른 아이들이 우르르 일어나 피터 팬의 곁으로 모여들었다. 피터 팬의 얼굴에 묘한 웃음이 떠올랐고, 웬디는 그 모습을 보고는 몸을 떨었다. 피터 팬이 그 미소를 얼굴에 띠고 있는 동안은 아무도 감히 말을 걸 엄두를 내지 못했다. 아이들은 그저 피터 팬의 명령을 기다리며 준비태세를 갖출 뿐이었다. 명령은 날카롭고 기민했다.

"물로 뛰어들어!"

여러 명의 다리가 쏜살같이 움직이더니, 석호는 금세 황량해졌다. 해적 바위는 마치 혼자 고립된 듯 으스스한 물 위에 우뚝 서 있었다.

그곳에 작은 배가 부드럽게 미끄러지듯 다가왔다. 해적들이 탄 배였다. 그 안에는 두 명의 해적, 스미와 스타키 그리고 포로가 된 타이거 릴리가 타고 있었다. 타이거 릴리의 손과 발목은 묶여 있었고 그녀는 자신의 운명을 직감한 듯했다. 그녀는 바위 위에 버려져 꼼짝없이 죽게 될 터였다. 이는 피카니니 부족에게 있어서 불에 타 죽거나 고문 끝에 죽는 것보다도 더욱 끔찍한 죽음이었다. 피카니니 부족의 책에 쓰여 있는 바처럼, 물을 통해서 행복한 사냥터*로 가는 길은 없지 않은가? 타이거 릴리의 얼굴엔 아무런 표정도 보이지 않았다. 그녀는 족장의 딸이었고, 족장의 딸답게 죽어야만 했다. 그것이면 충분했다.

해적들은 타이거 릴리가 입에 칼을 물고 해적선에 오르려고 하는 것을 붙잡았다. 해적선에는 감시가 없었는데, 후크의 명성이 바람결에 퍼져 반경 1마일 내로는 적이 접근하지 않으리라고 자부했기 때문이었다. 이제 곧 타이거 릴리의 죽음으로 후크는 악명을 더 널리 떨치게 될 터였다. 밤마다 울부짖는 소리가 바람 속에 퍼져 나갈 것이었다.

두 명의 해적은 그들이 몰고 온 어둠 속에서 노를 젓느라 바위를 미처 보지 못하고 충돌하고 말았다. 곧장 스미의 아일랜드 억양이 들렸다.

"바람이 부는 쪽으로 뱃머리를 돌려, 이 풋내기야. 여기 바위가 있잖아. 자, 이제 우리가 할 일은 이 원주민 여자를 바위 위에다 끌어다 놓고 익사하게 놔두는 거야."

아름다운 소녀가 덤덤한 얼굴로 바위 위에 발을 딛는 장면은 그야말로 잔혹한 모습이었다. 타이거 릴리는 헛된 저항을 하기에는 너무나 자존심이 강했다.

———

* 사후 세계를 말함. 천국이나 이상향을 의미함.

바위에서 무척 가까운—그러나 해적들의 시야에 닿지 않는—곳에서 두 개의 머리가 수면에 까딱거리고 있었다. 바로 피터 팬과 웬디였다. 웬디는 울고 있었다. 왜냐하면 웬디가 태어나 처음으로 본 비극적인 장면이었기 때문이다.

피터 팬은 많은 비극적인 순간들을 봐왔지만 모두 잊어버렸다. 비탄에 빠진 웬디와 달리 피터 팬은 타이거 릴리에 대해서 애석한 감정이 들지 않았다. 그를 화나게 한 건 두 명이 한 명을 상대하고 있다는 점이었고, 이건 피터 팬에게 그 한 명을 구해야만 한다는 동기부여가 되었다. 쉬운 방법은 해적들이 떠날 때까지 기다리는 것이었지만, 피터 팬은 그 방법을 택하지 않았다. 피터 팬은 못하는 것이 거의 없었다. 그는 후크의 목소리를 흉내 냈다.

"어이, 거기, 이 풋내기들아."

피터 팬이 두 해적을 불렀다. 정말 놀라운 정도로 후크와 똑같은 목소리였다. 스미와 스타키는 경악한 얼굴로 마주 보며 동시에 외쳤다.

"선장님이다!"

"우리에게 헤엄쳐 오고 있는 게 틀림없어." 하고 스타키가 초조하게 말했다. 그러고는 후크를 찾는 헛수고를 하기 시작했다.

"저희가 바위 위에 원주민 여자애를 올려놓고 있어요."
하고 스미가 외쳤다. 그러자 어둠 속에서 믿기 힘든 대답
이 돌아왔다.

"그녀를 풀어줘라."

"풀어주라고요?"

"그래, 결박을 풀고 놔줘."

"하지만 선장님—"

"당장! 알아들었나? 그러지 않으면 너희에게 갈고리를
꽂아버릴 테다."

피터 팬이 큰 소리로 호통쳤다.

"정말 이상한 일이네." 하고 중얼거리며 스미는 숨을
거칠게 내쉬었다.

"선장님이 시키는 대로 하는 게 낫겠어."

스타키가 초조한 듯 말했다. 그의 말에 스미도 "예,
예." 하고 어둠을 향해 대답하곤 타이거 릴리를 묶어놓은
끈을 잘랐다. 타이거 릴리는 즉시 장어처럼 스타키의 다
리 사이로 빠져나가 물속으로 미끄러져 들어갔다.

웬디는 피터 팬의 영리함에 잔뜩 신이 나 있었다. 하지
만 피터 팬이 너무 고취된 나머지 수탉 울음소리를 내다
발각이 될까 봐 걱정이 되었다. 그래서 그가 그러기 전에
피터 팬의 입을 손으로 막으려 했다. 하지만 입을 채 막

기도 전에, "어이! 거기 배!"라고 하는 후크의 목소리가
석호에 울려 퍼졌다. 이번엔 피터 팬이 흉내 낸 것이 아
니었다. 피터 팬은 수탉 울음소리를 내려다가, 흠칫 놀라
휘파람을 불려고 입술을 오므렸다.

"어이! 거기 배!"

그때 다시 한번 소리가 들려왔다. 웬디는 이제 상황을
이해했다. 진짜 후크도 물속에 있었던 것이다. 스미와 스
타키가 소리가 나는 쪽으로 불빛을 비추자, 배 쪽으로 헤
엄쳐 오는 후크가 보였다. 그는 불빛을 따라 곧바로 그들
에게 도달했다.

랜턴 불빛 속에서 웬디는 후크의 갈고리가 배의 옆면
을 찍는 것을 보았다. 물속에서 물을 뚝뚝 흘리며 일어서
는 후크의 거무스름한 얼굴은 험악했다. 웬디는 몸을 떨
었다. 얼른 헤엄쳐 달아나고 싶었지만, 피터 팬은 꿈쩍도
하지 않았다. 피터 팬은 생기 넘치는 기운과 자기도취로
가득 차 있었다.

"나 좀 대단하지 않니? 아아, 난 정말 대단해!"

그가 웬디에게 속삭였다. 웬디도 동의했지만, 피터 팬
의 명성을 유지하기 위해서는 아무도 이 말을 듣지 않는
게 좋겠다고 생각했다.

피터 팬은 웬디에게 해적들의 대화를 잘 들어보자는

신호를 보냈다. 두 해적은 그들의 선장이 자신들에게 온 이유가 매우 궁금했지만, 잠자코 서 있었다. 후크는 심오한 비애 속에 잠긴 듯한 얼굴로 갈고리에 머리를 기댄 채 앉아 있었다.

"선장님, 괜찮으세요?"

침묵을 깨고 두 해적이 소심하게 물었지만, 후크는 허탈한 한숨 소리로 대답했다.

"선장님이 한숨을 쉬네." 하고 스미가 말했다.

"선장님이 또 한숨을 쉬네." 하고 스타키가 말했다.

"그리고 또 세 번째로 한숨을 쉬네." 하고 스미가 말했다.

"무슨 일이세요, 선장님?"

스타키가 묻자 후크가 마침내 격정적으로 대답했다.

"놀이는 끝났어! 그 녀석들이 엄마를 하나 찾아냈어!"

웬디는 깜짝 놀랐지만, 이내 자부심으로 부풀어 올랐다.

"오, 끔찍한 날이네요." 하고 스타키가 맞장구를 쳤고, "엄마가 뭔가요?" 하고 멍청한 스미가 물었다.

웬디는 너무 충격을 받아서 소리를 내고야 말았다.

"엄마가 뭔지 모르다니!"

이 사건 이후로 웬디는 만약 해적 한 명과 친해질 수 있다면 스미로 하기로 정했다.

피터 팬은 웬디를 물속으로 끌어당겼다. 후크가 소리

를 지르며 벌떡 일어섰기 때문이다.

"방금 뭐였지?"

"저는 아무것도 못 들었는데요."

스타키가 랜턴으로 물 위를 비추며 말했다. 해적들은 이상한 광경을 보았다. 그건 석호 위에 떠다니는 새 둥지였는데, 어미 새로 보이는 네버 새가 앉아 있었다. 후크가 새 둥지를 가리키며 스미의 질문에 답했다.

"저걸 봐. 저게 바로 엄마야. 이런. 교훈이 따로 없군. 둥지가 물 위에 떨어졌지만, 엄마가 알들을 버려둘 것 같나? 아니지."

마치 순수했던 시절을 회상이라도 하는 듯 후크의 목소리가 잠시 끊겼지만, 그는 이내 자신의 약함을 쓸어내려는 듯 갈고리를 휘휘 저었다.

스미는 상당히 감명을 받았다는 듯, 빠르게 지나가는 둥지를 바라보았다. 하지만 의심 많은 스타키는 이렇게 말했다.

"만약 저 새가 엄마라면, 피터 팬을 도우려고 이 주위를 어슬렁거리고 있는 게 아닐까요?"

후크가 움찔했다.

"그래, 그게 바로 나를 괴롭히는 두려움이다."

후크는 스미의 열성적인 목소리에 의해 어떤 실의에서

벗어난 듯했다. 스미가 그런 후크에게 은근슬쩍 말했다.

"선장님. 그 녀석들의 엄마를 납치해서 우리의 엄마로 삼는 것은 어떨까요?"

"그 계획 한번 훌륭하군!"

후크가 외쳤다. 그 계획은 후크의 머릿속에서 구체적이 되었다.

"아이들을 잡아다가 배로 데려갈 것이다. 그 녀석들을 널빤지 위로 걷게 하면 웬디는 우리의 엄마가 될 테지."

또다시 웬디는 자제력을 잃고 말았다. "절대 안 돼!" 하고 그녀가 외치며 물속에서 머리를 까딱거렸다.

"방금 뭐였지?"

그러나 그들은 아무것도 보지 못했다. 해적들은 그것이 바람에 나뭇잎이 날리는 소리라고 생각했다. 후크가 부하들을 향해 물었다.

"동의하나, 제군들?"

"기꺼이 함께하고말고요."

"내 갈고리도 함께하지. 맹세해라."

그들은 모두 맹세했다. 이때 해적들은 모두 바위 위에 있었고, 후크는 갑자기 타이거 릴리에 대해 기억해냈다.

"원주민 여자애는 어디 있지?"

후크가 퉁명스럽게 따졌다. 그는 때때로 농담을 하곤

했으므로 스미와 스타키는 지금도 그런 순간 중 하나라고 생각했다. 스미가 흐뭇한 듯 대답했다.

"잘 처리했습니다, 선장님. 우리가 잘 풀어줬습니다."

"풀어줬다고!"

후크가 소리를 지르자 갑판장이 더듬더듬 답했다.

"선장님이 명령하셨잖아요."

"선장님이 물 건너에서 우리에게 그 여자애를 풀어주라고 하셨잖아요."

스타키가 스미의 말이 사실이라는 듯 덧붙였다. 그러자 후크가 천둥 치듯 호통을 내질렀다.

"이런 지옥 불에 담즙 말아먹을! 도대체 무슨 일이 벌어지고 있는 거야?"

후크의 얼굴은 분노로 시커메졌다. 그러나 후크는 부하들이 여전히 속은 줄도 모르고 있는 것을 보고는 깜짝 놀랐다. 후크가 분노로 몸을 약간 떨며 입을 열었다.

"이놈들아. 난 그런 명령을 내린 적이 없다."

"귀신이 곡할 노릇이군요!"

스미가 말했다. 그들은 모두 불편한 듯 몸을 꼼지락거렸다. 후크는 목소리를 높였다. 그렇지만 그 속에는 떨림이 있었다.

"오늘 밤 이 어두운 석호를 떠도는 영혼이여. 내 말이들리는가?"

　조용히 있으면 좋았지만 피터 팬은 그러지 않았다. 피터 팬은 후크의 목소리로 즉시 대답했다.

　"이런 어이없는! 빌어먹을 말아먹을! 나는 네 말을 듣고 있다."

　이런 극적인 순간에서도 후크는 냉정함을 유지했다. 그러나 스미와 스타키는 깜짝 놀라서 서로에게 찰싹 붙었다.

　"너는 누구인가, 낯선 자여. 말하라."

　후크의 물음에 목소리가 대답했다.

　"나는 제임스 후크다. 즐거운 로저호의 선장이지."

　"넌 이니야. 넌 아니라고!" 하고 후크가 쉰 목소리로 소리를 질렀다. 그러자 목소리가 "이런 지옥 불에 담즙 말아먹을!" 하고 흉내 내어 대꾸했다. 후크는 태도를 바꾸어 부드러운 목소리로 물어보기로 했다.

　"다시 한번 말해보아라. 그러면 너에게 닻을 던질 것이다."

　후크는 환심을 사려는 듯 공손하게 이어 물었다.

　"네가 후크라면 나에게 말해보아라. 나는 누구지?"

　"대구. 너는 대구일 뿐이다." 하고 목소리가 대답했다.

　"대구?"

후크가 멍하니 되뇌었다. 바로 그 순간, 후크의 자존심이 무너져버렸다. 후크는 자신의 부하들이 그에게서 물러나는 것을 보았다.

"여태껏 대구가 우리를 부려먹었단 말인가!"

"이런 자존심 상하는 일이 있다니."

그들은 마치 후크를 물어뜯으려는 개들 같았지만, 비극의 주인공이 되어버린 후크는 부하들에게 주의를 기울일 수 없었다. 이 무시무시한 증거에 대항하기 위해 그가 필요한 건 부하들의 믿음이 아니라, 후크 자신이었다. 후크는 자신에게서 자아가 빠져나가는 것을 느꼈다.

"날 버리지 마, 친구."

후크가 쉰 목소리로 속삭였다. 모든 위대한 해적이 그렇듯이 그의 어두운 본성 속에도 여린 면이 있었는데, 그건 때때로 직관력으로 발휘되었다. 후크는 갑자기 스무고개를 시도했다. 후크가 목소리를 불렀다.

"후크, 너에게 다른 목소리가 있나?"

피터 팬은 놀이에 절대 저항할 수가 없었으므로, 자신의 목소리로 쾌활하게 대답했다.

"있다."

"또 다른 이름은 있나?"

"그래, 있다."

"식물인가?" 하고 후크가 물었다.

"아니다."

"광물인가?"

"아니다."

"동물인가?"

"그렇다."

"성인 남자인가?"

"아니!"

이 대답은 경멸스럽다는 듯 울려 퍼졌다.

"소년인가?"

"그렇다."

"평범한 소년인가?"

"아니!"

"놀라운 소년인가?"

"그렇다."

"너는 영국에 있나?"

"아니다."

"여기 있나?"

"그렇다."

완전히 얼떨떨해진 후크는 이마에 맺힌 땀을 닦으며 부하들을 향해 "너희가 그에게 질문을 해봐라." 하고 말했다.

스미는 곰곰이 생각하다 "아무것도 생각이 안 나요." 하고 아쉬워하며 말했다.

"못 맞히겠지, 못 맞히겠지. 포기하겠는가?"

피터 팬이 마구 으스댔다. 피터 팬은 자부심이 지나쳐서 놀이를 너무 멀리까지 끌고 갔고, 악당들은 드디어 기회를 엿봤다.

"그래, 그래." 하고 해적들은 갈망하듯 대답했다.

"좋아, 그렇다면……." 피터 팬이 운을 떼더니 외쳤다.

"나는 피터 팬이다."

피터 팬! 그 순간 후크는 다시 제정신으로 돌아왔고, 스미와 스타키는 후크의 충직한 심복으로 돌아왔다.

"이제 놈을 잡았다!"

크게 소리친 후크가 부하들에게 명령했다.

"물속으로 들어가, 스미. 스타키, 배를 지켜. 죽이든 살리든 그 녀석을 끌고 와."

후크는 말하면서 뛰어들었고, 동시에 피터 팬의 명랑한 목소리가 들려왔다.

"준비됐어, 얘들아?"

"응, 응." 하고 석호의 이곳저곳에서 대답이 들려왔다.

"그럼 해적들에게 돌격!"

싸움은 짧고 치열했다. 처음으로 해적을 상처 입힌 이는 존이었는데, 그는 용감하게 배에 올라타 스타키를 붙잡았다. 격렬한 몸싸움 끝에 스타키가 움켜쥐고 있던 단검이 떨어졌다. 스타키는 몸부림치며 배에서 떨어졌고 존은 그를 뒤쫓아 뛰어내렸다. 작은 배는 멀리 떠내려갔다.

여기저기에서 머리가 물 밖으로 튀어나왔고, 강철이 번쩍이더니 곧이어 비명이나 함성이 뒤따라왔다. 혼란 속에서 일부는 자기 편을 공격하기도 했다. 스미의 콕스크루는 투틀스의 네 번째 갈비뼈를 찔렀지만, 그 역시 컬리에게 찔려버렸다. 바위에서 멀리 떨어진 곳에서는 스타키가 슬라이틀리와 쌍둥이를 거세게 밀어붙이고 있었다.

그동안 피터 팬은 더 큰 사냥감을 찾고 있었다. 아이들 모두 용감한 소년들이었으므로, 해적 선장을 피했다고 비난받을 이유는 없다. 후크가 쇠갈고리를 휘둘러 그의 주변으로 죽음의 둥근 물결을 만들자, 아이들은 겁에 질린 물고기처럼 도망칠 수밖에 없었다. 하지만 후크를 두려워하지 않는 한 명이 있었다. 그는 그 원 안으로 들어갈 준비가 되어 있었다.

이상하게도 후크와 피터 팬은 물속에서 맞붙지 않았다. 후크는 숨을 쉬기 위해 바위 위로 올라왔고, 같은 시각 피터 팬도 반대편에서 오르고 있었다. 바위는 미끄러워서 그들은 오른다기보다는 거의 기어오르다시피 해야만 했다. 후크와 피터 팬은 반대편에 상대방이 있음을 알지 못했다. 움켜쥘 곳을 찾아 각자 더듬거리다가 그들은 서로의 팔을 건드렸다. 놀라서 고개를 들었을 때 그들은 거의 코가 닿을 거리에서 눈이 마주쳤다.

가장 위대한 영웅들 중 일부는 전투가 시작되기 직전에 두려움이나 불안을 느꼈다고 고백했다. 만약 피터 팬도 그 순간에 두려움을 느꼈대도 인정할 만하다. 어찌 되었든 후크야말로 씨쿡이 두려워한 유일한 사람이었으니 말이다. 그러나 피터 팬은 그러한 두려움을 느끼지 않았다. 피터 팬이 느끼는 유일한 감정은 기쁨이었다. 그는 기쁨에 겨워 앙증맞은 젖니를 앙다물었다.

피터 팬은 순식간에 후크의 허리띠에서 칼을 낚아챈 다음 그를 깊이 찌르려 했지만, 자신이 서 있는 바위가 적의 위치보다 높은 곳에 있다는 것을 깨달았다. 그건 공평한 싸움이 아니었다. 피터 팬은 후크가 올라올 수 있도록 해적에게 손을 내밀었다.

그때 후크가 피터 팬의 손을 물었다. 피터 팬을 멍하게 만든 것은 아픔이 아니라 부당함이었다. 그 부당함이 피터 팬을 속수무책으로 만들었다. 피터 팬은 소름이 끼쳐 후크를 멍하니 바라볼 수밖에 없었다.

모든 아이는 처음으로 부당하게 대우받았을 때 이런 정서적 충격에 빠진다. 아이는 부모나 보호자에게 공정하게 대우받을 권리를 기대한다. 당신이 아이를 부당하게 대했을 때 그 아이는 당신을 다시 사랑하게 될 수는 있어도, 결코 같은 아이로 남지 않는다. 난생처음 맞닥뜨린 부당함을 완전히 극복하는 사람은 아무도 없다. 피터 팬을 제외하곤 말이다. 피터 팬은 종종 부당함을 겪었지만, 항상 잊어버렸다. 그것이야말로 피터 팬과 다른 사람들의 진정한 차이였을 것이다.

후크의 돌발 행동으로 피터 팬은 부당함을 느꼈다. 그동안 겪은 부당함을 잊어버렸기에 그는 처음 겪은 듯 당황해 무력하게 바라볼 수밖에 없었다. 쇠로 된 손이 피터 팬을 두 번이나 할퀴었다.

몇 분 후, 다른 소년들은 후크가 물속에서 배를 향해 미친 듯이 헤엄쳐가는 모습을 보았다. 후크의 험악한 얼굴에서는 더는 득의양양한 모습을 찾아볼 수 없었다. 오직 새하얀 두려움만이 남아 있었다. 악어가 그를 끈질기게 뒤쫓고 있었기 때문이다.

평소였다면 아이들은 그 옆에서 나란히 헤엄치며 환호했겠지만 그들은 불안에 빠졌다. 왜냐하면 피터 팬과 웬디를 잃어버렸기 때문이다. 아이들은 피터 팬과 웬디를 찾아 석호를 샅샅이 뒤지며 이름을 불러댔다. 아이들은 작은 배를 발견하고선, 그것을 타고 집으로 돌아가면서 "피터 팬, 웬디." 하고 소리를 질러댔다. 그러나 인어들의 조롱 섞인 웃음 말고는 돌아오는 대답이 없었다.

"분명히 강둑을 헤엄쳐 오고 있거나 날아오고 있을 거야."

아이들은 그렇게 결론을 내렸다. 그들은 크게 염려하지 않았다. 피터 팬에 대한 믿음이 확고했기 때문이었다. 아이들은 늦게 잘 수 있다는 생각에 짓궂게 킥킥 웃었다. 이건 모두 엄마 웬디의 잘못이었다.

아이들의 목소리가 사라지자, 석호에는 차가운 침묵이 찾아왔다. 곧이어 희미한 외침이 들려왔다.

"도와줘, 도와줘!"

두 개의 작은 형체가 바위에 몸을 부딪치고 있었다. 소년의 팔에는 기절한 소녀가 기대어 있었다. 마지막 힘을 짜내어 피터 팬은 웬디를 바위 위로 끌어 올리고 그 옆에 쓰러졌다. 자신도 기절할 것 같은 와중에 피터 팬은 눈을 부릅뜨고 물이 점차 차오르고 있는 것을 보았다. 피터 팬은 자신들이 곧 익사할 것이라는 걸 알았다. 하지만 더 이상 할 수 있는 건 아무것도 없었다.

피터 팬과 웬디가 나란히 누워 있는데, 한 인어가 발치에서 웬디를 잡고 물속으로 부드럽게 끌어당기기 시작했다. 피터 팬은 옆에서 기척을 느끼고는 깜짝 놀라 깨어났다. 그는 간신히 웬디를 다시 끌어 올렸다. 정신을 차린 웬디에게 진실을 말해야 했다.

"우리는 바위 위에 있어, 웬디. 하지만 바위가 점점 작아지고 있어. 곧 물이 바위를 다 덮쳐버릴 거야."

웬디는 여전히 상황을 파악하지 못했다. "우리는 이곳을 떠나야 해." 하고 웬디가 의욕 있게 말했다.

"그래……." 하고 피터 팬이 희미하게 대답했다.

"헤엄쳐 갈까? 아니면 날아갈까, 피터 팬?"

피터 팬은 웬디에게 말해야만 했다.

"네 생각에는 섬까지 헤엄치거나 날아갈 수 있을 것 같아, 웬디? 내 도움 없이도?"

웬디는 너무 지쳐 있다는 걸 시인해야만 했다. 피터 팬이 신음했다. 웬디는 피터 팬에 대한 걱정이 확 몰려왔다.

"왜 그래?"

"널 도울 수가 없어, 웬디. 후크가 내게 상처를 입혔어. 난 날 수도, 헤엄칠 수도 없어."

"우리 둘 다 물에 빠져 죽을 거라는 말이야?"

"물이 얼마나 차오르는지를 봐."

그들은 그 광경을 보지 않기 위해 손으로 눈을 가렸다. 얼마 안 가 곧 익사하게 될 것이라 생각해 둘은 절망적인 침묵에 휩싸였다. 그들이 망연자실 앉아 있을 때 어떤 것이 피터 팬을 입맞춤하듯 살짝 스치고 지나갔다. 마치 '내가 쓸모가 있지 않을까?' 하고 속삭이는 것처럼.

그건 마이클이 며칠 전에 만든 연의 꼬리였다. 연은 마이클의 손을 떠나 떠돌아다니고 있었다.

"마이클의 연이야."

피터 팬이 별 관심 없이 말했다. 그러나 다음 순간 피터 팬은 연의 꼬리를 붙잡고 자신에게로 끌어당겼다.

"이게 마이클을 땅에서 들어 올렸잖아! 너를 싣고 갈 수도 있어!"

"우리 둘 다……!"

"둘은 들어 올릴 수 없어. 마이클과 컬리가 시도해봤어."

"제비뽑기를 하자." 하고 웬디가 용감하게 말했다.

"그리고 넌 숙녀지. 절대 안 돼."

피터 팬은 이미 연의 꼬리를 웬디에게 묶고 있었다. 웬디는 피터 팬에게 매달렸다. 그녀는 피터 팬 없이 떠나는 것을 거부했다. 그러나 피터 팬은 "안녕, 웬디." 하고 인사하곤 웬디를 바위에서 밀어냈다. 몇 분 후 웬디는 피터 팬의 시야에서 사라졌다. 피터 팬은 석호에 홀로 남았다.

바위가 이제는 매우 작아졌다. 머지않아 곧 물속에 잠

기게 될 터였다. 희미한 빛줄기가 물 위로 살금살금 지나
갔다. 그리고 세상에서 가장 음악적이면서도 가장 구슬
픈 소리가 들려오기 시작했다. 인어들이 달을 향해 부르
는 노래였다.

피터 팬은 다른 소년들과는 달랐다. 그러나 피터 팬
도 결국 두려워졌다. 작은 떨림이 그의 몸을 훑고 지나갔
다. 마치 바다를 가로지르는 떨림처럼. 바다에서는 하나
의 떨림이 수백의 떨림을 데려오지만, 피터 팬은 단 하나
의 전율만을 느꼈다. 다음 순간 피터 팬은 다시 바위 위
에 섰다. 얼굴에는 미소를 띠고 가슴에는 북이 울리는 듯
한 박동을 느꼈다. 그의 표정은 이렇게 말하고 있었다.

"죽는다는 건 엄청난 모험일 거야."

Chapter
9

네버 새

피터 팬이 완전히 혼자가 되기 전 마지막으로 들었던 소리는 인어들이 하나씩 차례대로 바다 밑 침실로 돌아가는 소리였다. 지금은 너무 멀리 있어서 문 닫히는 소리를 들을 수 없었지만, 원래 인어들이 사는 산호 동굴은 문이 열리거나 닫힐 때마다 작은 종이 울리는데—본토에 있는 가장 좋은 집들과 마찬가지다—피터 팬은 그 소리를 알고 있었다.

물이 점점 차올라 피터 팬의 발을 적시고 있었다. 피터 팬은 물이 자신을 완전히 삼켜버릴 때까지 시간을 보내려고 석호 위에서 움직이고 있는 어떤 것을 바라보고 있었다. 그는 그것을 연의 일부였던 종잇조각이라고 생각했다. 문득 그것이 언제까지 수면 위에 떠 있을지 궁금했다.

멍하니 그것을 바라보던 피터 팬은 한 가지 이상한 점

을 알아차렸다. 그 종잇조각은 분명 어떤 확실한 목적을 가지고 석호 위를 떠다니고 있는 게 틀림없었다. 그건 물결과 싸우고 있었고 때로는 이겨내고 있었다. 피터 팬은 항상 약한 쪽에 공감하는 성정이라 그것이 물결을 이겨낼 때마다 박수를 보내지 않을 수 없었다. 참으로 용감한 종잇조각이었다.

사실 그건 종잇조각이 아니었다. 그건 피터 팬에게 오기 위해 둥지 위에서 필사적으로 노력하고 있는 네버 새였다. 새는 둥지째 물에 빠진 이후 나름 터득한 날갯짓으로 어느 정도 방향을 조정해왔지만, 피터 팬이 그걸 알아챘을 때는 너무 지쳐 있었다. 새는 피터 팬에게 자신의 둥지를 주어 그를 구해주려 하고 있었다. 둥지 안에 자신의 알들이 있었음에도 불구하고 말이다.

네버 새의 호의적인 태도는 다소 놀라운 면이 있었다. 왜냐하면 피터 팬이 네버 새에게 잘 대해주긴 했지만, 가끔은 괴롭히기도 했기 때문이다. 이유에 대해 한 가지 추측해보자면, 달링 부인이나 다른 엄마들이 그러하듯 피터 팬이 아직 젖니를 가지고 있었기 때문에 어미 네버 새의 마음이 약해진 것이 아닐까 싶다.

네버 새는 피터 팬에게 자신이 왜 왔는지를 외쳤고, 그는 어미 새에게 거기서 무얼 하고 있는 거냐고 외쳤다.

둘 중 누구도 상대방의 언어를 이해하지 못했다. 상상 속 이야기에서는 사람들이 새와 막힘없이 대화할 수 있기에 ―피터 팬이 네버 새에게 똑 부러지게 대답했다고 말하고 싶지만, 진실이 가장 중요한 법이라서 실제로 일어난 일만을 말하려 한다―그들은 서로를 이해하지 못했을 뿐만 아니라 예의마저 잊어버렸다.

"내가- 원하는- 건- 네가- 둥지에- 타는- 거야."

새가 가능한 한 천천히 또렷하게 외쳤다.

"그러면- 기슭으로- 떠내려갈- 수- 있어. 근데- 난- 너무- 지쳐버려서- 더 이상- 가까이- 갈- 수가- 없어. 그러니까- 네가- 이리로- 헤엄쳐서- 와야- 해."

"뭐라고 꽥꽥대는 거야? 왜 평소처럼 둥지가 떠다니게 두지 않는 거야?"

피터 팬이 물었다.

"내가- 원하는- 건- 네가- 둥지에- 타는- 거야. 그러면……."

새가 아까 했던 모든 말을 반복했다. 그러자 피터 팬도 천천히 또렷하게 말하려고 노력했다.

"뭐라고, 꽥꽥대는, 거야?"

네버 새는 짜증이 나기 시작했다. 새들은 성미가 급하다. 새가 소리를 꽥 질렀다.

"이 멍청한 어치 같은 녀석아! 왜 내가 말한 대로 하지 않는 거야?"

피터 팬은 새의 말을 못 알아들었지만 왠지 자신을 헐뜯고 있다고 느껴져서 되는대로 막 되받아쳤다.

"너는 어떻고!"

둘은 그러다 약간 우스꽝스럽게도 동시에 같은 말을 내뱉었다.

"닥쳐!"

"닥쳐!"

그럼에도 불구하고 새는 피터 팬을 구하려고 마음먹고 있었기에, 마지막 사력을 다해 둥지를 바위 쪽으로 몰아갔다. 그러곤 알을 버려두고 날아올라 자신의 뜻을 분명히 했다.

피터 팬은 마침내 네버 새의 의도를 이해했다. 그는 손을 뻗어 둥지를 꽉 움켜잡고 머리 위에서 파닥이고 있는 새에게 팔을 흔들어 감사를 표했다. 그러나 새가 하늘에 머물러 있던 건 감사를 받기 위해서가 아니었다. 피터 팬이 둥지에 오르는 걸 지켜보기 위함도 아니었다. 새는 피터 팬이 자신의 알을 어떻게 할지 지켜보고 있었다.

둥지 안에는 크고 하얀 알 두 개가 있었다. 피터 팬은 알을 들어 올린 다음 생각에 잠겼다. 새는 알의 마지막

보지 않기 위해 날개로 얼굴을 가렸으나 깃털 사이로 고개를 빼꼼 내밀어 훔쳐보지 않을 수 없었다.

바위 위에는 오래전에 어떤 해적들이 보물을 묻어놓은 곳을 표시하기 위해 박아둔 막대기가 하나 있었다. 아이들은 우연히 그 반짝이는 보물들을 발견했고, 가벼운 마음으로 포르투갈 금화, 다이아몬드, 진주, 스페인 은화를 갈매기에게 던지며 놀았다. 갈매기들은 그것이 먹이인 줄 알고 달려들었다가 졸렬한 속임수에 속았다는 것에 분노하며 날아갔다.

보물이 발견된 뒤에도 그 막대기는 아직 그 자리에 있었는데, 스타키는 거기에 모자를 걸어두었다. 챙이 넓은 그 모자는 물이 새지 않는 방수용 천으로 만들어진 것이었다. 피터 팬은 그 모자에 알을 넣고 석호 위에 띄웠다. 모자는 아름다운 자태로 호수 위에 떠올랐다.

네버 새는 단박에 피터 팬이 무엇을 하려 하는지 깨닫고 감탄의 소리를 질렀다. 아아, 피터 팬은 그에 동의한다는 뜻으로 으쓱해져서는 수탉 같은 울음소리를 내었다. 그런 다음 피터 팬은 둥지로 올라탔다. 그러고는 그 안에 막대기를 돛대처럼 꽂고, 거기에 셔츠를 걸어 돛을 만들었다. 같은 순간 새는 모자 위로 내려앉아 다시 한번 알을 포근하게 품었다. 새는 한 방향으로 떠내려갔고 피터 팬은 다른 방향으로 멀어져 갔다. 둘은 환호성을 질렀다.

무사히 육지에 도착한 피터 팬은 타고 온 네버 새의 둥지 범선을 새가 쉽게 찾을 수 있는 장소에 댔다. 그러나 모자가 너무나 훌륭해서 새는 둥지를 버렸다. 둥지는 부서질 때까지 물 위에 떠다녔다. 스타키는 석호 기슭에 올 때마다 억울한 느낌으로 자신의 모자 위에 앉아 있는 새를 바라보아야 했다.

우리는 이제 그 새를 다시 볼 일이 없으므로, 여기서 잠깐 언급해야겠다. 이제 모든 네버 새는 넓은 챙이 있는 형태의 둥지를 지었고, 그 챙 위에선 어린 새끼들이 바람을 쐰다.

피터 팬은 마이클의 연에 실린 웬디와 거의 동시에 땅속 집에 도착했다. 그것은 정말 큰 기쁨이었다. 웬디는 연에 실려 여기저기 돌아다닌 참이었다.

그날 모든 아이가 다른 사람에게 들려줄 만한 모험을 했다. 그러나 그중 가장 큰 모험은 아마도 그들이 평소보다 몇 시간이나 늦게 잠자리에 든 것이리라. 아이들은 모두 들떠서 조금이라도 더 깨어 있으려고 온갖 꼼수를 부렸다. 예를 들면 붕대를 달라고 한다든지 말이다.

웬디는 모두 집에 무사히 돌아온 것에 크게 기뻐하면서도 시간이 너무 늦어버린 것에 대해 분개하고 말았다.

웬디는 반드시 복종해야만 하는 목소리로, "침대로, 침대로." 하고 외쳤다. 다음 날이 되자, 웬디는 매우 다정하게 모두에게 붕대를 나누어주었다. 아이들은 잠잘 시간까지 절뚝거리며, 팔에 붕대를 감으며 놀았다.

Chapter
10

행복한 집

아이들이 석호에서 해적과 싸움으로써 얻은 가장 큰
결실은 바로 원주민들을 그들의 친구로 만들었다는 점이
다. 피터 팬은 타이거 릴리를 끔찍한 운명에서 구해냈다.
이제 타이거 릴리와 그녀의 용감한 전사들이 피터 팬을
위해 하지 못할 일은 없었다.

원주민들은 밤마다 땅 위에서 해적들의 공격을 대비
하며 땅속 집을 지켰다. 공격은 분명 머지않아 있을 터였
다. 원주민들은 심지어 낮에도 평화의 담뱃대*를 피우며

---

* Pipe of Piece. 북미 아메리카의 원주민들은 담배를 신성시하여 종교의식
이나 중요 행사 시에 사용하였다. '평화의 담뱃대'에 불을 붙이면 담배 연
기가 기도하는 사람과 만물의 창조주인 정령을 연결해준다고 믿었다. 부
족 간의 화친 조약 체결 시에는 물론이고 상업적 거래 성사 시에도, 전쟁
터에 나가기 전 부족의 결속을 다지기 위해서도 사용되었다. 또한 호의를
전달하는 수단으로써 귀한 손님에게 선물로 주는 경우도 있다.

어슬렁거렸다. 그들은 콩고물 한 조각이라도 바라는 눈치였다.

원주민들은 피터 팬을 '위대한 아버지'라고 부르며 피터 팬 앞에 엎드렸다. 피터 팬은 그 상황을 굉장히 흡족해했는데 사실 그에게 그리 좋은 일은 아니었다.

"위대한 아버지는 부족의 전사들이 해적들로부터 피터 팬의 천막을 지키는 것을 매우 기쁘게 생각하노라."

이와 같이 피터 팬은 발치에서 굽실거리는 원주민들에게 매우 거만한 태도로 말하곤 했다.

"나 타이거 릴리. 피터 팬이 나 구했어. 나 피터 팬 많이많이 친한 친구야. 나 해적들이 피터 팬 안 다치게 해."

타이거 릴리가 이런 식으로 굽히고 들어가는 것은 어떤 면에서는 적절치 않았지만, 피터 팬은 그것이 너무나 당연하다고 생각해서 무시하듯 대답하곤 했다.

"좋구나. 피터 팬이 말하노라."

피터 팬이 '피터 팬이 말하노라.'라고 말할 때는 '이제 입을 다물라.'라는 의미였는데, 원주민들은 겸허한 마음으로 받아들였다.

하지만 원주민들은 다른 소년들에겐 그다지 존경심을 보이지 않았다. 그들은 소년들을 그냥 평범한 전사처럼 대했다. 소년들에게 "어이."라고 가볍게 부를 정도로 말이다. 소년들이 약이 오른 건 그걸 당연하게 여기는 피터 팬의 태도 때문이었다.

웬디는 남몰래 아이들에게 약간 동정심을 느꼈지만, '위대한 아버지'에 대한 어떤 불평을 듣기엔 그녀는 너무나 충성스러운 '엄마'였다. 웬디는 개인적인 의견이 뭐였든 간에 항상 "아버지가 제일 잘 알아."라고 말하곤 했다. 웬디의 개인적인 고민은 원주민들이 자신을 '원주민 여자'라고 부르지 않는 것이었다.

때는 이제 그들 사이에서 '밤 중의 밤'이라고 불리는 그 저녁에 도달했다. 그건 그 모험과 그로 인한 결실로 인해 붙여진 이름이었다.

그날 낮에는 마치 힘을 모으려는 것처럼 거의 아무런 사건도 일어나지 않았다. 원주민들은 담요를 두르고 보초를 서고 있었으며, 아래에서는 시간을 알아보러 외출한 피터 팬을 제외한 아이들이 저녁 식사를 하는 중이었다. 섬에서 시간을 알아내는 방법은 악어를 찾아서, 시계가 울릴 때까지 그 옆에 머무르는 것이었다.

저녁 식사는 차를 마시는 척하는 시간이었는데, 아이들은 널빤지 주위에 둘러앉아 식탐을 부리며 마구 마셔 대고 있었다. 아이들의 재잘거림과 온갖 비난하는 소리와 소음 때문에—웬디의 표현을 빌리자면—정말이지 귀청이 찢어질 정도였다.

물론 웬디는 소음은 신경 쓰지 않았다. 하지만 아이들이 물건을 움켜쥐고선 투틀스가 자신들을 팔꿈치로 밀어서 그랬다고 변명하는 것은 결코 용납하지 않았다. 그들에게는 확고한 규칙이 있었는데, 식사 시간에는 절대로 되받아치지 않는 것, 논쟁을 할 때는 웬디에게 공손하게 오른팔을 들고 난 후, '나는 누구누구를 고발합니다.'라고 서두를 뗀 후 말하는 것이었다. 그러나 보통은 규칙을 잊어버리거나 규칙을 지키되 너무 많이 말하는 것이었다.

"조용!"

웬디가 외쳤다. 모두가 한꺼번에 말하지 말라고 웬디가 스무 번째로 말했을 때였다.

"얘, 슬라이틀리, 조롱박은 비었어?"

"아직 안 비었어요, 엄마."

슬라이틀리가 상상 속의 컵을 들여다보며 말했다.

"쟨 아직 우유 마시는 걸 시작도 안 했어요."

닙스가 끼어들었다. 그것은 고자질이었고, 슬라이틀리는 말할 기회를 잡았다.

"나는 닙스를 고발합니다." 하고 슬라이틀리가 재빠르게 외쳤다. 그렇지만 존이 먼저 손을 들고 있었다.

"음, 그래, 존?"

"피터 팬이 없으니까 제가 그의 의자에 앉아도 될까요?"

"아버지의 의자에 앉는다고, 존?" 하고 되물으며 웬디가 경악했다.

"절대로 안 돼."

"피터 팬은 진짜 우리 아빠도 아니잖아요. 내가 시범을 보이기 전까지는 아빠가 어떻게 하는지도 몰랐다고요."

존이 대답했다. 그것은 불만이었다.

"우리는 존을 고발합니다!" 하고 쌍둥이가 외쳤다. 이번엔 투틀스가 손을 들었다. 그는 아이들 중에 가장 겸손해서—사실은 유일하게 겸손한 아이여서—웬디는 투틀스에게 특별히 부드럽게 대했다. 투틀스가 어렵게 말을 꺼냈다.

"혹시 제가……. 제가 아빠가 될 수는 없겠죠?"

"안 되지, 투틀스."

투틀스는 아주 자주는 아니지만 뭔가 시작했다 하면 끈질기게 떼를 쓰곤 했다.

"내가 아빠가 될 수 없다면……. 마이클, 내가 아기가 되면 안 될까?"

투틀스가 침울해져서 말하자 마이클이 발끈했다.

"안 돼. 그럴 수 없어."

마이클은 벌써 아기 바구니 안에 들어가 있었다. 투틀스가 더더욱 침울해져서 말했다.

"내가 아기가 될 수 없다면……. 내가 쌍둥이가 될 수 있을까?"

"절대 안 돼. 쌍둥이가 되는 건 정말 힘든 일이야." 하고 쌍둥이가 말했다. 투틀스가 의기소침하게 말했다.

"내가 아무런 중요한 존재가 될 수 없다면……. 혹시 내 마술을 보고 싶은 사람?"

"싫어." 하고 아이들이 한목소리로 대답했다. 그러자 마침내 투틀스는 떼쓰기를 멈췄다.

"사실 나도 별 기대 안 했어."

그리고 다시 지긋지긋한 고발이 계속되었다.

"슬라이틀리가 식탁에서 기침해요."

"쌍둥이들이 사과를 먼저 먹었어요."

"컬리가 타파 롤과 참마를 둘 다 가져갔어요."

"닙스가 입에다 음식을 가득 넣고 말해요."

"나는 쌍둥이를 고발합니다!"

"나는 컬리를 고발합니다!"

"나는 닙스를 고발합니다!"

웬디가 고개를 절레절레 저었다.

"아이고, 아이고. 가끔 아이들은 그 가치 이상으로 골칫거리인 것 같아."

웬디는 아이들에게 식탁을 깨끗이 치우라고 말하고선, 평소처럼 일감—무거운 양말 바구니와 구멍 난 양말들—을 옆에 끼고 앉았다. 그녀를 향해 마이클이 불평했다.

"웬디. 난 아기 침대에 들어가기엔 너무 커."

"아기 침대에 누군가는 꼭 있어야 해. 그리고 네가 제일 작잖아. 아기 침대가 있어야 집에서 따뜻한 기분을 느낄 수 있다고."

웬디가 쏘아붙이듯 말했다. 웬디가 바느질을 하는 동안 아이들은 그녀 곁에서 놀았다. 낭만적인 불빛 속에서 빛나는 행복한 얼굴들과 춤추는 팔다리들. 어느새 그건 땅속 집에서 익숙한 장면이 되었다. 하지만 그 장면은 이날 저녁 이후로 볼 수 없게 된다.

땅 위에서 발소리가 들렸다. 웬디가 그 소리를 가장 먼저 알아챘다.

"애들아, 아빠 발소리가 들려. 아빠 너희들이 문 앞에서 맞아주는 걸 좋아해."

땅 위에선 원주민들이 피터 팬 앞에 쭈그리고 앉아 있었다.

"잘 지켜보도록, 전사들이여. 내가 말하노라."

그러곤 예전에 자주 그랬던 것처럼, 제멋대로인 아이

들이 피터 팬을 나무에서 끌어 내렸다. 하지만 그 행동도 이날 저녁 이후로 다시는 보지 못하게 된다.

피터 팬은 소년들에게 견과류를, 웬디에게는 정확한 시간을 가져다주었다.

"피터 팬, 넌 애들을 버릇없이 만들고 있어, 알지?"

웬디가 싱글거리며 웃었다.

"예, 마님."

피터 팬이 총을 걸어두며 말했다.

"엄마를 마님이라고 부르는 건 내가 가르쳐준 거야." 하고 마이클이 컬리에게 속삭였다.

"나는 마이클을 고발합니다!" 하고 컬리가 즉각적으로 말했다. 쌍둥이 중 첫째가 피터 팬에게 다가왔다.

"아빠, 우리 춤춰요."

"마음껏 춤추렴, 우리 꼬마."

피터 팬이 쾌활한 기분으로 말했다.

"우린 아빠가 춤을 췄으면 좋겠어요."

피터 팬은 아이들 중에서 가장 춤을 잘 추는 사람이었지만 충격을 받은 척했다.

"내가? 내 늙은 뼈들이 덜그럭거릴 텐데."

"그리고 엄마도요."

"뭐라고? 이렇게 많은 아이를 키우는 엄마보고 춤을

추라니!" 하고 웬디가 외쳤다.

"그렇지만 토요일 밤이잖아요." 하고 슬라이틀리가 넌지시 말했다.

정말로 토요일 밤은 아니었다. 아니, 어쩌면 그럴지도 몰랐다. 왜냐하면 그들은 오랫동안 날짜를 세지 않았기 때문이다. 그러나 그들은 뭔가 특별한 것을 하고 싶을 때면 항상 '토요일 밤'이라고 말하곤 했다.

"물론 토요일 밤이지, 피터 팬."

웬디가 마침내 동의하며 말했다.

"우리 같은 사람들이 춤을 추다니, 웬디."

"하지만 우리 애들 사이에서만이니까 괜찮잖아."

"그래, 그래."

그래서 아이들은 춤을 춰도 된다는 허락을 받았지만, 먼저 잠옷을 입어야만 했다.

"아, 마님."

피터 팬이 불 옆에서 몸을 녹이며 웬디에게 소리 낮춰 말했다. 웬디는 돌아앉아서 양말 뒤꿈치를 꿰매고 있었다.

"하루 종일 고된 일이 끝나고 저녁이 되면, 너와 나 그리고 우리의 작은 아이들이 불 옆에서 쉬는 것보다 더 기분 좋은 건 없어."

"정말 달콤하지, 피터 팬, 안 그래?" 하고 웬디가 몹시 흐뭇해하며 웃고는 이어 말했다.

"피터 팬, 내 생각엔 컬리가 너의 코를 닮은 것 같아."

"마이클은 너를 닮았어."

웬디는 피터 팬에게 다가가 어깨에 손을 올렸다.

"사랑하는 피터 팬. 이런 대가족이라니. 물론 이제 내 좋은 시절은 지나가버렸지만, 넌 나를 바꾸고 싶지 않지, 그렇지?"

"물론이야, 웬디."

확실히 피터 팬은 변화를 원하지 않았지만, 불편한 듯 웬디를 바라보았다. 눈을 깜빡거리며, 마치 자신이 깨어 있는 건지 잠들어 있는 건지 확신하지 못하는 사람처럼.

"피터 팬, 왜 그래?"

"그냥 생각 중이었어."라고 답한 피터 팬이 약간 무서운 듯 덧붙였다.

"이건 그냥 상상일 뿐이잖아, 안 그래? 내가 저 아이들의 아버지라는 게."

"그렇지." 하고 웬디가 고지식하게 말했다.

"있잖아, 내가 진짜 아이들의 아버지라면 너무 나이 들어 보일 것 같아."라고 피터 팬이 사과하듯 말했다.

"하지만 저 아이들은 우리들의 아이들이야, 피터 팬, 너와 나의 아이들."

"그렇지만 진짜는 아니지, 웬디?"

피터 팬이 걱정하듯 물었다.

"네가 원하지 않는다면 아니야."

웬디가 대답하자 피터 팬의 안도의 한숨 소리가 똑똑히 들려왔다.

"피터 팬."

웬디가 단호하게 말하려 노력하며 물었다.

"나에 대한 너의 정확한 감정은 뭐야?"

"헌신적인 아들의 감정이야, 웬디."

"그럴 줄 알았어."

웬디는 그렇게 말하고선 방구석의 끝으로 가 홀로 앉았다.

"너는 정말 이상해."

피터 팬이 당혹스러움을 솔직히 드러내며 이어 말했다.

"타이거 릴리도 똑같아. 그녀도 내게 뭔가가 되고 싶어해. 하지만 그게 내 엄마가 되는 건 아니라고 말했어."

"아니지, 물론 정말로 아니지."

웬디가 무서울 정도로 강조하며 대답했다. 이제 우리는 그녀가 왜 원주민들에게 편견을 가졌는지 알 수 있다.

"그럼 그게 뭔데?"

"그건 숙녀가 말할 수 있는 게 아니야."

"오, 아주 잘 알겠어. 아마도 팅커 벨이 내게 말해줄 거야." 하고 피터 팬이 약간 짜증을 내며 말했다.

"아, 그렇겠지. 팅커 벨이 네게 말해주겠지. 팅커 벨은 제멋대로인 쪼끄만 생명체잖아?" 하고 웬디도 경멸스럽다는 듯 쏘아붙였다.

이 순간 자신의 방에서 그들의 말을 엿듣고 있던 팅커 벨이 어떤 말을 뱉으며 신경질적으로 끽끽거렸다.

"팅크는 제멋대로인 게 대단히 기쁘대."

피터 팬이 통역했다. 그에게 갑자기 어떤 생각이 떠올랐다.

"어쩌면 팅크는 내 엄마가 되고 싶은 걸까?"

"이 바보 멍청이!"

팅커 벨은 화가 나서 외쳤다. 팅커 벨은 그 말을 하도 자주 해서 웬디에겐 더 이상 통역도 필요 없었다.

"나도 팅크에게 동의해."

웬디가 쏘아붙였다. 우아한 웬디가 쏘아붙이는 모습이라니. 하지만 웬디는 너무 피곤해서 그 밤이 끝나기 전에 무슨 일이 벌어질지 알지 못했다. 웬디가 그걸 알았더라면 그렇게 쏘아붙이진 않았을 것이다.

그들 중 아무도 몰랐다. 아마 모르는 편이 가장 좋았을지도 모른다. 덕분에 그들에게는 기뻐할 수 있는 시간이

한 시간 더 주어졌다. 그리고 그 시간은 그들이 섬에서 보낸 마지막 시간이었다.

아이들은 잠옷을 입은 채로 노래를 부르고 춤을 추었다. 노래는 아주 기분 좋으면서도 섬뜩할 정도로 기이해서, 그들은 자신들의 그림자를 보고 놀라는 척을 했다. 곧 진짜 두려움 속에 몸을 움츠러들게 만들 그림자들이 다가오고 있다는 것을 전혀 알지 못한 채로.

춤은 너무나도 시끌벅적하게 즐거웠고, 그들은 침대 위에서, 밖에서, 서로 치고받고 때리며 장난쳤다. 그것은 춤이라기보다는 베개 싸움에 가까웠다. 끝나고 나서는 베개들이 한바탕 더 하자고 조르는 것 같았다. 마치 다시는 만나지 못할 걸 아는 짝꿍들처럼 말이다.

잠자리에서 웬디의 이야기를 듣기 전에 아이들은 서로 이야기를 나누었다. 심지어 그날 밤에는 슬라이틀리조차도 이야기를 시도했다. 하지만 그 시작 부분이 끔찍할 정도로 따분해서 슬라이틀리 자신조차도 지루해했다. 슬라이틀리는 우울하게 말했다.

"그래, 너무 지루한 시작이었어. 있잖아, 그게 끝이라고 치자."

그리고 그들은 마침내 웬디의 이야기를 듣기 위해 모두 침대로 들어갔다. 그들이 가장 듣기 좋아하는―하지만 피터 팬은 듣기 꺼려하는—달링 가족 이야기이다. 대개는 웬디가 이야기를 시작하면 피터 팬은 방을 떠나거나 손으로 귀를 막았다. 이번에도 피터 팬이 둘 중 하나를 했더라면, 아마 그들은 지금도 섬에 있었을지 모른다. 그러나 오늘 밤 피터 팬은 자신의 의자에 남아 있었다.

Chapter
11

웬디의
이야기

"자, 들어봐."

웬디가 이야기를 하기 위해 자리를 잡았다. 발치에는 마이클이, 침대에는 일곱 명의 소년들이 누워 있었다.

"한 신사가 있었어요."

"숙녀였다면 좋았을 텐데." 하고 컬리가 말했다.

"나는 흰 쥐였다면 좋았을 것 같아." 하고 닙스가 말했다.

"조용." 그들의 엄마가 타이르곤 다시 입을 열었다.

"한 숙녀도 있었어요, 그리고—"

"아, 엄마. 숙녀도 있었다는 거죠, 그렇죠? 죽지는 않은 거죠? 그렇죠?" 하고 쌍둥이 중 첫째가 물었다.

"아, 안 죽었어."

"난 그녀가 죽지 않아서 너무 좋아. 넌 좋아, 존?" 하고 투틀스가 말했다.

"물론 나도 좋아."

"넌 좋아, 닙스?"

"상당히."

"너희도 좋아, 쌍둥이?"

"우리도 물론 좋아."

"아, 세상에." 하고 웬디가 한숨을 쉬었다.

"좀 조용히 해."

보다 못해 피터 팬이 외쳤다. 피터 팬의 생각으로는 이
야기가 아무리 끔찍하더라도 웬디가 제대로 이야기할 수
있게끔 하고 싶었기 때문이다. 덕분에 웬디가 계속 이야
기를 이어나갈 수 있었다.

"그 신사의 이름은 달링 씨였어요. 그리고 숙녀의 이름
은 달링 부인이었어요."

"난 그들을 알아!" 하고 존이 다른 아이들에게 으스대
듯 말했다.

"나도 그들을 아는 것 같은데……." 하고 마이클이 다
소 불확실하다는 듯 말했다.

"그들은 결혼한 부부였어요, 짐작했다시피. 그리고 그
들이 무엇을 갖게 되었을 거라고 생각하나요?"

웬디가 아이들을 둘러보며 물었다.

"흰 쥐요." 하고 닙스가 생각나는 대로 말했다.

"아니야."

"많이 헷갈리네."

이야기를 줄줄 꿰고 있는 투틀스가 말했다.

"조용히 해, 투틀스. 그들은 세 명의 자녀를 두고 있었어요."

"자녀가 뭐예요?"

"음, 너도 자녀 중 하나야, 쌍둥이."

"들었어, 존? 나는 자녀야."

"자녀는 그냥 아이를 말하는 거야." 하고 존이 약 올리는 투로 말했다.

"아, 세상에, 세상에." 하고 웬디가 작게 한숨을 쉬고는 이야기를 이었다.

"이 세 명의 아이에겐 충직한 보모인 나나가 있었어요. 하지만 달링 씨는 나나에게 화가 나서 나나를 마당에 묶어버렸지요. 그래서 아이들은 모두 날아가버리고 말았어요."

"너무 재밌는 이야기야." 하고 닙스가 말했다.

"아이들은 날아가버렸어요. 네버랜드로. 잃어버린 소년들이 있는 곳으로."

"그럴 줄 알았어! 어떻게 그렇게 했는지는 모르겠지만, 그럴 줄 알았다고."

웬디의 말에 컬리가 흥분해서 끼어들었다.

"아, 웬디. 잃어버린 소년들 중 한 명의 이름이 혹시 투틀스였어요?" 하고 투틀스가 상기된 얼굴로 물었다.

"그래, 맞아."

"내가 이야기 속에 나오네. 만세! 내가 이야기에 나와, 닙스."

"쉿! 이제 날아가버린 아이들 때문에 불행해진 부모의 기분을 생각해봤으면 좋겠어."

"아!" 하고 그들은 모두 신음했다. 비록 불행해진 부모의 감정은 조금도 알 수 없었지만 말이다.

"비어 있는 침대들을 생각해봐."

"아아!"

"정말 끔찍하게 슬퍼요."

첫째 쌍둥이가 고개를 끄덕이며 말했다.

"난 이 이야기가 어떻게 해피엔딩이 될 수 있을지 모르겠어. 넌 어때, 닙스?"

둘째 쌍둥이가 아리송한 얼굴로 닙스에게 물었다.

"난 너무 걱정돼."

"만약 너희들이 엄마의 사랑이 얼마나 위대한지 안다면, 두렵지 않을 거야."

웬디가 의기양양해져서 말했다. 그녀의 이야기는 피터

팬이 싫어하는 부분에 도달했다.

"난 엄마의 사랑이 정말 좋아." 하고 투틀스가 닙스를 베개로 때리며 말했다.

"너도 엄마의 사랑이 좋지, 닙스?"

"나도 정말 좋아." 하고 닙스가 되받아치며 말했다. 웬디가 흐뭇하게 웃으며 바라보았다.

"너희도 알다시피, 우리의 여주인공은 엄마가 항상 아이들이 날아서 돌아올 수 있게끔 창문을 열어둘 거란 걸 알고 있었어. 그래서 아이들은 몇 년 동안이나 멀리 떨어져서도 재미있는 시간을 가질 수 있었지."

"아이들은 결국 돌아오나요?"

"이제." 하고 운을 떼면서 웬디는 이야기를 최고조로 끌어올리기 위해 몸에 힘을 주었다.

"미래를 살짝 엿보도록 할게요."

아이들은 모두 미래를 더 쉽게 들여다보기 위해 웬디를 향해 몸을 구부렸다.

"여러 해가 흘렀어요. 자, 런던역에서 내리고 있는, 이 나이를 알 수 없는 우아한 숙녀는 누구일까요?"

"아, 웬디, 그 숙녀는 누구예요?"

닙스가 마치 모르겠다는 듯 묻고는 흥분해서 이내 알겠다는 듯 한 마디 한 마디 또박또박 외쳤다.

"그래- 아니야- 맞아- 그건- 어여쁜 웬디!"

"와!"

웬디가 환호성을 터트리는 아이들을 향해 크게 고개를 끄덕이며 말을 이었다.

"그리고 이제는 성인이 된, 그녀와 동행하고 있는 약간 뚱뚱한 두 명의 인물은 누구일까요? 존과 마이클일까요? 그래, 맞아요!"

"우와!"

"'봐, 사랑스러운 동생들아.' 웬디가 위를 가리키며 말해요. '저기 창문이 여전히 열려 있어. 아, 이제 우리는 엄마의 사랑이라는 우리의 숭고한 믿음에 대한 보상을 받는 거야.' 그래서 그들은 그들의 엄마와 아빠에게로 날아갔어요. 펜으로는 이 행복한 장면을 묘사할 수 없답니다. 그러니 우리는 이 장면 위에 베일을 덮도록 해요."

이런 이야기였다. 아이들은 이야기꾼인 어여쁜 웬디만큼이나 그 이야기를 좋아했다. 모든 일은 제대로 풀리고 있는 것만 같았다.

보통 사람은 세상에서 가장 비정한 존재인 것처럼 어린 시절을 보내곤 한다. 그러나 이 경험은 정말 매력적이기도 하다.

사람은 어렸을 때 철저히 이기적인 시간을 보낸다. 그

리고 특별한 관심이 필요하다고 느낄 때면 당당히 그 감정으로 돌아가곤 간다. 체벌 대신 포옹을 받을 것이라는 자신감을 품고 말이다. 그래서 아이들은 엄마의 사랑에 대한 믿음이 너무나도 큰 나머지 조금은 더 쌀쌀맞게 대해도 괜찮을 것이라고 여긴다.

하지만 한 아이는 조금 더 잘 알고 있었다. 그래서 웬디가 이야기를 끝냈을 때 그는 공허한 신음을 내뱉었다.

"왜 그래, 피터 팬?"

웬디가 피터 팬에게로 달려가며 외쳤다. 피터 팬이 아프다고 생각했기 때문이었다. 웬디는 피터 팬의 가슴 아래쪽을 걱정스럽게 만졌다.

"피터, 어디가 아파?"

"그런 종류의 고통이 아냐." 하고 피터 팬이 어두운 낯으로 대답했다.

"그럼 어떤 종류의 아픔인데?"

"웬디, 넌 엄마들에 대해 잘못 알고 있어."

아이들은 피터 팬이 동요하는 것에 너무 놀라 두려움 서린 얼굴로 둘의 주위로 몰려들었다. 피터 팬은 이제껏 숨겨왔던 것을 아이들에게 솔직하게 털어놓았다.

"아주 오래전에 나도 너처럼 우리 엄마가 날 위해 창문을 항상 열어둘 거라고 생각했어. 그래서 난 여러 달이 지나고, 또 여러 달이 지나고, 또 여러 달이 지날 때까지 멀리 떨어져 지냈지. 그러다 날아서 돌아갔어. 하지만 창문에는 빗장이 걸려 있었고, 엄마는 나를 완전히 잊어버렸지. 그리고 그곳엔, 내 침대엔 다른 작은 소년이 잠들어 있었어."

이 이야기가 사실인지는 확실치 않지만, 피터 팬은 진실이라고 생각하고 있었다. 그리고 그건 아이들을 겁에 질리게 만들었다.

"정말 엄마들이 그래?"

"그래."

그래서 이것은 엄마들에 대한 진실이 되어버렸다. 이 징그러운 두꺼비들 같으니라고!

그렇지만 신중을 기하는 것이 최선인 법이다. 아이들만큼 받아들여야 하는 때를 빨리 알아차리는 사람은 없다.

"웬디, 우리 집에 가자!" 하고 존과 마이클이 동시에 외치자 "그래." 하고 웬디가 동생들을 꼭 끌어안으며 답했다.

"오늘 밤은 아니지?"

잃어버린 소년들이 어리둥절해져서 물었다. 아이들은 마음속 깊은 곳에선, 누구나 엄마 없이도 꽤 잘 지낼 수 있다는 것을 알고 있었다. 그럴 수 없다고 생각하는 것은 엄마들뿐이다.

"지금 당장." 하고 웬디가 단호하게 대답했다. 끔찍한 생각이 떠올랐기 때문이다.

"어쩌면 지금쯤 엄마는 슬픔에 잠겨 상복처럼 어두운 옷들만 입고 있을지도 몰라."

웬디는 그 두려움 때문에 피터 팬이 어떤 기분에 휩싸여 있는지 잊어버리고 말았다. 그러고는 다소 날카롭게 피터 팬에게 말했다.

"피터 팬, 필요한 채비를 좀 해주겠어?"

"네가 원한다면야."

피터 팬은 웬디가 마치 견과류를 건네 달라는 부탁이라도 한 것처럼 냉랭하게 대답했다. 서로 '너를 잃게 돼서 아쉬워.' 같은 말도 하지 않다니! 피터 팬은 그녀가 이별을 신경 쓰지 않는다면, 자신 역시 신경 쓰지 않는다는 것을 웬디에게 보여줄 작정이었다.

사실 피터 팬은 매우 신경 쓰고 있었다. 그리고 피터 팬은 늘 모든 것을 망쳐버리는 어른들에 대한 분노로 가득 차 있었다. 그는 자신의 나무 안으로 들어가자마자 의도적으로 빠르고 짧은 숨을 쉬기 시작했다. 그는 일 초에 다섯 번 정도의 비율로 숨을 쉬었다. 왜냐하면 네버랜드에는 숨을 쉬는 순간마다 어른이 한 명씩 죽는다는 속담이 있었기 때문이다. 피터 팬은 앙심을 품고 가능한 한

빨리 어른들을 죽이고 있었다. 한참 그러고는 원주민들에게 필요한 지시들을 내리고선 웬디가 있는 집으로 돌아갔다.

피터 팬이 없는 동안 땅속 집에서는 부끄러운 장면이 연출되고 있었다. 웬디를 잃는다는 생각에 공황 상태에 빠진 소년들이 웬디에게 위협적으로 굴고 있었다.

"웬디가 오기 전보다 더 나빠질 거야!"

"우린 웬디를 보내지 않을 거야!"

"웬디를 포로로 잡아두자!"

"그래, 웬디를 묶어두자!"

극도로 절박한 상황 속에서 누구에게 도움을 청해야 하는지를 웬디는 직감적으로 알아차렸다.

"투틀스! 부탁이야, 도와줘."

이상하지 않은가? 웬디가 투틀스에게 간청을 하다니. 제일 아둔한 인물에게 말이다. 그러나 투틀스는 놀랍도록 당당하게 반응했다. 그 순간만큼은 투틀스도 아둔함을 내려놓고 위엄을 갖추고 말했다.

"나는 그냥 투틀스지. 아무도 나를 신경 쓰지 않아. 하지만 영국 신사처럼 웬디를 대하지 않는 첫 번째 사람은 혹독하게 피를 보게 해주겠어."

투틀스는 단검을 뽑아 들었다. 그는 그 순간만큼은 정

오의 태양처럼 빛났다. 다른 아이들은 불안에 떨며 뒤로 물러섰다. 그때 피터 팬이 돌아왔다. 아이들은 피터 팬으로부터 아무런 도움도 받지 못할 것임을 알아차렸다. 피터 팬은 싫다고 하는 여자아이를 네버랜드에 절대로 잡아두지 않을 것이었다.

"웬디. 원주민들에게 네가 숲을 잘 통과할 수 있게 안내해주라고 요청하고 왔어. 하늘을 나는 일은 널 지치게 할 테니까."

피터 팬이 이리저리 성큼성큼 왔다 갔다 하며 말했다.

"고마워, 피터 팬."

피터 팬은 자신을 따르게끔 하는 데 익숙한 목소리로 짧고 날카롭게 말을 이었다.

"그런 다음에 팅커 벨이 널 바다 건너로 데려다줄 거야. 팅커 벨을 깨우도록 해, 닙스."

닙스가 대답하자마자 문을 두 번이나 두드렸다. 사실 팅커 벨은 이미 한참 전부터 자신의 침대에 앉아 그들의 말을 듣고 있었다.

"누구야? 감히? 저리 꺼져!"하고 팅커 벨이 모르는 척 울부짖었다.

"일어나야 해, 팅크. 웬디를 데리고 여행을 떠나야 해."

웬디가 떠난다는 소식에 팅커 벨은 기뻤다. 하지만 웬

디의 안내원은 절대로 하지 않겠다고 단단히 결심했기 때문에 팅커 벨은 닙스에게 더더욱 공격적인 말을 퍼부었다. 그런 다음 다시 잠든 척을 했다.

"팅크가 싫대!"

팅커 벨의 불복종에 경악한 닙스가 외쳤다. 그러자 피터 팬이 굳은 얼굴로 "팅크." 하고 그녀를 부르며 문을 쾅쾅 두드렸다.

"당장 일어나서 옷을 입지 않으면 커튼을 열거야. 그러면 모두 네가 네글리제*를 입은 걸 보게 되겠지."

이 말은 팅커 벨을 벌떡 일어나게 만들었다.

"누가 내가 안 일어난다고 했어?"

그동안 소년들은 존, 마이클과 함께 여행 준비를 마친 웬디를 절망적으로 바라보고 있었다. 소년들은 엄마를 잃는다는 사실뿐만 아니라 자신들은 초대받지 않은 어떤 멋진 곳으로 웬디가 떠난다는 사실에 낙담해 있었다. 늘 그렇듯이 그들은 새로운 모험을 동경했다.

하지만 아이들이 더 고결한 감정 때문에 저를 잡는 거로 믿는 웬디는 마음이 녹아내렸다.

"얘들아, 너희들이 나와 함께 간다면, 아빠랑 엄마가

---

* 얇은 천으로 만든 원피스처럼 생긴 여성용 잠옷.

너희들을 입양할 거라고 난 거의 확신해."

웬디의 초대는 특별히 피터 팬에게 하는 말이었지만, 제각각 자기 자신만을 생각하고 있던 소년들은 즉시 기쁨에 겨워 펄쩍펄쩍 뛰었다.

"우리를 좀 부담스럽게 생각하시진 않을까?" 하고 닙스가 방방 뛰면서 물었다.

"그렇지 않아." 하고 부정한 웬디가 빠르게 생각해내며 이어 말했다.

"응접실에 침대 몇 개만 더 놓는 것뿐이야. 첫 번째 목요일마다 가리개 뒤에 침대를 숨겨놓든가 하면 될 거야."

"피터 팬, 우리 가도 돼?"

아이들이 그에게 애원했다. 아이들은 자신들이 가면 피터 팬도 당연히 갈 것이라고 믿었지만, 사실은 그다지 신경을 쓰지 않았다. 아이들은 새로운 모험이 손짓하면 언제나 지금 가장 소중한 것들을 버릴 준비가 되어 있다.

"그래."

피터 팬은 쓸쓸한 미소를 지으며 대답했다. 그러자 아이들은 즉시 물건을 챙기러 달려갔다.

"이제 피터 팬, 떠나기 전에 네게 약을 줄게."

모든 것이 제자리로 돌아갔다고 생각한 웬디가 말했다. 웬디는 아이들에게 약을 주는 걸 좋아했다. 의심의 여지없이 너무 많이 주었지만 말이다. 물론 그건 조롱박에서 나오는 물일 뿐이었다. 웬디는 항상 조롱박을 흔들고, 몇 방울인지 세었으므로 확실히 약처럼 보이긴 했다. 하지만 이번에 그녀는 피터 팬에게 물약을 주지 않았다. 약을 준비하고 있을 때 피터 팬의 얼굴에 서린 표정을 보았기 때문이었다. 웬디는 마음이 가라앉았다.

"네 짐을 챙겨, 피터 팬." 하고 웬디가 몸을 부르르 떨며 외쳤다.

"싫어. 나는 너와 함께 가지 않을 거야, 웬디." 하고 피터 팬이 무관심한 척 답했다.

"아니, 갈 거야, 피터 팬."

"아니."

웬디가 떠난다고 해도 마음이 흔들리지 않는다는 걸 보여주기 위해 피터 팬은 비정한 피리를 흥겹게 불며 방을 이리저리 뛰어다녔다. 웬디는 다소 채신없어 보이는 걸 알면서도 피터 팬을 쫓아다녔다.

"너의 엄마를 찾으러 가자."

웬디가 피터 팬을 구슬렸다. 하지만 피터 팬은 이제—언젠가 완전하게 엄마가 있었다고 해도—더 이상 엄마를 그리워하지 않았다. 피터 팬은 엄마 없이도 굉장히 잘 지낼 수 있었다. 그는 부모를 생각해내었지만, 오로지 나쁜 점만 기억했다.

"싫어. 아마 우리 엄마는 내가 나이를 먹었다고 생각할 지도 몰라. 난 그냥 항상 작은 소년이고 싶어. 그리고 재 미있게 놀고 싶어."

피터 팬이 웬디에게 단호히 말했다.

"하지만 피터 팬—"

"싫어."

그리하여 다른 아이들에게도 말을 해야만 했다.

"피터 팬은 안 간대."

피터 팬이 가지 않는다니! 아이들은 모두 보따리를 하 나씩 달아맨 막대기를 뒤에 매고 멍하니 피터 팬을 바라 보았다. 아이들에게 처음 들었던 생각은, 피터 팬이 가지 않는다면 어쩌면 자신들을 보내겠다는 그의 생각이 바뀌 었을지도 모른다는 점이었다. 그렇지만 피터 팬은 자존 심이 지나치게 강했다.

"너희들이 엄마를 찾는다면, 엄마를 좋아하게 되길 바 랄게."

피터 팬이 험악하게 말했다. 이 끔찍한 냉소는 불편한 기분을 안겨주었다. 그래서 아이들 대부분은 약간 확신이 없어지기 시작했다. 결국 아이들의 얼굴에는 '우리가 가 고 싶어 하는 게 멍청한 것인가.' 하는 의문이 떠올랐다.

"자, 그럼, 호들갑 떨지 말고, 엉엉 울지도 말고. 잘 가, 웬디."

피터 팬은 그들이 이제 정말로 떠나야만 한다는 것처럼, 중요하게 해야만 하는 일이 있는 사람처럼 명랑하게 손을 내밀었다. 웬디는 피터 팬의 손을 잡을 수밖에 없었다. 골무를 원한다는 조짐이 없었다.

"속옷 갈아입는 거 잘 기억해야 해, 피터 팬."

웬디가 미적거리며 말했다. 웬디는 항상 속옷을 특별하게 신경 썼다.

"그래."

"그리고 약도 먹을 거지?"

"그래."

그것이 전부인 것처럼 보였다. 그리고 어색한 정적이 흘렀다. 그러나 피터 팬은 사람들 앞에서 무너지는 부류의 사람이 아니었다.

"준비됐어, 팅크?" 하고 피터 팬이 소리쳤다.

"응, 응."

"그럼 길을 안내해."

팅커 벨이 가장 가까이에 있는 나무 위로 쏜살같이 날아올랐다. 그러나 아무도 그녀를 따라가지 않았다. 왜냐하면 바로 그 순간 해적들이 원주민들에게 끔찍한 공격을 시작했기 때문이었다. 위에서—그렇게나 고요하던 땅 위에서—비명과 강철이 맞부딪히는 소리가 공기를 찢으며 갈랐다. 아래에서는 죽음 같은 침묵이 흘렀다.

소년들의 입이 벌어졌고, 그대로 멈춰버렸다. 웬디는 무릎을 꿇었지만 팔은 피터 팬에게로 뻗어 있었다. 모든 팔이 피터 팬에게로 뻗어졌다. 마치 피터 팬이 있는 방향으로 바람이라도 분 것처럼. 그들은 피터 팬에게 자신들을 떠나지 말라고 말없이 애원하고 있었다. 피터 팬은 바비큐를 죽였다고 생각한 바로 그 검을 잡았다. 그의 눈에는 전투를 향한 열망이 드러나 있었다.

Chapter
12

납치된
아이들

해적들의 공격은 완벽한 기습이었다. 이는 부도덕한 후크가 부당하게 지휘를 하고 있다는 확실한 증거였다. 왜냐하면 원주민을 정말로 기습한다는 건 보통 사람의 기지를 넘어서는 일이었기 때문이다.

야만적인 전투에 대한 불문율에 따르면, 공격하는 쪽은 항상 원주민 쪽이었다. 그들 부족은 교활한 술책으로 새벽 직전에 공격을 하곤 한다. 그 시간이 가장 용기가 사그라지는 시간임을 그들은 알고 있다. 사람들은 그동안 시냇물이 흐르는 곳 근처, 저기 파도 모양의 땅 꼭대기 위에 적의 침입을 막기 위해 조잡한 울타리를 세워두었다. 왜냐하면 물에서 너무 멀리 떨어지는 것은 파멸을 의미하기 때문이다. 그들은 그곳에서 맹습을 기다린다. 미숙한 사람들은 리볼버를 꽉 움켜쥐고 나뭇가지를 밟고

다니지만, 노련한 사람들은 새벽 직전까지 평온하게 잠을 잔다.

칠흑 같은 긴 밤 내내 흉포한 원주민 정찰병들은 풀잎하나 건드리지 않고 풀숲 사이를 뱀처럼 꿈틀거리며 지나간다. 덤불숲은 두더지가 파고든 모래처럼 그들 뒤에서 조용히 닫힌다. 들려오는 소리라고는 쓸쓸한 코요테의 울음소리를 놀랍도록 똑같이 흉내 내 토해내는 소리뿐이다. 다른 전사들도 울음소리에 응답하고 몇몇은 신통찮은 코요테보다도 더 훌륭하다.

오싹하게 만드는 시간이 더디게 흘러간다. 그리고 긴긴 긴장감은 그것을 처음으로 겪어내야만 하는 창백한 얼굴의 사람에겐 끔찍한 괴로움이다. 그러나 단련된 사람에게 섬뜩한 울음소리와 더 섬뜩한 정적은 밤이 어떻게 지나가고 있는지를 넌지시 알려주는 신호일 뿐이다.

이 모든 것이 통상적인 절차임을 후크도 잘 알고 있었다. 그러니 이를 무시한 후크는 무지의 항변으로도 용서받을 수 없다.

피카니니 부족의 입장에서는 후크의 명망을 은연중에신뢰하고 있었다. 원주민들이 그 밤에 보인 모든 행동은후크가 보인 행동과 현저히 대조를 이루었다. 그들은 부족의 명성에 걸맞게, 할 수 있는 모든 일을 다 했다. 문명

화된 사람들에게 경이로움과 절망을 동시에 안겨주는 빈틈없는 감각으로, 원주민들은 해적들 중 하나가 마른 나뭇가지 하나를 밟는 순간 그들이 섬에 도착한 것을 알아차렸다. 그리고 믿을 수 없을 정도로 짧은 순간에 코요테의 울음소리가 시작되었다.

모카신을 거꾸로 신은* 원주민 전사들은 후크가 부대를 상륙시킨 지점과 나무 아래 집 사이의 모든 땅을 은밀히 조사했다. 그들은 아래에 시냇물이 흐르는 작은 언덕 하나만을 발견했으므로, 후크에게도 선택의 여지는 없을 것이었다. 후크는 여기에 있어야만 했다. 그리고 새벽 직전까지 기다려야만 했다.

이처럼 모든 것이 거의 악마 같은 간계로 계획된 상태에서, 대부분의 몸을 담요로 감싼 원주민들은 남성성의 정점인 침착한 태도로 아이들의 집 위에 쪼그리고 앉아 있었다. 그들은 창백한 죽음을 다루어야만 하는 차가운 순간을 기다리고 있었다. 그들은 여기서 동이 틀 무렵 후크를 잡아 격렬한 고문을 하는 꿈을 꾸고 있었다. 비록 정신은 완전히 깨어 있었지만 말이다. 그렇지만 이 은밀

---

* 원주민 전사들이 신발을 신는 방식. 모카신의 뒤꿈치가 앞으로 가게 신는 것을 의미함. 발자국이 역방향으로 남아 적이 이동 방향을 혼동하게 만드는 효과가 있다.

하고도 사나운 원주민들은 음험한 후크에게 발각되었다.

대학살에서 탈출한 원주민 정찰병들이 후에 제공한 증언에 따르면, 후크는 그 언덕에서 잠시도 멈추지 않은 것처럼 보였다고 한다. 흐린 빛 속에서 언덕을 보았을 것이 분명함에도 말이다. 공격받길 기다린다는 생각은 후크의 영리한 머릿속에는 처음부터 끝까지 전혀 없었던 것 같다. 후크는 밤이 거의 지나갈 때까지 기다리는 것조차 하지 않았다. 그는 맹렬히 공격을 시작하는 것 말고는 그 어떤 정책도 없이 밀어붙였다.

혼란스러운 원주민 정찰병들이 무엇을 할 수 있었겠는가. 모든 전쟁의 책략들에 모두 숙달한 그들이었지만 후크의 뒤를 속수무책으로 따라갈 수밖에 없었다. 원주민 정찰병들이 애처롭게 코요테 소리를 냈던 것은 그들 스스로 치명적인 노출을 한 셈이었다.

용감한 타이거 릴리의 주위에는 열두 명의 강인한 전사가 있었다. 그들은 갑자기 자신들을 향해 돌진하는 음험한 해적들을 발견했다. 그들의 눈에서 승리를 바라보았던 기대의 장막이 떨어져 나갔다. 더는 화형대에서 고문당하지 않을 것이다. 이제 그들에게는 행복한 사냥터가 기다리고 있었다. 그들은 알고 있었다. 이 상황에서도 부족의 후손으로서 용감하게 행동했음을 말이다.

그들에겐 빨리 전투태세를 갖추었다면 깨뜨리기 어려웠을, 팔랑크스* 안에 모일 시간이 있었다. 그러나 그렇게 하는 것은 부족의 전통에 의해 금지되어 있었다. 고귀한 야만인은 주둔자들 앞에서 절대로 놀람을 표현해서는 안 된다고 쓰여 있다. 그리하여 갑작스러운 해적들의 출현이 두려웠음에도, 그들은 털끝 하나조차 움직이지 않은 채 꼼짝 않고 남아 있었다. 마치 초청을 받고 오는 손님을 맞이하듯 다가오는 적을 마주하고 섰다. 그러고 나서 그들은 전통을 당당하게 고수하며, 무기를 잡고 함성을 지르며 공기를 찢었다. 그러나 이미 늦어버렸다.

그것은 전투라기보다는 대학살이었다. 그것을 묘사하는 것은 우리의 역할이 아니다. 그리하여 피카니니 부족의 많은 꽃이 그렇게 죽어갔다. 모두가 복수도 하지 못하고 죽은 것은 아니었다.

린 울프는 스패니시 메인(Spanish Main)** 지역을 불안하게 만들던 알프 메이슨과 함께 쓰러졌다. 알프 메이슨은 더 이상 그곳에서 볼 수 없었다. 죽어 나간 해적들에는

---

* Phalanx. 고대 그리스 군사 전술에서 유래한 것으로, 병사들이 밀집한 대형을 의미함.
** 남미 북안(北岸) 지방. 특히 파나마 지협에서 Orinoco 하구(河口) 사이의 지역을 말함. 카리브해 지역을 뜻하기도 함.

지오 스커리, 카스 털리, 알사티안 포거티가 있다. 털리는 무서운 팬서의 도끼에 의해 쓰러졌다. 팬서는 결국 타이거 릴리와 소수의 부족의 생존자들과 함께 해적들을 뚫고 빠져나갔다.

후크의 전술(戰術)에 대해 그가 우두머리로서 어느 정도로 비난을 받아야 하는지는 역사가의 결정에 달려 있다. 후크와 그의 부하들이 언덕에서 적당한 시간이 될 때까지 기다렸다면 그들은 아마도 도살당했을 것이다. 후크를 판단하려면 이 점을 참작해야 할 것이다. 아마도 그는 새로운 방법을 따르기로 작정했음을 적들에게 알려야만 했을지도 모른다. 하지만 이것은 기습으로서의 요소가 파괴되기 때문에 그의 전략은 무의미해졌을 것이다. 그래서 전체적인 논의는 난처해질 수밖에 없는 것이다. 용맹한 책략을 품은 기지, 그것을 수행하는 악랄한 천재성. 그로 인해 적어도 후크에게 마지못한 감탄이라도 주지 않을 수 없는 것이다.

큰 승리를 얻은 순간 후크가 스스로에게 든 감정은 무엇이었을까? 그의 부하들은 가쁜 숨을 몰아쉬고 칼을 닦을 때 기꺼이 알고 싶어 했을 것이다. 그들은 후크의 갈고리에서 적당한 거리를 두고 모여 서서는 흰담비 같은 눈으로 이 비범한 인물을 흘끔흘끔 훔쳐보았다. 해적 선장의 마음에는 환희가 가득할 터였지만 얼굴에는 그것이 드러나지 않았다. 언제나 어둡고 혼자 있길 좋아하는 수수께끼 같은 사람. 후크는 정신뿐만 아니라 실제로도 그의 부하들로부터 떨어져 냉담하게 서 있었다.

그날 밤의 일은 아직 끝난 게 아니었다. 후크가 파괴하고자 했던 건 원주민이 아니었기 때문이다. 원주민은 꿀을 얻기 위해 연기를 피워 쫓아내야 할 벌에 불과했다. 후크가 원한 건 피터 팬이었다. 피터 팬과 웬디 그리고 그들의 무리. 그중에서도 피터 팬을 가장 원했다.

피터 팬은 후크가 증오심을 품기에는 의아한 면이 있을 정도로 너무나 작은 소년이었다. 물론 피터 팬이 악어에게 후크의 팔을 내던진 건 사실이었다. 그러나 그 이유 밖에 없대도—악어의 불요불굴의 끈질김으로 인해 삶의 불안이 증가했을지라도—후크의 복수심은 너무나 끈질기고 악의에 차 있어서 설명하기 힘든 정도였다.

진실은 피터 팬에게는 해적 선장을 광란으로 몰아넣는 무언가가 있었다는 것이다. 그것은 피터 팬의 용기도, 매력적인 외모도 그 무엇도 아니었다. 단도직입적으로 말하자면, 우리는 그게 무엇인지 아주 잘 알고 있다. 그리고 말해야만 한다. 그것은 바로 피터 팬의 자신감이었다.

피터 팬의 이 자신감이 후크의 신경을 건드렸다. 이것

은 후크의 쇠갈고리를 떨게 만들었고, 밤에는 벌레처럼 그를 불안에 떨게 만들었다. 피터 팬이 살아 있는 한, 그는 마치 참새가 들어와 있는 우리 속의 사자가 된 것처럼 고통스런 기분일 터였다.

이제 문제는 어떻게 나무를 통과해 내려갈 것인지, 부하들을 어떻게 땅속 집으로 내려보낼 것인지 하는 것이었다. 후크는 탐욕스러운 눈으로 부하들을 재빨리 훑어보며 가장 마른 사람을 찾고 있었다. 해적들은 불편한 듯 몸을 꼼지락거렸다. 왜냐하면 후크는 장대 막대로 부하들을 억지로 밀어 넣는 것에 조금도 거리낌이 없을 것임을 그들은 알고 있었기 때문이다.

그사이에 아이들은 어떻게 하고 있었을까? 무기들이 맞부딪히며 쨍그랑거리는 소리를 처음 들었을 때, 소년들은 일제히 돌처럼 굳어버린 채 입을 벌리고 피터 팬에게로 모두 팔을 한껏 뻗어 간청했다. 이제 입이 닫히고 팔을 옆으로 떨어트린 아이들에게로 돌아가보자. 위에서 벌어진 대혼란은 그것이 시작되었을 때만큼이나 갑작스레 중단되었다. 마치 맹렬한 돌풍이 지나간 것처럼. 그러나 그 돌풍이 그들의 운명을 결정지었음을 아이들은 알고 있었다.

과연 어느 쪽이 승리했는가?

해적들은 땅 위에서 나무 어귀에 귀를 기울여, 모든 소년이 던지는 질문을 열심히 듣고 있었다. 그리고 그들은 피터 팬의 대답 또한 들을 수 있었다.

"만약에 원주민들이 이겼다면 그들은 탐탐*을 칠 거야. 그건 항상 승리의 신호였으니까."

피터 팬의 말을 엿들은 스미는 주변을 둘러보곤 탐탐을 발견했다. 그리고 그 위에 앉았다.

"너희들은 절대로 다시는 탐탐 소리를 들을 수 없을 것이다." 하고 스미가 중얼거렸다. 그렇지만 침묵하라는 엄격한 명령이 있었으므로 땅속의 집에 있는 아이들은 들을 수 없었다. 그때 후크가 탐탐을 치라고 신호를 보냈기에 스미는 무척이나 놀랐다. 그리고 그 지독하게 사악한 명령의 의도를 천천히 이해할 수 있었다. 이 단순한 남자가 후크에게 이렇게나 존경심을 느꼈던 적은 아마도 그때가 처음이었다.

스미는 악기를 두 번 울렸다. 그러고 나서 신이 나서는 말소리를 마저 듣기 위해 멈추었다. 그리고 악당은 피터 팬의 외침을 들을 수 있었다.

"탐탐이야. 원주민들이 승리했어!"

---

* Tom-tom. 손으로 두드리는, 좁고 아래위로 기다란 북.

아이들은 환호성을 질렀다. 이 소리는 위에 있는 검은 심장들의 귀에는 음악처럼 들렸다. 아이들은 거의 즉시 피터 팬에게 작별 인사를 반복했다. 이 인사는 해적들을 어리둥절하게 만들었지만, 적들이 곧 나무 위로 올라올 것이라는 기쁨으로 인해 다른 감정은 삼켜졌다. 해적들은 서로를 보며 히죽히죽 능글맞은 웃음을 짓고 손을 비볐다. 후크는 빠르고 조용하게 명령을 내렸다. 나무 하나에 한 사람씩, 나머지는 2야드(약 1.8미터) 떨어진 곳에 일렬로 늘어서 배열하게 했다.

Chapter
13

요정을
믿나요?

비참하고 끔찍한 상황은 빨리 처리되는 것이 좋다. 제일 먼저 나무에서 모습을 드러낸 사람은 컬리였다. 그는 나무에서 빠져나와 체코의 품 안으로 떨어졌는데, 체코는 스미에게, 스미는 스타키에게, 스타키는 빌 주크스에게, 빌 주크스는 누들러에게로 컬리를 던졌다. 컬리는 검은 해적 선장의 발치에 떨어질 때까지 이쪽에서 저쪽으로 던져졌다. 모든 소년이 이런 무자비한 방식으로 각자의 나무에서 끌려 나왔다. 아이들 중 몇몇은 손에서 손으로 옮겨질 때 짐짝처럼 공중에 떠 있기도 했다.

제일 마지막으로 나온 웬디에게는 다른 처우가 주어졌다. 후크는 비꼬는 듯 정중한 태도로 웬디에게 모자를 벗어 인사했다. 그러고는 팔을 내밀어, 해적들이 다른 아이들에게 재갈을 물리고 있는 곳으로 웬디를 에스코트했다. 후크는 대단히 기품 있게 행동했다. 그 때문에 웬디는 그에게 매료된 나머지 소리치는 걸 잊었다. 웬디는 그저 어린 소녀일 뿐이었다.

후크가 웬디의 마음을 흔들어놓던 순간을 고자질하는 것처럼 읽힐지도 모르겠다. 하지만 웬디의 작은 실수가 이후 이상한 결과를 초래했기 때문에 그녀의 행동을 탓하듯 전할 수밖에 없다.

웬디가 후크의 손을 오만한 태도로 뿌리쳤다면—웬디에 대해 그렇게 쓸 수 있었다면 좋았겠지만—그녀도 다른 아이들처럼 공중으로 거칠게 던져졌을 것이다. 그러면 후크는 분명 아이들이 묶여 있는 곳에 나타나지 않았을 것이다. 그리고 후크가 그곳에 나타나지 않았다면 슬라이틀리의 비밀을 알아내지 못했을 것이고, 머지않아 있을 피터 팬의 목숨을 노리는 더러운 시도—그 비밀을 몰랐다면 불가능했을—도 하지 못했을 것이다.

해적들은 아이들이 날아서 도망치지 못하도록 무릎과 귀를 바짝 붙여 웅크린 자세로 그들을 묶었다. 검은 해적은 아이들을 묶기 위해 밧줄을 같은 길이로 아홉 등분했다. 모든 일은 슬라이틀리의 차례가 오기 전까지는 착착 진행되었다. 슬라이틀리는 마치 '한 바퀴를 둘렀더니 매듭지을 끈이 남아나지 않아 꼬리표도 없이 남겨진 짜증

나는 소포 꾸러미' 같은 모습으로 발견되었다. 해적들은 분노에 차서 슬라이틀리를 발로 걷어찼다. 마치 당신이 소포 꾸러미를 걷어차는 모습처럼—공평해지려면 끈을 걷어차야겠지만—말이다.

의외로 해적들에게 폭행을 멈추라고 말한 건 후크였다. 후크의 입꼬리는 악의적인 승리감으로 말려 올라갔다. 후크의 부하들은 불행한 사내아이의 한쪽을 단단히 묶으려고 시도할 때마다 다른 한쪽이 불룩 튀어나와 그저 진땀만 흘려대고 있었다. 하지만 그사이 후크의 뛰어난 지성은 결과가 아닌 원인을 면밀히 살피며 표면 아래를 내다보고 있었다. 후크의 의기양양한 모습은 그가 원인을 찾아내었음을 의미했다.

잔뜩 창백해진 슬라이틀리는 후크가 자신의 비밀을 눈치챘다는 것을 깨달았다. 몸집이 부풀어 오른 소년은 평균적인 몸매의 사람도 간신히 들어가는 나무를 사용할 수 없었다. 불쌍한 슬라이틀리, 그는 지금 모든 아이 중에 가장 비참한 기분이었다. 슬라이틀리는 피터 팬이 알게 될까봐 공황 상태에 빠져버렸다. 그리고 자신이 한 일을 쓰라리게 후회했다.

날이 더워지면 끊임없이 물을 마실 수밖에 없다. 그 결과로 슬라이틀리는 지금의 치수로 몸이 부어버렸다. 슬라이틀리는 나무에 몸을 맞추기 위해 체중 감량을 하는 대신, 아무도 모르게 나무를 자신의 몸에 맞게 깎아 냈다.

이 정도면 후크가 짐작하기에 충분했다. 후크는 피터 팬이 드디어 자신의 자비 아래에 놓였음을 확신하기에 이르렀다. 그러나 지하 동굴 같은 마음속에 형성된 이 어두운 계획에 대해선 한마디도 하지 않았다. 후크는 부하들에게 자신은 여기 남을 테니, 포로들을 배로 실어 나르라고 명령했다.

해적들은 어떻게 아이들을 옮길까? 아이들을 밧줄로 둘둘 말아 통처럼 언덕 아래로 굴릴 수도 있었다. 하지만 대부분의 길은 늪지대를 통과해야만 했다. 후크의 천재성이 다시 문제를 해결했다. 후크는 운송 수단으로 쓸 작은 집을 가리켰다. 아이들은 그곳에 던져졌다. 네 명의 튼튼한 해적들이 그걸 어깨에 둘러메고 다른 해적들은 뒤에 정렬했다. 수상한 행렬은 혐오스러운 해적 합창곡을 울리며 숲을 통과해 나갔다. 아이들 중 누가 울고 있었는지는 알 수 없다. 하지만 누군가 울고 있었다고 해도, 그 소리는 해적들의 노랫소리에 삼켜졌을 것이다.

작은 집이 숲속으로 사라져갈 때, 굴뚝에서 작지만 용감한 연기 한 줄기가 후크에게 저항하듯 피어올랐다. 후크는 그 연기를 보았고, 그건 피터 팬에게 나쁜 결과를 가져왔다. 그 연기는 해적의 분노에 찬 가슴속에 남아 있었을지도 모를 일말의 연민마저 말라버리게 했다.

밤이 빠르게 내려앉았다. 홀로 남은 후크가 제일 먼저 한 일은 슬라이틀리의 나무로 살금살금 다가가, 그것이 통로로써의 역할을 할 수 있는지 확실히 확인하는 것이었다. 그러고 나서 후크는 오랫동안 생각을 곱씹었다.

풀밭 위에는 후크의 불길한 모자가 놓여 있었고, 부드럽게 이는 바람은 그의 머리카락을 시원하게 식히고 있었다. 그의 생각은 어두웠지만, 파란 눈은 페리윙클*만큼이나 부드러웠다. 후크는 지하 세계에서 흘러나오는 소리에 몰두했지만, 땅 위나 아래 모두 조용했다. 땅속의 집은 커다란 공허 속에 있는 빈 다세대 주택처럼 보였다.

그 소년은 잠들어 있을까? 아니면 손에 단검을 쥐고 슬라이틀리의 나무 아래에서 침입자를 기다리고 있을까? 내려가는 것 말고는 알 방법이 없었다. 후크는 망토를 땅 위에 부드럽게 내려놓고는 입술에 피가 맺힐 때까지 깨물었다. 그는 나무속으로 들어갔다. 후크는 용감한

---

* periwinkle. 비늘나무속(Vinca) 식물로, 일반적으로 보라색이나 푸른색의 작은 꽃을 피운다.

사람이었지만, 잠시 그곳에 멈춰 촛농처럼 땀이 흘러내린 이마를 닦아내야만 했다. 그러고 나서 후크는 미지의 세계로 조용히 몸을 미끄러뜨렸다.

후크는 수직 통로 아래에 아무런 방해도 받지 않고 내려섰다. 그리고 다시 그대로 서서 숨을 참았다. 숨이 거의 멎을 정도였다. 그의 눈이 흐릿한 빛에 익숙해지자, 나무 아래 집에 있는 다양한 물건이 형체를 드러냈다. 그러나 후크의 탐욕스러운 시선은 오랫동안 찾다 마침내 발견한 단 하나의 물건, 커다란 침대에 머물렀다. 그 위에는 피터 팬이 깊이 잠들어 있었다.

위에서 벌어진 비극적인 일은 까맣게 모른 채, 피터 팬은 아이들이 떠난 후에도 잠시간 흥겹게 피리를 불었다. 신경 쓰지 않는다는 것을 자기 자신에게 증명하기 위한 다소 허망한 시도였다는 데에는 의심의 여지가 없다.

피터 팬은 웬디를 슬프게 하려고 약을 먹지 않기로 결심했다. 그러고는 웬디를 더욱 성가시게 하려고 침대보 밖으로 몸을 뉘었다. 왜냐하면 웬디는 밤이 되면 쌀쌀해질지도 모른다며 항상 아이들을 이불 안으로 밀어 넣었기 때문이었다.

그러다 피터 팬은 거의 울음을 터트릴 뻔했다. 하지만 자신이 우는 대신에 웃는다면 웬디가 얼마나 분해할까 하는 생각이 들었다. 그래서 피터 팬은 오만하게 웃다가, 스르르 잠들어버렸다.

피터 팬은 자주는 아니지만 때때로 꿈을 꿨다. 피터 팬이 꾸는 꿈은 다른 아이들의 꿈보다 더 고통스러웠다. 아무리 애처롭게 울부짖어도 피터 팬은 몇 시간이고 악몽—피터 팬이라는 존재의 수수께끼와 관련이 있으리라—에서 벗어나지 못했다. 피터 팬이 악몽으로 괴로워할 때마다 웬디는 피터 팬을 침대에서 데려와 무릎에 앉히고는 그녀만의 다정한 방식으로 그를 달래주었다. 그리고 피터 팬이 잠잠해지면 잠에서 완전히 깨기 전에 침대에 도로 눕혔다. 피터 팬이 약한 모습을 보였던 걸 부끄러워할까 봐 배려한 것이었다.

하지만 피터 팬은 이번에는 곧바로 꿈도 없는 잠 속으로 빠져들었다. 한쪽 팔은 침대 가장자리에 늘어져 있었고, 다리는 아치 모양으로 벌어졌으며, 웃다 만 웃음은 그의 입에 남아 있었다. 입을 벌린 채로 작은 진주 같은 이를 드러내고.

이토록 무방비한 피터 팬을 후크가 발견했다. 후크는 방 건너 그의 적을 바라보며 조용히 나무 통로 아래쪽에 서 있었다.

후크에게는 그 검은 가슴속을 휘저어놓는 연민의 감

정이 조금도 없었을까? 그는 완전한 악마는 아니었다. 후크는 꽃들을 사랑했고 아름다운 음악—들은 바에 따르면 하프시코드* 연주 실력도 보통이 아니었다—을 사랑했다. 솔직하게 시인하건대, 그 목가적인 장면에 후크는 크게 동요했다. 더 나은 천성에 휘둘렸다면 후크는 마지못해 나무 위로 도로 올라갔을 것이다. 그러나 그러지 못한 이유 한 가지가 있었다.

건방진 모양새로 잠들어 있는 피터 팬의 모습이 후크를 멈추게 했다. 벌린 입, 늘어트린 팔, 구부러진 무릎. 그 모습이 다 합쳐져서 피터 팬이 마치 건방짐의 화신처럼 느껴졌고 후크의 비위에 거슬렸다. 희망컨대, 후크의 예민한 눈에 다시는 그런 모습이 보이지 않길 바랐다. 그 건방진 모양새는 후크의 심장을 단단하게 만들었다. 만약 후크의 분노가 그를 백 개의 조각으로 부서뜨렸다면, 그 조각들 하나하나는 그 모든 것을 무시하고 잠든 이에게 달려들었을 것이다.

침대의 전등에서 어둑한 빛이 흘러나오고 있었지만, 후크는 어둠 속에 서 있었다. 그가 은밀하게 첫발을 내밀었을 때, 장애물을 하나 발견했다. 슬라이틀리의 나무에

---

* harpsichord. 현을 뜯어 소리를 내던 피아노와 비슷한 중세 악기.

달린 문이었다. 그 문은 구멍이 완전히 막히지 않아서 그 너머로 방 안을 들여다볼 수 있었다. 후크는 더듬으며 걸쇠를 찾다가, 손이 닿지 않는 곳에 그게 달려 있는 걸 알아차리곤 격분했다. 후크의 혼란스러운 머릿속에는, 피터 팬의 얼굴과 형체에 드러나는 짜증스러운 특징들이 눈에 띄게 도드라지는 것처럼 보였다. 후크는 문을 달가닥거리다가 그것을 향해 몸을 던졌다. 그의 적이 결국 후크에게서 도망칠까 봐 조급해졌다.

잠든 소년의 몸에 손이 닿기 직전, 후크의 빨갛게 충혈된 눈에 무언가가 스쳤다. 손이 쉽게 닿는 선반 위에 놓여 있는 약병이었다. 후크는 그것이 무엇인지 곧장 알아볼 수 있었다. 그리고 잠든 소년의 생사가 자신의 손아귀에 있음을 바로 알아차렸다.

후크는 포로로 붙잡혔을 때를 대비하여, 언제나 무시무시한 약물을 몸에 지니고 다녔다. 섭취하게 되면 몇 방울로도 죽음을 초래하는 맹독이었다. 그는 독성이 있는 것들에서 추출한 독을 혼합한 뒤 과학적으로 잘 알려지지 않은 노란 액체가 될 때까지 끓였다. 아마도 현존하는 독약 중에 가장 맹독일 것이다.

후크는 피터 팬의 약병에 그것을 다섯 방울 떨어뜨렸다. 그의 손이 떨렸다. 수치심보다는 기뻐서 어쩔 줄 몰랐기 때문이다. 후크는 그 작업을 하는 동안 잠든 이를 흘낏 보는 것조차 피했는데, 동정심으로 인해 불안해지는 걸 막기 위해서가 아니라, 그저 약을 엎지르는 것을 피하기 위함이었다.

작업을 마친 후크는 그의 희생자를 향해 흡족한 표정을 길게 한 번 던지고선 돌아섰다. 그러고는 나무 위로 어렵사리 몸을 꿈틀거리며 올라왔다. 후크가 땅 위로 모습을 드러냈을 때 그는 마치 구멍을 깨부수고 나온 악의 영혼, 바로 그것처럼 보였다.

후크는 모자를 비스듬한 각도로 쓰고는 몸에 망토를 걸쳤다. 그는 망토의 한쪽 끝을 앞쪽으로 잡고, 밤의 가장 어두운 부분으로부터 자신을 숨기려는 것처럼 이상하게 중얼거리며 나무 사이로 사라졌다.

피터 팬은 계속 잠들어 있었다. 불빛이 펄럭거리다 꺼졌고, 땅속의 집은 어둠 속에 잠겼다. 그러나 피터 팬은 여전히 잠들어 있었다. 악어에 의하면 아직 열 시가 채 되지 않았을 것이었다. 피터 팬이 갑자기 침대에서 일어나 앉았을 때, 그는 무엇 때문에 깨어났는지 알지 못했다. 그의 나무 통로에서 부드럽고 조심스럽게 문을 두드리는 소리가 들렸다.

부드럽고 조심스러운 노크 소리였으나 그것은 정적

속에서 불길하게 들렸다. 피터 팬은 손으로 단검을 더듬어 찾고선 꽉 움켜쥐었다.

"거기 누구야?"

한동안 아무런 대답이 없었다. 잠시 후 다시 들리는 노크 소리.

"누구야?"

대답이 없었다. 피터 팬은 흥분이 되었다. 그는 이런 스릴을 좋아했다. 그는 한달음에 문에 도달했다. 슬라이틀리의 문과는 달리 피터 팬의 문은 구멍을 꽉 채우고 있어서 그 너머를 볼 수 없었고, 안에서 문을 두드리는 이도 그를 볼 수 없었다.

"말하지 않으면 문을 열어주지 않겠어."

피터 팬이 외치자 마침내 방문객이 말했다. 사랑스럽게 방울이 울리는 듯한 목소리로.

"들여보내줘, 피터 팬."

팅커 벨이었다. 피터 팬은 재빨리 문의 빗장을 풀었다. 팅커 벨은 신이 나서 날아 들어왔다. 그녀의 얼굴은 발갛게 상기되어 있었고 옷은 진흙으로 얼룩져 있었다.

"무슨 일이야?"

"아아, 넌 상상도 못 할 거야." 하고 팅커 벨이 외쳤다. 그러곤 세 가지 추측을 해보라고 제안했다.

"빨리 말해!" 하고 피터 팬이 소리치자 팅커 벨은 마술사의 입에서 리본들이 뽑혀 나오는 것처럼 길게, 문법에 맞지 않는 한 문장으로 웬디와 소년들이 붙잡혔다고 말했다.

피터 팬의 심장은 그 말을 듣는 동안 위아래로 요동쳤다. 웬디가 묶여서 해적선에 있다니! 모든 것이 제대로인 모습을 사랑하는 웬디가!

"웬디를 구해야겠어."

무기를 들고 뛰어가면서 피터 팬은 웬디를 기쁘게 할 수 있는 무언가를 생각했다. 바로 약을 마시는 일이었다. 피터 팬의 손이 죽음을 초래할 물약에 가까워졌다.

"안 돼!"

팅커 벨이 비명을 질렀다. 그녀는 후크가 숲을 빠르게 통과하면서 중얼거리는 소리를 들었던 것이다. 그가 저지른 나쁜 짓을.

"왜 안 돼?"

"거기에 독이 들었어."

"독이라고? 누가 독을 탈 수 있다고 그래?"

"후크가."

"바보 같은 소리 마. 후크가 어떻게 여기에 내려올 수 있겠어?"

아아, 팅커 벨은 이를 설명할 수가 없었다. 그녀조차도 슬라이틀리의 나무에 숨겨진 어두운 비밀을 알 수 없었던 까닭이다. 그럼에도 불구하고 그녀가 오면서 들었던 후크의 말은 의심의 여지가 없었다. 컵에는 독약이 들어 있었다.

"게다가 난 잠들지도 않았다고."

안타깝게도 피터 팬은 자신을 너무 믿고 있었다. 피터 팬이 컵을 들어 올렸다. 이제는 말할 시간이 없었다. 행동을 할 시간이었다. 팅커 벨은 번개 같은 움직임으로 피터 팬의 입술과 물약 사이로 끼어들어, 마지막 한 방울까지 다 마셔버렸다.

"왜……. 팅크, 어떻게 감히 내 약을 마실 수가 있지?"

그러나 팅커 벨은 대답이 없었다. 그녀는 이미 허공에서 비틀거리고 있었다.

"왜 그래?"

피터 팬이 갑자기 불안해져서 외쳤다.

"독이 들었다고, 피터 팬. 그리고 이제 나는 죽게 될 거야."

팅커 벨이 피터 팬에게 부드럽게 말했다.

"오, 팅크, 나를 구하려고 그걸 마신 거야?"

"그래."

"하지만…… 왜?"

팅커 벨의 날개는 이제 그녀를 간신히 지탱하고 있었다. 그녀는 대답 대신 피터 팬의 어깨에 내려앉고선 그의 턱을 사랑스럽게 깨물었다. 팅커 벨이 피터 팬의 귀에 속삭였다.

"이 바보 멍청이."

그러고선 자신의 방으로 비틀비틀 날아가 침대 위에 누웠다. 피터 팬의 머리는 팅커 벨의 작은 방의 네 번째 벽을 거의 가득 채웠다. 피터 팬은 괴로운 얼굴로 팅커 벨 옆에 무릎을 꿇었다. 팅커 벨의 빛이 시시각각으로 희미해져 갔다. 피터 팬은 만약 그 빛이 사라진다면 그녀도 더 이상 존재하지 않으리란 걸 알았다. 팅커 벨은 피터 팬의 눈물이 너무나 좋아서 손가락을 내밀어 그의 눈물이 자신의 손가락 위를 흐르게 놔두었다.

팅커 벨의 목소리는 너무 낮아서 피터 팬은 처음에 그녀가 하는 말을 알아들을 수 없었다. 그러다 피터 팬은 마침내 말을 알아들었다. 팅커 벨은 만약 아이들이 요정을 믿는다면 자신이 다시 건강해질 거로 생각한다고 했다.

피터 팬은 팔을 내밀었다. 거기엔 아이들도 없었고, 밤이었다. 그러나 피터 팬은 네버랜드를 꿈꾸고 있을지도 모를 모든 아이에게 호소했다. 그들은 생각보다 그와 가까이에 있었다. 잠옷을 입은 소년과 소녀들, 나무에 매달린 바구니 안의 벌거벗은 아기들.

"너희들은 믿어?"

피터 팬이 울부짖었다. 팅커 벨은 그녀의 운명을 듣기 위해 씩씩한 모습으로 침대에 앉았다. 그녀는 긍정적인 대답을 들은 것 같아 기뻐하다 이내 확신하지 못해 기분이 가라앉았다.

"어떻게 생각해?" 하고 팅커 벨이 피터 팬에게 물었다. 피터 팬이 아이들에게 소리쳤다.

"만약 너희들이 요정을 믿는다면, 손뼉을 쳐. 팅크를 죽게 내버려두지 마."

많은 아이가 손뼉을 쳤다. 일부는 그러지 않았다. 몇몇 작은 짐승 같은 아이들은 야유를 보냈다. 갑자기 박수 소리가 멈췄다. 마치 셀 수 없이 많은 엄마가 도대체 무슨 일이 일어난 건지 보기 위해 아이들 방으로 달려오기라도 한 것처럼.

다행히 팅커 벨은 구원받았다. 먼저 그녀의 목소리가 강해졌다. 이내 그녀는 침대 밖으로 튀어나왔다. 팅커 벨은 방을 번개처럼 날아다녔다. 이전보다 더 명랑하고 버릇없는 모습이었다. 그녀는 자신을 믿어준 아이들에겐 감사할 생각이 전혀 없었지만, 야유를 보낸 아이들은 혼내주고 싶었다. 기운을 차린 팅커 벨을 확인한 피터 팬이 자신의 나무 통로로 향했다.

"이제 웬디를 구하러 가자."

피터 팬이 팅커 벨과 함께 그의 나무 통로 밖으로 나왔을 때 구름 낀 하늘에는 달이 떠 있었다. 무기들을 몸에 두르고 다른 옷은 거의 입지 않은 채였다. 피터 팬은 아주 위험한 임무를 수행하러 길을 나섰다. 그가 선택했을 법한 밤은 아니었다.

피터 팬은 그 어떤 특이점도 자신의 눈을 피할 수 없도록 땅 가까이 몸을 유지한 채 날아가려 했지만, 이 변덕스러운 달빛 속에 낮게 날면 나무들을 통과할 때 그의 그림자가 흔적을 남기게 된다. 낯선 그림자는 새들을 방해할 것이고, 그러면 경계 중인 적들에게 그의 존재를 알려주게 된다.

피터 팬은 이제 섬의 새들에게 그토록 이상한 이름을 붙인 것을 후회했다. 새들은 너무 야생적이어서 가까이 접근하는 게 어려웠다.

다른 방법은 없었다. 피터 팬은 원주민의 방식으로 길을 재촉했다. 다행히도 피터 팬은 그것에 능숙했다. 그러나 어떤 방향으로 가야 하는 걸까. 피터 팬은 아이들이 배로 끌려갔는지 확신할 수 없었다. 조금씩 내리는 눈이 모든 발자국을 지워버렸다. 섬에는 죽음 같은 침묵이 구석구석 배어 있었다. 자연은 잠시간 최근의 대학살로 인해 공포 속에 잠겨 있었다.

피터 팬은 타이거 릴리와 팅커 벨로부터 배운 숲에 대한 지식을 아이들에게 가르쳐왔다. 아이들이 끔찍한 시간 속에서도 그것을 쉽게 잊지는 않았을 것임을 그는 알았다. 예를 들면, 슬라이틀리는 기회가 되면 나무에 표식을 남겼을 것이고, 컬리는 씨앗을 떨어뜨렸을 것이며, 웬디는 어떤 중요한 장소에 손수건을 남겨두었을 것이다. 그러나 그러한 표식들을 찾아내려면 아침 햇살이 필요했다. 피터 팬은 기다릴 수 없었다. 지상의 세계가 피터 팬을 부르고 있었다. 그러나 어떤 도움도 없었다.

악어가 피터 팬을 스쳐 지나갔지만, 다른 살아 있는 것은 없었다. 아무 소리도, 움직임도 없었다. 그러나 피터 팬은 갑작스러운 죽음이 다음 나무에 있을지도 모른다고, 누군가 뒤에서 자신을 뒤쫓아 오고 있을지도 모른다는 것을 알고 있었다. 피터 팬은 끔찍한 맹세를 했다.

"이번엔 후크 아니면 나야."

이제 피터 팬은 뱀처럼 기어 앞으로 나아갔다. 그리고 다시 일어서서, 달빛이 비치는 공간을 가로질러 쏜살같이 나아갔다. 입술에 한 손가락을 댄 채로, 단검을 준비한 채. 피터 팬은 몹시 행복했다.

Chapter
14

해적선

초록 불빛 하나가 해적 강 입구 근처 키드*만 위를 희미하게 비추고 있었다. 물 위에는 쌍돛대 범선인 즐거운 로저호가 낮게 떠 있었다. 배는 선체가 날렵하면서도 어딘가 도발적이고 위험하면서도 더럽고 불결한 느낌을 풍기고 있었다. 혐오스러운 선체 위의 모든 기둥은 짓이겨진 깃털이 흩어져 있는 땅을 보는 것과 같았다. 해적선은 바다의 육식동물이었으므로 지켜보는 눈도 거의 필요 없었다. 사람들은 악명을 떨치고 있는 그것을 감히 건드리지 못했고 해적선은 안전하게 떠다녔다.

해적선은 밤의 적막에 둘러싸여 있어서, 그곳에서 나는 그 어떤 소리도 만의 기슭에 닿지 않았다. 배에서 나

---

* Kidd. 스코틀랜드의 해적·항해가. (1645?-1701)

는 소리라고는 스미가 앉아 있는 재봉틀의 모터 소리뿐, 그 어떤 기분 좋은 소리도 들리지 않았다.

스미는 부지런하고 친절했고, 평범함의 극치였고, 애처로웠다. 그가 한없이 애처로운 건 아마도 그가 애처롭게도 그 사실을 인지하고 있지 못하기 때문일 것이다. 그어떤 강한 남자들조차 스미를 보면 급하게 돌아서야만했다. 여름 저녁 나날에는 후크의 눈물샘을 몇 번이고 자극해 눈물이 흐르게 만들기도 했다. 거의 모든 것과 마찬가지로 이 점에 있어서도 스미는 전혀 의식하지 못하고있었다.

해적들 중 몇은 밤의 더러운 공기를 마시며 난간에 기대어 있었다. 다른 해적들은 통 옆에 아무렇게나 다리를 뻗고 앉아 주사위와 카드놀이를 하고 있었다. 그리고 작은 집을 옮기느라 지쳐버린 네 명의 해적들은 갑판 위에 엎드려 있었다. 그들은 후크가 지나갈 때 기계적으로 흔들리는 그의 쇠갈고리가 자신들을 할퀴지 않도록 자는 동안에도 이리저리 능숙하게 몸을 굴렸다.

후크는 생각에 잠겨 갑판을 밟았다. 아, 심중을 알 수없는 자! 후크는 승리의 시간을 맞이했다. 피터 팬은 그의 앞길에서 영원히 제거되었고, 다른 소년들은 배에 잡혀 있었다. 그리고 그들은 곧 널빤지 위를 걷게 될 운명이었다. 이는 후크가 바비큐를 굴복시킨 이후로 가장 음산한 짓이었다. 인간의 삶이란 얼마나 덧없는가. 후크가 성공의 바람에 부풀어 갑판 위를 불안정하게 서성거린다 한들 그게 놀랄 일인가.

후크의 걸음걸이에는 어떤 의기양양함도 없었고, 침울한 마음에 발맞춰 서성거리고 있을 뿐이었다. 후크는 깊은 실의에 빠졌다. 밤의 정적 속, 그는 배 위에서 홀로 사색에 잠길 때 종종 그러했다. 그건 그가 지독히도 외롭기 때문이었다. 이 불가해한 남자는 부하들에게 둘러싸여 있을 때만큼 외로움을 느낀 적도 없었다. 그들은 사회적으로 자신보다 못한 존재들이었는데도 말이다.

후크는 그의 진짜 이름이 아니었다. 그가 진짜로 누구인지 폭로하는 일은, 당장 나라 전체를 불길에 휩싸이게 할 만큼의 혼란을 가져올 것이다. 그러나 행간의 의미를 읽는 사람이라면 벌써 짐작했듯이, 후크는 명문 사립학교를 다녔다. 학교의 전통은 걸쳐 입은 옷처럼 여전히 그에게 들러붙어 있었다. 그 전통은 정말로 옷과 크게 관련이 있다.

후크는 격투 끝에 상대편의 배를 사로잡았을 때도 그때의 옷을 입고서 배에 오르는 것조차 불쾌하게 여겼다. 그는 명문 사립학교 고유의 느긋한 걸음걸이가 여전히 몸에 배어 있었다. 그러나 그는 무엇보다도 좋은 품격에 대한 열정을 간직하고 있었다. 좋은 품격! 자신이 얼마나 타락했든, 후크는 여전히 그 사안이 진정으로 중요한 전부임을 알고 있었다.

후크의 깊은 내면에서 녹슨 문들이 삐걱거리는 소리가, 그 문들로부터 엄중한 노크 소리가 들려왔다. 마치 잠 못 드는 밤의 망치질처럼. '오늘 좋은 품격을 유지했는가?' 이것이 그들의 영원한 질문이었다.

"명성, 명성, 그 화려한 싸구려 보석! 그건 내 것이다." 하고 후크가 외쳤다.

'모든 것에 대하여 성공을 이루는 것이 과연 좋은 품격인가?' 하고 머릿속에서 학교로부터의 두드림이 응답했다.

"바비큐가 유일하게 두려워했던 사람이 나다. 플린트조차 바비큐를 두려워했지." 하고 후크가 주장했다.

"바비큐, 플린트— 무슨 가문?" 하고 매서운 응수가 머릿속에서 이어졌다. 가장 불안한 생각은 무엇보다도, 좋은 품격에 대해 생각하는 것이 나쁜 품격은 아닐까 하는 것이었다.

후크의 뱃속 장기는 이 문제로 극심한 고통에 시달렸다. 이것은 쇠갈고리보다도 더 날카로운 자기 내면의 발톱이었다. 그리고 이것이 자신을 찢어낼 때마다 땀이 기름진 얼굴에 흘러 더블릿*에 기다란 자국을 냈다. 후크는 종종 소매를 당겨 얼굴을 닦아냈으나 흐르는 땀을 막을 수는 없었다. 아, 후크를 부러워하지 말기를.

자신의 이른 사멸에 대한 불길한 예감이 후크를 덮쳤다. 마치 피터 팬의 끔찍한 맹세가 배에 올라탄 것 같았다. 후크는 죽음의 연설을 해야만 할 것 같은 비관적인 갈망을 느꼈다. 머지않아 그 말을 할 시간은 없을 것 같았다.

"후크가 야망을 덜 가졌더라면 좋았을 텐데."

그는 오직 자신의 가장 어두운 시간에만 스스로를 삼인칭으로 지칭했다.

"꼬마 아이들은 후크를 사랑하지 않지."

후크가 이런 생각을 하는 것은 이상한 일이었다. 전에는 결코 자신을 괴롭히지 않던 문제였다. 아마도 재봉틀 소리가 이런 마음을 불러왔을 것이다. 후크는 오랫동안 스미를 응시하며 스스로에게 중얼거렸다. 스미는 평온하게 단 접기를 하고 있었다. 모든 아이가 자신을 두려워한다는 확신 아래.

그를 두려워하다니! 스미를 두려워하다니! 그 밤, 배

---

* Doublet. 14~17세기에 남성들이 입던 짧고 꼭 끼는 상의.

에 타고 있는 아이들 중 그를 좋아하지 않는 이는 한 명도 없었다. 스미는 아이들에게 지독한 말을 하고, 손바닥으로—주먹으로는 때릴 수 없었기 때문이다—때렸다. 하지만 아이들은 오직 스미에게만 매달렸다. 마이클은 그의 안경을 써보려고도 했다.

애처로운 스미에게 아이들이 그를 좋아한다고 말한다? 후크는 그러고 싶어 몸이 근질거렸지만, 그건 너무 잔혹해 보였다. 대신 후크는 마음속에 이 수수께끼를 되풀이했다. 왜 아이들은 스미를 좋아할까? 후크는 탐정이라도 된 것처럼 그 문제를 추적했다. 만약 스미가 아이들에게 호감을 준다면, 무엇이 그를 그렇게 만들었을까? 끔찍한 답이 갑자기 스스로 모습을 드러냈다.

"좋은 품격?"

갑판장은 자신도 모르게 좋은 품격을 가졌단 말인가? 그렇다면 그건 가장 좋은 품격이 아닌가?

후크는 팝*에 들어가려면, 자신이 좋은 품격을 가지고 있음을 모른다는 걸 증명해야 함을 기억해냈다.

분노의 울부짖음과 함께 후크는 스미의 머리를 향해

---

* Pop. 명문 사립학교의 특정한 클럽이나 조직, 혹은 지위. 영국 이튼 칼리지의 'Pop'이라는 클럽은 특정한 자격을 갖춘 학생들만 가입할 수 있는 엘리트 모임이다.

쇠갈고리를 들었다. 그러나 그를 찢지는 않았다. 후크를 저지한 것은 이런 생각의 반향 때문이었다.

'좋은 품격을 지녔다는 이유로 사람을 할퀸다면, 그건 뭐지……? 나쁜 품격!'

불행한 후크는 축축하게 젖은 것처럼 무력해져서, 베인 꽃처럼 앞으로 쓰러졌다.

후크의 부하들은 그가 잠시 풀어주었다고 생각했는지 즉시 규율이 느슨해졌다. 그들은 술에 취해 흥청망청 춤을 추기 시작했다. 후크는 즉시 일어섰다. 마치 물 한 동이가 후크 위로 지나가기라도 한 듯 인간의 모든 약한 흔적이 사라졌다.

"조용! 이 쓰레기들아! 그러지 않으면 너희에게 닻을 박아버릴 테니까."

후크가 외치자 소음은 즉시 숨을 죽였다. 그가 다시 입을 열었다.

"아이들이 날아가지 못하도록 모두 묶었나?"

"예, 예."

"그렇다면 아이들을 끌어 올려."

웬디를 제외한 모든 비참한 포로들이 선창*에서 끌려

---

* 배 안 갑판 밑에 있는 짐칸.

나왔다. 그리고 후크 앞에 줄지어 늘어섰다. 잠시 그는 아이들의 존재를 의식하지 못하는 듯했다. 후크는 편한 자세로 나른하게 앉아, 조악한 노래의 일부를 꽤 멋진 선율로 흥얼거리며 카드 한 벌을 만지작거렸다. 이따금 그의 시가 불빛이 후크의 얼굴에 색을 발했다.

"그럼, 이제, 불한당들아." 하고 후크가 기분 좋게 아이들을 부르곤 느른히 말을 이었다.

"너희 여섯 명은 오늘 밤 널빤지 위를 걷게 될 것이다. 그러나 선실에 소년 둘을 위한 자리가 있지. 그게 너희 중 누가 될까?"

"그를 쓸데없이 자극하지 마."

선창에서는 웬디의 지시가 있었다. 투틀스는 예의 바르게 앞으로 나섰다. 그는 악한 사람에게 숙이고 약속한다는 생각만으로도 싫었지만, 지금 부재한 사람에게 책임을 전가하는 것이 신중한 것이라는 직감이 들었다.

투틀스는 비록 다소 아둔한 소년이었지만, 엄마라면 항상 기꺼이 완충 역할을 하리라는 것을 알고 있었다. 모든 아이는 엄마의 이러한 점을 알고 있고, 또 그런 면을 경멸하면서도 끊임없이 이용한다. 그래서 투틀스는 신중하게 설명했다.

"보세요, 선장님. 저희 엄마는 제가 해적이 되는 것을 좋아하실 것 같지 않아요. 너희 엄마는 네가 해적이 되는 것을 좋아하실까, 슬라이틀리?"

투틀스는 슬라이틀리에게 윙크했다. 그러자 슬라이틀리가 슬픔에 잠겨 "좋아하실 것 같지 않아." 하고 말하고 쌍둥이를 향해 물었다.

"너희들 엄마는 좋아하실까, 쌍둥이?"

"좋아하실 것 같지 않아." 하고 첫째 쌍둥이가 다른 아이들처럼 영리하게 말했다.

"닙스, 너희—"

"잡담은 집어치워."

둘째 쌍둥이의 말을 끊고 후크가 으르렁거렸다. 그리고 대변인들은 뒤로 끌려갔다. "너." 하고 후크가 존을 가리키며 말했다.

"넌 좀 용기가 있어 보이는군. 해적이 되고 싶은 적은 없었나, 친구?"

그러잖아도 존은 가끔 수학 자율 학습 시간에 그런 갈망을 느끼곤 했다. 후크가 자신을 지목한 것에 존은 크게 놀랐다.

"저를 '붉은 손 잭'이라고 부르는 걸 한번 생각한 적이 있어요." 하고 존이 소심하게 말했다.

"그거 좋은 이름이군. 네가 해적단에 들어온다면 그렇

게 불러주마, 친구."

"너는 어떻게 생각해, 마이클?" 하고 존이 물었다.

"제가 해적단에 들어가면 절 뭐라고 부르실 거죠?" 하고 마이클이 물었다.

"검은 수염 조."

마이클은 당연히 감명을 받았다.

"형은 어떻게 생각해, 존?"

마이클은 존이 결정을 내리길 원했고, 존은 마이클이 결정을 내리길 원했다.

"우린 여전히 국왕을 섬기는 국민이겠죠?" 하고 존이 물었다. 후크의 잇새로 대답이 흘러나왔다.

"너희는 맹세해야만 한다. '국왕은 물러나라!'라고."

분명 지금까지 존의 행실은 그다지 좋진 않았지만, 지금은 빛났다.

"그렇다면 거절합니다!"

존이 후크 앞의 통을 쾅 내리치며 소리쳤다.

"나도 거절합니다." 하고 마이클이 형을 따라 외쳤다.

"브리타니아여, 지배하라!*" 하고 컬리가 흥분해서 소

---

* Rule, Britannia! 1740년에 James Thomson이 작사하고 Thomas Arne이 작곡한 영국의 국가(國歌) 중 하나. 공식 국가는 "God Save the Queen" 또는 "God Save the King"이지만, "Rule, Britannia!" 역시 국가 행사, 군사 퍼

리를 꽥 질렀다.

그러자 극도로 분노한 해적들이 아이들의 입을 때렸다. 후크는 고함쳤다.

"그것으로 너희들의 운명은 결정되었다! 이들의 엄마를 데려와. 널빤지를 준비시켜."

아이들은 단지 어린 소년들일 뿐이었다. 아이들은 주크스와 체코가 죽음을 불러올 널빤지를 준비하는 것을 보고 하얗게 질려갔다. 그러나 웬디가 끌려 올라올 땐 용감해 보이려고 노력했다.

웬디가 해적들을 얼마나 경멸했는지에 대해선 더 이상 말할 것도 없다. 소년들에겐 해적이란 직업이 적어도 어떤 매력이 있긴 했지만, 웬디가 본 것이라고는 더러운 —이 배에는 몇 년 동안 쓸고 닦은 흔적이 전혀 없었다— 것뿐이었다. 웬디는 더러운 현창*을 발견할 때마다 먼지 덮인 유리 위로 손가락을 놀려 '더러운 돼지'라는 글씨를 적어놓았다. 의연했던 웬디였지만 소년들이 자신의 주위로 몰려들자 더 이상 아무 생각도 할 수 없었다. 아이들

레이드, 그리고 프로므스 마지막 밤(The Last Night of the Proms) 같은 문화 행사에서 연주된다. 이 곡은 영국의 해양 지배와 번영을 노래하며, 영국이 결코 노예가 되지 않을 것이라는 메시지를 담고 있다.

* 舷窓. 채광과 통풍을 위하여 뱃전에 낸 창문.

을 구해야만 했다.

"그래, 이쁜이. 너는 너의 아이들이 널빤지 위를 걷는 것을 보게 될 것이다."

후크가 시럽이 발린 듯한 목소리로 말했다. 후크는 품위 있는 사람이었다. 그렇지만 격렬한 사색이 러프*를 더럽혔다. 후크는 웬디가 그것을 바라보고 있다는 걸 알아차렸다. 그는 급한 몸짓으로 그것을 가리려고 했지만, 이미 늦은 후였다.

"아이들이 죽는다고요?"

웬디가 경멸 어린 표정으로 물었다. 후크는 거의 졸도할 뻔했다.

"그래."

후크가 이빨을 드러내며 으르렁댔다. 그러곤 만족스러운 듯 외쳤다.

"모두 조용! 아이들에게 건네는 엄마의 마지막 말이다."

이 순간 웬디는 위대했다. 웬디가 단호한 얼굴로 소년들을 둘러보았다.

"내 마지막 말은 이거야, 얘들아. 너희들의 진짜 엄마들에게 전갈을 받은 기분이야. 내용은 이래. '우리는 우리

---

* Ruff. 특히 16~17세기 의류의 주름진 옷깃을 말함.

의 아들들이 영국 신사답게 죽길 바란다.'"

해적들조차 경외심에 사로잡혔다. 투틀스는 발작적으로 울부짖었다.

"난 우리 엄마가 바라는 대로 할 거야. 넌 어쩔 거야, 닙스?"

"엄마가 바라는 대로. 넌 어쩔 거야, 쌍둥이?"

"엄마가 바라는 대로. 존, 너는—"

그때 후크가 다시 목소리를 찾았다.

"여자애를 묶어라."

후크가 소리치자 스미는 웬디를 돛대에 묶으며 그녀의 귓가에 속삭였다.

"봐, 이쁜이. 내 엄마가 되어준다고 약속하면 살려주지."

하지만 웬디는 스미를 위해서라도 그런 약속은 하지 않았다.

"차라리 아예 아이들이 없는 편이 낫겠어."

웬디가 경멸에 차 말했다. 스미가 웬디를 돛대에 묶는 동안, 그녀를 보고 있는 소년은 하나도 없었다는 걸 알아차린 건 슬픈 일이다. 모든 눈이 널빤지에 가 있었다. 그들이 하게 될 마지막 짧은 산책. 아이들은 대담하게 그 위를 걸을 수 있으리란 기대조차 할 수 없었다. 생각할 능력도 전부 사라져버렸기 때문이다. 아이들은 그저 널빤지를 바라본 채 오직 몸을 떨 뿐이었다.

후크는 이를 꽉 문 채로 아이들을 향해 웃어 보인 후, 웬디를 향해 한 걸음을 내디뎠다. 후크의 의도는 웬디의 고개를 돌려 소년들이 차례대로 널빤지 위를 걷는 것을 보게 하려는 것이었다. 그러나 후크는 웬디에게 닿지 못했다. 그는 웬디에게서 울리길 바랐던 비통한 외침을 결코 듣지 못했다. 대신 다른 소리를 들었다.

악어에게서 나는 끔찍한 째깍째깍 소리였다.

모두—해적, 소년, 웬디까지—가 그 소리를 들었다. 그리고 즉각 모든 머리가 한 방향으로 쏠렸다. 물이 아니라, 소리가 이동하는 곳으로, 후크 쪽으로. 모두가 곧 일어날 일이 후크와 관련 있을 것이라는 걸 깨달았다. 소년들은 갑자기 배우에서 관중이 되었다.

후크에게 일어난 변화를 지켜보는 것은 매우 끔찍한 경험이었다. 그는 마치 모든 관절 부위가 잘려 나간 것처럼 아무렇게나 쌓여 있는 작은 무더기 안으로 힘없이 쓰러졌다.

소리는 점차 가까워져 오고 있었다. 그에 앞서 이런 섬뜩한 생각이 들었다.

'악어가 배에 오르려 하고 있다.'

후크의 쇠갈고리 역시 무력하게 매달려 있었다. 초침

소리를 내며 다가오는 상대가 원하는 것이 신체의 부품이 아니라 신체 그 자체라는 걸 아는 것처럼. 그 누구라도 그토록 끔찍하게 홀로 버려졌다면 쓰러진 곳에 눈을 꼭 감고 그대로 누워 있었을 것이다. 그러나 후크의 담대한 뇌는 여전히 작동하고 있었다. 그 뇌가 시키는 대로 후크는 갑판을 따라 소리로부터 최대한 갈 수 있을 만큼 멀리 무릎으로 기어갔다. 해적들은 얌전히 길을 터주었다. 현장*에 기댈 수 있을 만큼 겨우 올라왔을 때야 후크가 쉰 목소리로 말했다.

"숨겨줘."

해적들은 그를 둘러쌌다. 배에 오르려 하는 그것으로부터 모든 눈길을 돌린 채 말이다. 그들은 그것과 싸울 생각이 없었다. 그것은 운명이었다.

후크의 몸이 가려지고 나자, 소년들은 팔다리의 긴장이 풀렸다. 호기심에 휩싸인 아이들은 악어가 올라오는 것을 보기 위해 배의 측면으로 달려갔다. 그리고 이 '밤의 밤'에 일어난 일들 중 가장 이상한 놀라움을 마주했다. 자신들을 도와주러 온 것은 악어가 아니었다. 그건

---

* 舷墻. 갑판 위에 있는 사람이나 짐이 밖으로 떨어지거나 물이 갑판 위로 올라오는 것을 막기 위하여 뱃전에 설치한 울타리

피터 팬이었다.

피터 팬은 소년들에게 의심을 불러올 수 있는 그 어떤 탄성도 터트리지 말라는 신호를 보냈다. 그러고는 계속 째깍째깍 소리를 내며 다가왔다.

Chapter
15

이번엔 후크
아니면 나야

살다 보면 이상한 일들이 일어나는데 잠시 의식하지 못한 사이에 지나가기도 한다. 예를 들면, 오랫동안 한쪽 귀가 먹먹했는지도 모르고 지냈는데 알고 보니 30분이 지났다는 것을 갑자기 발견한다든지 하는 일들 말이다. 그날 밤 그러한 경험이 피터 팬에게도 일어났다.

피터 팬은 단검을 준비한 채 입술에 한 손가락을 대고 섬을 가로질러 살며시 움직이고 있었다. 악어가 지나가는 것을 봤을 때 그는 특별히 이상한 점을 알아차리지 못했다. 하지만 곧 악어가 째깍거리지 않는다는 것을 알아챘다. 처음에 피터 팬은 그것이 참 기이하다고 생각했지만, 곧 시계가 멈췄다는 당연한 결론을 내렸다.

가장 가까운 벗을 잃게 된 악어의 감정이 어떨지는 조금도 생각지 않고, 피터 팬은 즉시 어떻게 하면 그 재앙을 자신의 이익으로 바꿔놓을 수 있을지 곰곰이 생각했다. 그리고 그는 좋은 생각을 떠올렸다.

피터 팬은 째깍거리는 소리를 내기로 결정했다. 야생 동물들이 자신을 악어로 믿게 해서 공격받지 않고 계속 나아가기 위함이었다. 피터 팬의 째깍거리는 소리는 기가 막혔다.

하지만 한 가지 예측하지 못한 일이 발생했다. 악어도 그 소리를 들은 동물 중 하나라는 사실이다. 악어는 피터 팬을 따라왔다. 자신이 잃어버린 것을 다시 찾겠다는 목적이었는지, 아니면 단지 째깍거리는 것이 제 자신이라고 착각해 친구처럼 따라간 것인지는 확실히 알 수 없다. 다만 악어는 고정된 생각에 사로잡힌 노예처럼 어리석은 짐승일 뿐이었다.

피터 팬은 작은 사고도 없이 해안가에 도달했다. 그리고 곧장 해적선을 향해 나아갔다. 허공과 땅만 걷다 뜻밖에도 물을 마주친 것인데도, 그의 다리는 새로운 환경에 들어온 것을 인지하지 못하는 것 같았다. 많은 동물이 뭍에서 물로 지나갔지만, 인간은 아무도 없었다. 피터 팬은 헤엄을 치는 동안 한 가지 생각밖엔 없었다.

"이번엔 후크 아니면 나야."

피터 팬은 오랫동안 째깍거리는 소리를 내는 바람에

자신이 그러고 있다는 걸 인지하지도 못했다. 알았다면 째깍째깍 소리를 멈췄을 것이다. 왜냐하면 그 소리의 도움으로 범선에 오르는 게 기발하기는 했지만 구체적인 방법이 생각나지 않았기 때문이다.

피터 팬은 자신이 쥐처럼 소리 없이 배의 측면을 오르고 있다고 생각했다. 그래서 해적들이 겁을 먹고 몸을 웅크리고 있는 것을 보고는 대단히 놀랐다. 그들 한가운데 있는 후크는 마치 악어 소리를 듣고 있기라도 한 것처럼 극도로 비참해 보였다.

악어! 피터 팬은 악어를 기억해내자마자 째깍거리는 소리를 들었다. 처음에는 그 소리가 악어에게서 나고 있다고 생각해서 그는 재빠르게 뒤를 돌아보았다. 그러고 난 후 피터 팬은 자신이 그 소리를 내고 있음을 깨달았다. 순식간에 그는 상황을 이해했다. 곧장 피터 팬은 '난 정말 똑똑해.' 하고 뿌듯해했다. 그러고는 소년들에게 환호성을 지르거나 박수를 치지 말라고 신호를 보냈다.

바로 그때 갑판수*인 에드 테인테가 선원 선실에서 나와 갑판을 따라 걸어왔다. 피터 팬은 정확하고 깊게 그를

---

* 배에 근무하며 갑판에 딸린 일을 맡아보는 선원의 하나. 갑판원의 아래, 갑판 보조수의 위이다.

공격했다. 존은 죽어가는 신음 소리가 새어 나오지 않도록 그 불운한 해적의 입을 재빨리 손으로 막았다. 그는 앞으로 고꾸라졌다. 네 명의 소년들이 쿵 소리가 나지 않도록 그를 붙잡았다. 피터 팬이 신호를 보내자 썩은 고기는 배 밖으로 던져졌다. 첨벙 소리가 들렸고 다시 조용해졌다.

여기까지 아주 빠른 시간 안에 조용히 이루어졌다. 슬라이틀리가 입 모양으로 '하나!' 하고 숫자를 세었다.

딱 적절한 순간에 피터 팬은 살금살금 발끝으로 걷듯이 매우 조심스럽고도 신속한 움직임으로 선실 안으로 사라졌다. 째깍째깍 소리에 굳어 있던 해적이 용기를 내어 주위를 둘러보기 시작했기 때문이다. 그들은 이제 서로의 괴로운 숨소리를 들을 수 있었다. 그건 바로, 더 끔찍한 소리는 사라졌다는 의미였다.

"사라졌어요, 선장님. 모든 것이 다시 조용해졌어요."

스미가 안경을 닦으며 말했다. 후크는 머리를 러프에서 천천히 드러내고는, 째깍거리는 소리의 메아리를 붙잡기라도 하려는 듯 열중해서 들었다. 아무 소리도 들리지 않자, 후크는 몸을 똑바로 꼿꼿이 세웠다.

"그럼, 조니 플랭크*에게 건배!"

———

* Johnny Plank. 해적들이 포로를 처형할 때 사용하는 널빤지를 의인화한 표현.

후크가 뻔뻔하게 외쳤다. 그는 예전보다도 더 소년들을 미워하는 것 같았다. 자신의 형편없는 모습을 아이들이 보았기 때문이리라. 후크는 갑자기 불쾌한 노래를 부르기 시작했다.

어기야디야, 어기야디야, 기운찬 널빤지
그걸 따라 걷지
그게 내려가면 너도 내려가지
바다의 묘지*로!

포로들을 더욱 공포에 떨게 하려고—비록 품위는 확실히 떨어졌지만—후크는 상상의 널빤지를 따라 춤을 췄다. 노래를 부르는 동안 아이들을 향해 얼굴을 찡그리면서 말이다. 노래와 춤이 끝났을 때 그가 외쳤다.

"널빤지를 걷기 전에 고양이 채찍** 맛을 보고 싶나?"

아이들은 무릎을 꿇고 "아니요, 아니요." 하고 고개를 저었다. 아이들이 애처롭게 울자 해적들은 웃었다. 후크

---

* 바다에서 익사한 사람들이 간다는 바다의 해저, 데이비 존스(Davy Jones)를 의미함.
** Cat-o'-nine-tails. 아홉 개의 꼬리가 있는 채찍으로, 주로 선상에서 처벌을 위해 사용.

가 부하에게 명령했다.

"가서 고양이 채찍을 가져와, 주크스. 선실 안에 있어."

선실! 피터 팬이 선실 안에 있었다. 아이들은 서로를
마주 보았다.

"예, 예." 하고 주크스는 쾌활하게 대답하고는 선실 안
으로 성큼성큼 들어갔다. 아이들의 눈이 그를 좇았다. 아
이들은 후크가 새로운 노래를 시작한 것도 거의 눈치채
지 못했다. 후크의 부하들이 그와 함께 노래를 부르기 시
작했다.

어기야디야, 어기야디야, 할퀴어 대는 고양이
꼬리가 아홉 개지
그것이 너의 등에 새겨지면―

아이들은 노래의 마지막 줄은 듣지 못했다. 왜냐하면
선실 안에서 끔찍한 비명이 들려와 노래가 그대로 멈췄
기 때문이다. 울부짖음은 배 전체를 뒤덮다 서서히 잦아
들었다. 그리고 수탉의 울음소리가 들렸다. 그 소리의 의
미를 소년들은 곧바로 알았지만, 해적들에게는 비명보다
도 더 으스스하게 들렸을 테다.

"조금 전엔 뭐였지?" 하고 후크가 외쳤고, 슬라이틀리

는 "둘." 하고 조용하고 엄숙하게 말했다.

이탈리아인 체코가 잠깐 주저하더니 선실로 뛰어들었다. 그는 잠시 후 휘청거리며 초췌한 얼굴로 나왔다.

"빌 주크스에게 무슨 문제가 생긴 건지 말해, 이놈아."

후크가 체코 위로 몸을 우뚝 세워 쉭쉭거리듯이 말했다.

"문제는 그게, 그가 죽었다는 거예요. 찔려서요."

체코가 텅 빈 목소리로 대답했다.

"빌 주크스가 죽었다고?!"

깜짝 놀란 해적들이 외쳤다. 횡설수설하는 체코의 말이 이어졌다.

"선실 안은 구덩이처럼 까맸어요. 저기에 뭔가 끔찍한 게 있어요. 아까 들었던 수탉이 우는 소리 같은 거요."

소년들의 득의양양한 표정과 해적들의 침울한 표정, 그 극명한 차이를 후크는 번갈아 보고 있었다.

"체코. 돌아가서 나에게 저 수탉을 데려와."

후크가 강철 같은 목소리로 말하자 용감한 사람 중에서도 가장 용감한 체코가 선장 앞에 겁을 먹고 몸을 웅크리며 외쳤다.

"안 돼요, 안 돼요."

그러나 후크는 그의 쇠갈고리를 쓰다듬으며 가르랑거리는 듯한 만족스러운 소리를 냈다.

"가겠다고 말한 거지, 체코?"

체코는 절망적으로 팔을 휘저으며 갔다. 더 이상 노랫소리는 없었고 이제는 모두 귀를 기울였다. 그리고 다시 죽음의 비명, 수탉 울음소리 순으로 울렸다. 아무도 말하지 않았다. 슬라이틀리만 제외하고. "셋." 하고 그가 말했다.

후크는 손짓으로 부하들을 불러 모았다. "제기랄! 젠장!" 하고 그가 버럭 화를 냈다.

"나에게 저 수탉을 가져올 사람이 누구지?"

"체코가 나올 때까지 기다리세요." 하고 스타키가 으르렁거렸고, 다른 이들도 그 외침에 동조했다.

"내 생각엔 네가 자원한 것 같구나, 스타키."

후크가 다시 가르랑거리는 듯한 소리를 내자 스타키가 울부짖었다.

"아니에요, 빌어먹을!"

"내 갈고리는 네가 그렇게 말했다고 생각해."

후크가 스타키에게 다가가며 이어 말했다.

"그렇게 하는 편이 바람직하지 않겠어, 스타키? 갈고리 비위를 맞추려면 말이야."

"저기 들어가기 전에 차라리 목을 매겠어요."

스타키가 완강하게 거부했다. 그리고 다시 선원들의 지지를 받았다.

"반란인가? 스타키가 주동자군."

후크가 평소보다 더 상냥하게 물었다.

"선장님, 자비를……."

스타키는 훌쩍거리며 온몸을 벌벌 떨었다.

"악수하지, 스타키."

후크가 쇠갈고리를 내밀면서 말했다. 스타키는 도움을 청하려 주위를 둘러보았으나 모두가 그를 버렸다. 그가 물러서자 후크는 다가갔다. 후크의 눈에서 붉은 불꽃이 일었다. 해적은 절망적인 비명을 지르며 롱톰 위로 뛰어오르더니 바다에 몸을 던졌다.

"넷." 하고 슬라이틀리가 말했다.

"그리고 이제…… 반란을 말할 신사분이 또 있나?"

후크가 랜턴을 쥐고 위협적인 몸짓으로 그의 쇠갈고리를 들어 보였다. 그러곤 "내가 직접 가서 저 수탉을 데려오지." 하고 말한 뒤 선실 안으로 빠르게 뛰어 들어갔다.

슬라이틀리는 '다섯.'이라고 말하기를 간절히 바랐다. 그는 그리 말하려고 입술을 적시며 준비했으나 후크는 랜턴 없이 비틀거리며 나왔다.

"뭔가가 불을 꺼버렸어."

후크가 약간 불안정하게 말했다.

"뭔가가!" 하고 멀린스가 따라 말했다.

"체코는 어떻게 됐죠?" 하고 누들러가 따지듯 물었다.

"주크스처럼 죽어 있었어." 하고 후크가 짧게 대답했다. 선실 안으로 다시 돌아가기를 꺼려하는 후크의 모습은 해적 모두에게 부정적인 인상을 심어주었다. 반란의 소리가 다시 터져 나왔다. 모든 해적은 미신을 믿는다. 쿡슨이 외쳤다.

"배에 설명할 수 없는 사람이 한 명 있다는 건 배가 저주받았다는 확실한 징조라고들 하던데."

"나도 들은 적 있어." 하고 멀린스가 중얼거렸다.

"그 사람은 항상 마지막으로 해적선에 오르지. 그에게 꼬리가 있나요, 선장님?"

멀린스의 물음에 후크가 대답하기도 전, 다른 해적이 악의에 차서 후크에게 말했다.

"사람들이 말하길, 그는 가장 사악한 모습으로 나타나 배에 탄다고 했어."

"그에게 갈고리가 있나요, 선장님?"

쿡슨이 건방진 태도로 물었다. 그리고 잇따라서 그 외침에 동조했다.

"배가 운명을 다한 거야."

이 말에 아이들은 환호성을 참기가 어려웠다. 후크는 포로들의 존재를 거의 잊고 있었으나 아이들을 향해 몸을 돌렸을 땐 그의 얼굴빛이 다시 밝아졌다.

"사내놈들아, 좋은 생각이 떠올랐어. 선실 문을 열고 저 녀석들을 몰아넣는 거야. 녀석들이 목숨을 걸고 저 수탉과 싸우게 만드는 거지. 녀석들이 저걸 죽이면 우리는 더할 나위 없이 좋은 거고, 만약 저게 녀석들을 죽인다 해도 우린 나쁠 게 없어."

그의 부하들은 후크에게 감탄했다. 그래서 헌신적으로 후크의 제안에 따랐다. 소년들은 몸부림치는 척하면서 선실 안으로 떠밀려 들어갔다. 그리고 문이 닫혔다.

"자, 이제 들어봐."

후크가 외쳤다. 그리고 모두 귀를 기울였다. 그러나 아무도 감히 문을 바로 보지 못했다. 단 한 명, 웬디만은 똑바로 보았다. 웬디는 지금껏 내내 돛대에 묶여 있었다. 그녀가 바라는 건 비명도, 수탉의 울음소리도 아니었다. 피터 팬이 다시 나타나는 것이었다.

웬디는 오래 기다릴 필요가 없었다. 선실 안에서는 피터 팬이 찾아 헤매던 것을 찾아냈다. 수갑으로부터 아이들을 자유롭게 할 열쇠였다. 몇 분 후, 아이들은 선실에서 찾을 수 있는 모든 무기로 무장한 채 밖으로 살금살금 움직였다. 피터 팬은 먼저 아이들에게 숨으라는 신호를 보내고는 웬디의 결박을 풀었다. 이후 가장 쉬운 선택은

그들 모두 날아올라 도망가는 것이리라. 하지만 단 하나
의 맹세가 길을 막아섰다.

"이번엔 후크 아니면 나야."

그래서 피터 팬은 웬디를 자유롭게 해주고는 다른 아
이들과 함께 몸을 숨기라고 속삭였다. 그러고는 돛대 옆
에 묶여 있던 웬디를 대신해 그 자리에 앉았다. 웬디처럼
보이기 위해서 그녀의 망토를 몸에 두른 채로 말이다. 그
런 후에 피터 팬은 숨을 크게 들이쉬고 수탉의 울음소리
를 내었다.

해적들에겐 그 소리가 모든 소년이 선실 안에서 죽임
을 당했다는 뜻으로 들렸다. 해적들은 공황 상태에 빠졌
다. 후크는 부하들의 용기를 북돋우려 했으나 그들은—
후크 자신이 길들여놓은 대로—개처럼 이빨을 보였다.
후크는 그들에게서 눈을 떼면 부하들이 자신에게로 바로
달려들 것이란 걸 알았다. 후크는 회유나 필요에 따라선
공격할 태세를 갖췄으나 일순간도 겁을 먹지 않았다.

"이놈들아, 생각이 났어. 배에 요나*가 타고 있어."

"그래. 갈고리를 가진 남자지." 하고 해적들이 으르렁
거렸다.

_____

* Jonah. 화·불행을 가져오는 사람

296

"아니, 이 녀석들아, 아냐. 그건 여자애야. 배에 여자가 타고 있으면 재수가 없지. 그녀를 없애버리면 배가 바로 설 것이다."

해적들 중 몇몇은 이 말이 플린트의 격언이었음을 기억해내고는 "시도해볼 가치가 있어." 하고 미심쩍게 말했다.

"여자앨 바다에 던져버려!"

후크가 소리쳤다. 그러자 해적들이 망토를 뒤집어쓴 형체로 돌진했다.

"널 구하러 올 사람은 아무도 없어, 아가씨."

멀린스가 희롱하며 쉭쉭 하는 소리를 냈다. 그러자 그 형체가 대답했다.

"하나 있지."

"그게 누구지?"

"원수를 갚는 자, 피터 팬이다!"

끔찍한 대답이 돌아왔다. 피터 팬은 망토를 벗어 던졌다. 해적들은 모두 선실 안에서 여태껏 실패했던 원인이 누구 때문이었는지 깨달았다. 그리고 후크는 두 번이나 무언가 말하길 시도했으나 두 번 다 실패했다. 그 끔찍한 순간에 후크의 맹렬한 심장이 부서졌으리라.

"저놈의 가슴을 둘로 쪼개버려라."

마침내 후크가 외쳤으나 목소리에는 확신이 없었다.

"소년들아, 저들에게로 내려가!"

피터 팬의 목소리가 울려 퍼졌다. 다음 순간, 배 전체에 무기들이 부딪히는 소리로 가득 찼다. 해적들이 서로서로 힘을 합쳤다면 그들이 이겼을 것이란 건 확실하다. 그러나 이 불쾌한 일의 시작은 모두, 해적들이 침착성을 잃었을 때 시작되었다. 그들은 여기저기로 도망치면서, 저마다 '마지막 생존자는 자신이 될 것'이라고 생각하며 미친 듯이 공격했다. 일대일이었다면 해적들이 더 강했다. 하지만 그들은 오직 방어적으로만 싸웠다. 그 때문에 소년들은 둘씩 짝을 이뤄 자신들의 사냥감을 골라서 사냥할 수 있게 되었다.

악당들 중 몇몇은 바다로 뛰어들었다. 다른 이들은 어두운 구석에 숨었는데, 싸움엔 가담하지 않았지만 랜턴을 들고 바삐 뛰어다닌 슬라이틀리에게 발각되었다. 해적들의 얼굴에 불빛을 비추자, 그들은 반쯤 눈이 멀어, 지독한 냄새를 풍기는 다른 소년들의 검에 쉬운 사냥감으로 전락했다. 들려오는 소리라고는 무기들이 부딪히는 소리뿐이었다. 가끔은 비명이, 혹은 물에 첨벙 빠지는 소리가 들렸다. 슬라이틀리는 단조롭게 숫자를 셌다. 다섯, 여섯, 일곱, 여덟, 아홉, 열, 열하나…….

모든 해적이 사라지고 흉포한 소년들은 후크를 둘러 쌌다. 그는 불의 원 안에서 궁지에 몰린, 저주받은 생명 처럼 보였다. 아이들은 후크의 부하들을 전부 해치웠지 만, 이 남자는 홀로 아이들 모두를 상대할 수 있을 것처 럼 보였다. 아이들은 몇 번이고 후크에게 다가섰지만, 그 는 몇 번이고 칼로 베어내며 공간을 만들었다. 후크는 쇠 갈고리로 한 소년을 들어 올려 방패처럼 사용하고 있었 다. 그때 누군가—멀린스를 검으로 꿰뚫고 온 이—가 싸 움에 뛰어들었다.

　　"검을 내려놔, 얘들아. 이 남자는 내 것이야."

　　이리하여 후크는 피터 팬을 갑자기 마주하게 되었다. 다 른 아이들은 모두 물러나서 그들 주위로 원을 만들었다.

　　오랫동안 두 적수는 서로를 쳐다보았다. 후크는 가볍 게 몸을 떨었고, 피터 팬은 얼굴에 묘한 미소를 띠고 있 었다. 마침내 후크가 입을 열었다.

　　"그래, 피터 팬. 이 모든 게 다 네 짓이란 말이지."

　　"그래, 제임스 후크. 다 내가 벌인 일이지."

　　"오만방자한 어린놈. 죽음을 맞이할 각오나 하려무나."

　　"어둡고 사악한 놈. 덤벼라!"

　　그들은 더 이상의 말없이 싸움에 돌입했다. 한동안 아 무도 각자의 검에 우위를 점하지 못했다. 피터 팬은 뛰어난 검객이어서 눈부신 속도로 검을 막아냈다. 이따금 피터 팬은 속임수 동작에 이어 적의 방어를 뚫고 들어가는 찌르기를 시도했으나 짧은 팔과 다리 길이가 불리하게 작용했다. 그래서 피터 팬은 검을 제대로 찌를 수 없었다.

후크는 탁월함에 있어서는 결코 뒤지지 않았으나, 손목 기술에 있어서는 민첩성이 꽤 떨어졌다. 그래서 후크는 공격을 시작할 때 무게를 실어 피터 팬을 뒤로 물러서게 했다. 그러고는 오래전 리오*에서 바비큐에게 배운 좋아하는 찌르기 동작으로 모든 것을 갑자기 끝내길 희망했다. 그러나 찌르기가 계속 빗나가서 후크는 깜짝 놀랐다. 후크는 다가갈 방법을 찾아 쇠갈고리로 죽음을 선사하고 싶었으나 계속해서 허공만 가를 뿐이었다.

하지만 피터 팬은 그 아래에서 몸을 웅크렸고 맹렬히 찔렀다. 후크의 갈비뼈가 꿰뚫렸다. 후크가 자신의 피를 본 순간, 그의 손에서 검이 떨어졌다. 자신이 흘리는 피색은 후크에게 역겨움을 주었다. 후크는 피터 팬의 자비 아래 놓였다.

"지금이야!"

모든 소년이 소리를 질렀다. 그러나 피터 팬은 참으로

———

* Rio de Janeiro. 리오는 리우데자네이루의 약칭이다. 브라질의 옛 수도.

아름다운 몸짓으로 그의 적에게 검을 들 것을 요청했다. 후크는 너무나 즉각적으로 그리했다. 그는 좋은 품격을 보여준 피터 팬에게 비참한 기분을 느꼈다.

지금까지 후크는 자신이 싸워왔던 게 어떤 악마라고 생각하고 있었다. 그러나 지금까지의 제 생각에 짙은 의심이 일었고 이 상황은 그를 몹시 괴롭게 했다.

"피터 팬, 너는 누구이고 어떤 존재지?"

후크가 쉰 목소리로 외쳤다.

"나는 젊음이고, 기쁨이지."

피터 팬이 모험적으로 대답하고는 이어 말했다.

"나는 알을 깨고 나온 작은 새야."

이는 당연히 터무니없는 말이었다. 그러나 이것이야말로 불행한 후크에게는 증거였다. 피터 팬은 자신이 누구인지, 어떤 존재인지 전혀 모르고 있었다. 그건 좋은 품격의 정점이었다.

"다시 시작하지."

후크가 절망적으로 외쳤다. 후크는 지금 인간 도리깨* 처럼 싸우고 있었다. 끔찍한 검의 모든 부드러운 곡선은

---

* 곡식의 낟알을 떠는 데 쓰는 농구. 혹은 쇠로 도리깨처럼 만든 병장기 (兵仗器).

그것을 막아서는 어떤 남자나 소년이라도 두 동강을 낼 것처럼 보였다. 그러나 피터 팬은 후크가 만들어내는 바람이 몸을 불어내기라도 하는 듯 빠르고 가볍게 위험 지역에서 벗어나 후크 주위를 파닥이며 날아다녔다. 그러고는 계속해서 쏜살같이 다가가 찔렀다.

후크는 이제 희망 없이 싸우고 있었다. 저 격정적인 가슴은 더 이상 목숨을 구걸하지는 않았으나 간절히 바라는 단 한 가지가 있었다. 그것은 자신이 영원히 차게 식어버리기 전에 피터 팬의 나쁜 품격을 보는 것이었다.

후크는 싸움을 포기하고 화약고로 달려가 그것에 불을 붙였다.

"2분 안에, 배는 산산조각이 날 것이다."

후크가 울부짖었다. 이제, 이제 진정한 품격이 드러날 거로 생각했다.

그러나 피터 팬은 손에 포탄을 들고 화약고에서 나와 그것을 배 밖으로 침착하게 던졌다.

후크 자신이 보여준 품격은 무엇이란 말인가? 그는 비록 판단을 잘못 내린 사람에 불과했지만, 우리는 기뻐해야 할지도 모르겠다. 후크에게 가지는 연민의 감정 없이도, 따지고 보면 그는 종족의 전통에 충실했다.

다른 소년들은 이제 후크 주위를 날아다니며, 무시하

고, 경멸했다. 후크는 갑판에서 휘청거리며 무력하게 아이들을 공격하려 했으나, 이미 마음은 그들과 함께 있지 않았다. 그의 마음은 오래전 운동장에서 구부정한 자세로 앉아 있던 때로, 좋은 성적으로 상을 받고 표창을 받던 때로, 유명한 벽에서 벽 게임*을 보던 때로 가 있었다. 그의 신발은 옳았으며, 그의 조끼도 옳았으며, 그의 타이도 옳았으며, 그의 양말도 옳았다.

제임스 후크, 당신은 전적으로 비(非)영웅적인 인물은 아니었다. 안녕히.

이제 그의 마지막 순간에 이르렀다. 피터 팬이 단검을 쥐고 공기를 가르며 자신에게로 전진하는 것을 천천히 바라보며, 그는 바다로 몸을 던지기 위해 현장(舷牆)으로 뛰어올랐다. 그는 악어가 자신을 기다리고 있다는 사실도 몰랐다.

그는 현장에 서서, 어깨 너머로 피터 팬이 공기를 가르며 미끄러져 다가오는 모습을 보고 있었다. 그는 피터 팬에게 발을 사용해줄 것을 청했다. 그래서 피터 팬은 그를 찌르는 대신 발로 찼다. 마침내 후크는 간절히 바라던 그

---

* Wall Game. 이튼 칼리지식 축구. 전통적으로 이튼 칼리지에서 행해진 축구의 초기 형태로 높은 벽을 배경으로 하는 독특한 경기이다.

소원을 이루었다.

"나쁜 품격이로군."

후크가 조롱하듯 외쳤다. 그러고는 만족해하며 악어에게로 갔다. 후크는 그렇게 사라졌다.

"열일곱!" 하고 슬라이틀리가 크게 말했다. 그러나 슬라이틀리의 수치는 정확하지 않았다. 열다섯이 그날 밤 범죄에 대한 처벌을 받았다.

둘은 해안가에 도달했다. 스타키는 원주민들에게 붙잡혀 원주민 갓난아기들의 보모가 되었는데 해적으로서는 비참한 위신의 실추가 아닐 수 없다. 스미는, 그 이후로 안경을 쓴 채 세상을 떠돌았는데, 자신이 제임스 후크가 두려워한 유일한 사람이라고 말하며 위태로운 생활을 이어갔다.

웬디는―물론 싸움에는 참여하지 않았지만―빛나는 눈으로 피터 팬을 지켜보고 있었다. 모든 것이 끝나고서야 웬디는 모습을 드러냈다. 웬디는 아이들을 동등하게 칭찬했고, 마이클이 해적 하나를 죽인 장소를 보여주었을 땐 유쾌하게 몸을 떨었다. 그런 후에 웬디는 아이들을 후크의 선실로 데리고 가서 못에 걸려 있는 후크의 시계를 가리켰다. 시계는 '1시 30분'을 가리키고 있었다.

시간이 늦었다는 것은 이 와중에도 아주 큰일이었다.

웬디는 재빨리 아이들을 해적들의 침대로 데려가 눕혔다. 물론 피터 팬을 제외하고 말이다. 피터 팬은 갑판 위를 뽐내며 이리저리 왔다 갔다 했다. 그러다 마침내는 롱톰 옆에서 잠이 들었다. 피터 팬은 그날 밤 하나의 꿈을 꾸었다. 그리고 오랫동안 잠결에 울었다. 웬디는 피터 팬을 꼭 안아주었다.

Chapter
16

집으로

다음 날 아침 두 번의 종*이 울렸을 때 해적들은 모두 일어나 바삐 움직이고 있었다. 매우 거칠고 큰 파도가 치고 있었기 때문이다. 갑판장 투틀스는 손에 밧줄의 끝부분을 들고 불을 붙이지 않은 담배를 씹으며 해적들 사이에 있었다. 그들은 모두 무릎까지 오는 길이의 해적 옷을 입고 있었고, 깔끔하게 면도를 한 모습으로, 바지를 추켜올리며, 진정한 바다 사나이의 걸음걸이로 급히 갑판에 모여들었다.

선장이 누구인지는 말할 필요도 없다. 닙스와 존은 일등항해사와 이등항해사였다. 배에는 여자도 타고 있었

---

* 선박에서 시간의 경과를 나타내는 전통적인 방식으로 30분에 한 번의 종이 울린다. 두 번의 종은 한 시간을 의미한다.

다. 나머지는 돛대 앞에서 일하는 평범한 선원들로 배 앞부분의 선원 선실에서 생활했다.

피터 팬은 벌써 타륜*에 몸을 단단히 묶어두고 있었다. 그는 파이프를 불어 선원들을 불러 모은 후 짧은 연설을 했다. 선원들이 용맹한 마음으로 의무를 다하길 바란다고, 그러나 그들이 리오와 골드 코스트**에서 온 쓰레기들이라는 것을 알고 있으니, 만약 자신에게 덤비면 찢어버리겠다는 내용이었다. 그의 단호한 엄포를 선원들은 바로 알아들었고 그들은 피터 팬을 열렬히 환호했다. 연설 후에는 몇 가지 날카로운 명령이 내려졌고, 그들은 뱃머리를 돌려 본토로 향했다.

선장 피터 팬은 해도***를 살펴본 후, 만약 이런 날씨가 지속된다면 6월 21일경에는 아조레스 제도****에 도착할 것이라고 계산을 내렸다. 그런 다음에는 날아가는 편이 시간을 절약할 터였다.

---

* 舵輪. 손잡이가 달린 바퀴 모양의 장치. 배의 키를 움직이는 데 쓴다.

** The Gold Coast. 황금 해안. 지금의 Ghana 공화국의 일부, 이전의 노예무역 중심지.

*** 海圖. 바다의 상태를 자세히 적어 넣은 항해용 지도. 바다의 깊이, 바다 밑의 성질, 암초의 위치, 조류의 방향, 항로 표지, 연안의 약도 따위가 자세하게 나와 있다.

**** the Azores. 포르투갈 앞바다에 있는 군도.

그들 중 일부는 배가 합법적으로 되길 원했고, 다른 이들은 그대로 해적이길 원했다. 그러나 선장은 그들을 개처럼 대우했기 때문에, 그들은 항의서에 자신들의 바람을 담아 표현하는 것조차 감히 할 수 없었다. 즉각적인 복종만이 유일하게 안전한 것이었다. 슬라이틀리는 수심을 측정하라는 말에 당혹감을 표시했다가 열두 대를 맞기도 했다.

배에 흐르는 전반적인 분위기는—피터 팬이 지금은 웬디의 의심을 사지 않기 위해서 정직하게 행동하고 있긴 하지만—새로운 의상이 준비되면 변할 수도 있지 않을까 하는 점이었다. 웬디는 원한 것은 아니었지만 어쨌든, 후크의 악랄한 의상 중 하나를 고쳐 피터 팬의 옷을 짓는 중이었다. 피터 팬은 웬디가 만들어준 옷을 입은 첫날밤에, 입에는 후크의 시가 파이프를 물고 한 손은 주먹을 꼭 쥔 채로, 그러나 검지는 세워서 구부린 다음 쇠갈고리처럼 위협적으로 하늘 높이 치켜올린 채 선실에 오래도록 앉아 있었다고 한다.

배를 지켜보는 대신 생각해보아야 할 것이 있다. 이제 세 명의 등장인물이 오래전 비정하게 달아났던 그 적막한 집으로 돌아가야 할 때다. 지금껏 내내 14번지를 도외시한 것은 부끄러운 일일지도 모르겠다. 그러나 달링

311

부인이 이에 대해 비난하지 않을 것이라고 확신한다. 만약 슬픈 연민을 보여주기 위해 달링 부인에게 초점을 맞추었더라면, 그녀는 아마도 울면서, "멍청하게 굴지 말아요. 내가 무슨 상관인가요? 다시 돌아가서 아이들을 지켜보세요."라고 했을 것이다. 엄마들이 이런 태도만 취하면 그들의 아이들은 이러한 점을 이용하려고 할 것이다. 엄마들은 그것 또한 잘 알고 있다.

세 명의 아이가 자신들의 방으로 돌아가는 것에 대해 조심스럽게 이야기하고 있다. 원래의 방으로 돌아가는 길이므로, 그들보다 앞서 침대는 제대로 통풍이 되고 있는지, 달링 씨와 달링 부인이 저녁에 외출하지는 않는지를 살펴보려 한다.

그런데 도대체 왜 그들의 침대가 제대로 통풍이 되어야 하나? 감사할 줄도 모르고 그렇게 서둘러 부모를 떠나버린 걸 봤으면서? 아이들이 돌아왔을 때 자신들의 부모가 시골에서 주말을 보내는 것을 발견한다면 그것이야말로 그들에게 마땅한 벌이 아니겠는가? 이는 세 아이가 처음 등장했을 때부터 필요로 했던 교훈일 것이다. 그러나 우리가 이런 방식으로 일을 꾸민다면, 달링 부인은 우리를 용서하지 않을 것이다.

단 한 가지 내가 엄청나게 하고 싶은 일이 있다면, 그것은 작가들의 방식으로 달링 부인에게 말해주는 일이다. 아이들이 돌아오고 있다고, 다음 주 목요일에는 이곳에 정말로 있을 거라고 말이다. 다만 그리하면 웬디와 존 그리고 마이클이 고대하고 있는 '놀라게 하기'를 완전히 망쳐버리게 된다.

세 아이는 배 위에서 가족들을 놀라게 할 계획을 짜고 있었다. 엄마의 환희, 아빠의 기쁨의 외침, 자신들을 맨처음 포옹하려고 공중으로 뛰어오르는 나나.

그러나 세 아이는 호된 꾸지람을 맞닥뜨릴 준비가 필요할 것이다. 미리 소식을 전함으로써 모든 것을 망쳐버리는 일은 얼마나 맛있는가! 그리하면 아이들이 거창하게 들어와도 달링 부인은 웬디에게 입맞춤도 해주지 않을지도 모른다. 달링 씨는 '제기랄, 이 녀석들이 다시 돌아왔어.' 하고 화를 내며 소리칠지도 모른다.

사실 달링 부부에게 소식을 미리 알릴 필요는 없었다. 모든 침대들은 통풍이 잘되어 있고, 그녀는 절대로 집을 떠나지 않을 것이며, 자 보라, 창문은 열려 있다.

아이들 침대방에서 볼 수 있는 유일한 변화는 9시에서 6시 사이에는 그곳에 더 이상 개집이 없다는 점이다. 아이들이 날아가버린 후, 달링 씨는 이 모든 일이 벌어진 건 자신이 나나를 묶어놓았기 때문이라고 뼈저리게 후회했다. 처음부터 끝까지 나나가 자신보다 더 훌륭했다.

그는 꽤 단순한 사람이었다. 사실 달링 씨는 대머리만 아니었다면 다시 소년으로 돌아갔을지도 모른다. 그러나 그는 숭고한 정의감과 옳다고 보이는 일을 하려는 사자의 용기 또한 있었다. 아이들이 날아가버린 후 그는 이 문제에 대해 신중하고도 걱정스러운 마음으로 생각한 끝에 네발로 기어 개집으로 들어갔다. 밖으로 나오라는 달링 부인의 다정한 초대에도 그는 슬프지만 단호하게 대답했다.

"아니, 내 사랑, 여기가 내 집이에요."

쓸쓸한 회한 속에서 그는 아이들이 돌아올 때까지 절대로 개집을 떠나지 않으리라 맹세했다. 이것은 애석한 일이었다. 그러나 달링 씨는 무엇이든 지나치게 하려는 경향이 있었다. 원래 그는 쉽게 포기하는 사람이었다. 한때의 오만한 조지 달링보다 더 초라한 사람은 없었다. 그는 저녁이면 개집에 앉아 아내와 함께 아이들과 아이들의 사랑스러운 모습에 관해 이야기했다.

그의 나나에 대한 존중은 매우 감동적이었다. 그는 나나를 개집에 들이지 않았다. 하지만 다른 모든 문제들에 있어선 절대적으로 나나를 따랐다.

매일 아침 개집은 달링 씨와 함께 택시에 실려 사무실

로 옮겨졌다. 그리고 6시가 되면 같은 방식으로, 집으로 돌아왔다. 그가 이웃들의 견해에 얼마나 민감했는지 기억한다면 이것은 이 남자의 강인한 어떤 면모를 보여주는 것이었다.

이제는 이 남자의 모든 움직임이 놀라운 시선을 끌었다. 그는 내면으로는 지독한 고통을 겪었지만 겉으로는 침착한 모습을 유지했다. 심지어 젊은이들이 그의 작은 집을 비난할 때도, 어떤 여성들이 그 안을 들여다볼 때도, 그는 항상 정중하게 자신의 모자를 들어 올려 보였다.

그건 돈키호테 같은 모습일지도 모른다. 그러나 이는 참으로 아름다웠다. 곧 내면에 담긴 뜻이 새어 나왔고, 대중의 큰마음이 움직였다. 군중은 활기찬 응원을 보내며 택시를 따라왔고, 매력적인 소녀들은 그의 사인을 받기 위해 택시에 올라탔다. 상위급 신문에는 인터뷰가 실렸으며 상류사회는 그를 저녁 식사에 초대하며 이렇게 덧붙였다.

"개집에서 함께해요."

그 파란만장한 다음 주 목요일에 달링 부인은 조지가 집에 돌아오길 기다리며 아이들 침대방에 있었다. 매우 슬픈 눈을 한 여인. 예전의 활기참은 모두 사라졌다. 왜냐하면 그녀는 아이들을 잃어버렸으니까.

의자에 앉아 잠들어 있는 그녀를 보라. 사람들의 이목을 끌었던 그녀의 입가는 거의 시들어버렸다. 그녀의 손은 가만히 있지 못하고 가슴께에서 움직였다. 마치 그곳에 아픔을 간직한 듯. 행복해할 그녀를 상상해보자. 잠든 그녀에게 버릇없는 녀석들이 돌아오고 있다고 속삭이는 것이다. 아이들은 실제로 지금 창문에서 2마일(약 3.2킬로미터) 떨어진 곳에 있으니—힘차게 날아서—오고 있는 중이라고 속삭이면 된다.

속삭임을 들은 걸까. 그녀는 갑자기 벌떡 일어나 아이들의 이름을 불렀다. 그러나 방 안에는 나나 말고는 아무도 없다.

"오, 나나. 우리의 사랑하는 아이들이 돌아오고 있는 꿈을 꿨어."

나나는 눈물이 고여 눈이 흐려졌지만, 할 수 있는 일이라고는 안주인의 무릎 위에 발을 다정하게 올려놓는 것밖에 없다. 그들은 매일 밤 그렇게 함께 앉아 있었다. 그때 개집이 돌아왔다. 달링 씨가 개집에서 머리를 내밀어 아내에게 키스할 때, 그의 얼굴은 예전보다 더 지쳐 보였다. 그러나 그의 표정은 더 예전보다 더 부드러웠다.

그는 리자에게 모자를 건넸다. 하녀는 경멸스럽다는 듯 모자를 받아 들었다. 왜냐하면 그녀는 상상력이 없어서 주인의 달라진 행동을 이해하지 못하고 있었다. 밖에서는 집까지 택시를 따라온 군중이 여전히 환호하고 있었고, 그는 자연히 마음이 흔들리지 않을 수가 없었다.

"저들의 소리를 들어봐요. 매우 흐뭇한 일이지."

"애들 무리네요." 하고 리자가 비웃었다.

"오늘은 몇몇 어른들도 있었어."

그가 약간 붉어진 얼굴로 리자에게 확인시켜주었다. 그러나 리자가 못 참겠다는 듯 고개를 발딱 쳐들었을 때도 그는 그녀를 꾸짖지 않았다. 사회적 성공은 그를 망치지 않았다. 그건 그를 더 다정하게 만들었다. 한동안 그는 개집에서 몸을 반쯤 내밀고 앉아, 달링 부인과 함께 이 성공에 관해 이야기했다. 그리고 그녀가 이것으로 인해 그의 정신이 흔들리지 않기를 바란다고 말할 땐, 아내를 안심시키며 손을 꼭 잡았다.

"하지만 내가 약한 남자였다면……. 맙소사, 내가 약한 남자였다면!"

"조지, 당신은 여전히 회한에 가득 차 있는 거죠, 그렇죠?" 하고 그녀가 조심스럽게 말했다.

"여전히 회한에 가득 차 있어요, 여보! 내 형벌을 봐요. 개집에 사는 이 형벌을."

"그렇지만 그건 벌이에요, 그렇죠, 조지? 당신이 즐기고 있지 않은 게 확실한 거죠?"

"내 사랑!"

당신은 그녀가 그에게 미안해했다는 걸 확신할 것이다. 졸음이 몰려오는 것을 느낀 그는 개집 안에서 둥글게 몸을 말았다.

"내가 잠들 때까지 연주를 해주겠어요? 아이들 놀이방에 있는 피아노로요?"

그의 부탁을 받고 그녀가 아이들 놀이방으로 건너가려 할 때 조지가 생각 없이 덧붙였다.

"창문을 좀 닫아요. 찬바람이 느껴져요."

"오, 조지. 나에게 그런 말은 절대 하지 말아요. 창문은 아이들을 위해 항상 열어둬야만 해요, 항상, 항상 말이에요."

이제는 그가 그녀에게 미안해할 차례였다. 그녀는 아이들 놀이방으로 건너가 연주했다. 그는 곧 잠이 들었다. 그리고 그가 잠이든 동안, 웬디와 존과 마이클이 방으로 들어왔다.

아, 아니. 원래는 그러려고 했다. 왜냐하면 그것이 세 아이가 배를 떠나기 전에 정한 계획이었기 때문이다. 그러나 그 후에 어떤 일이 벌어진 것이 틀림없었다. 날아들어온 건 아이들이 아니라 피터 팬과 팅커 벨이기 때문이다.

"서둘러, 팅크. 창문을 닫아. 빗장을 질러. 그래. 이제 너랑 나는 문을 통해 나가야만 해. 그러면 웬디가 여기 왔을 때 엄마가 자신을 막아버렸다고 생각할 거야. 그러면 웬디는 나랑 같이 돌아가겠지."

피터 팬이 속삭였다. 이제 지금까지의 수수께끼가 비로소 풀렸다. 피터 팬이 해적들을 전부 소탕하고도 왜 섬으로 돌아가지 않았는지, 왜 팅커 벨로 하여금 아이들을 본토로 데려가게 했는지를 말이다.

피터 팬은 나쁜 행동을 하고 있다는 생각 대신, 기쁨에 겨워 춤을 추었다. 그런 다음 그는 누가 피아노를 연주하고 있는지 보려고 아이들 놀이방을 몰래 들여다봤다. 피터 팬은 팅커 벨에게 속삭였다.

"웬디의 엄마야. 그녀는 예쁜 숙녀야. 하지만 내 엄마만큼 예쁘진 않아. 그녀의 입은 골무로 가득 차 있어. 하지만 내 엄마만큼 가득 차 있진 않아."

물론 피터 팬은 자신의 엄마에 대해서 전혀 아는 바가 없었다. 그러나 그는 가끔 엄마에 대해 심하게 떠벌리곤 했다.

그는 〈Home, Sweet Home*〉이라는 곡을 몰랐으나 그게 말하고자 하는 바는 알았다. '돌아와, 웬디, 웬디, 웬디'일 테다. 그는 승리감에 도취되어 외쳤다.

"당신은 절대로 다시 웬디를 볼 수 없어, 부인."

피터 팬은 왜 음악이 멈췄는지 보기 위해 다시 안을 들여다봤다. 달링 부인은 피아노 위에 머리를 올려놓고 있었다. 눈물 두 방울이 그녀의 눈에 맺혀 있었다.

'그녀는 내가 창문의 빗장을 풀길 원하고 있어. 하지만 난 하지 않을 거야, 안 해.'

피터 팬은 다시 안을 들여다봤다. 눈물방울이 아직 거기에 있었다. 아니면 다른 두 줄기의 눈물방울이 그 자리를 대신한 건지도 모른다.

'그녀는 웬디를 끔찍하게 좋아하는구나.'

그는 이제 달링 부인에게 화가 났다. 왜냐하면 그녀가 웬디를 가질 수 없는 이유를 깨달았기 때문이었다. 이유는 정말 간단했다.

'나도 웬디를 좋아해. 우리 둘 다 웬디를 가질 수는 없어, 부인.'

---

* '즐거운 우리 집'이라는 의미. 특히 사실은 전혀 즐겁지 못함을 뜻할 때 쓴다.

달링 부인은 최선을 다하지 않았다. 그래서 피터 팬은 화가 났다. 그는 달링 부인을 보는 것을 중단했다. 그럼에도 불구하고 그녀는 그를 놓아주지 않았다. 피터 팬은 이리저리 뛰어다니며 웃긴 표정도 지어 보였다. 그러나 그러길 멈췄을 때, 피터 팬은 마치 부인이 자신 안에 들어와 문을 두드리는 것 같은 기분을 느꼈다.

"오, 알겠다고."

피터 팬은 마침내 이리 말하고는 침을 꿀꺽 삼켰다. 그런 후에 그는 창문의 빗장을 풀었다.

"가자, 팅크. 우린 바보 같은 엄마들은 원하지 않아."

피터 팬이 자연의 법칙을 끔찍이 경멸하듯 외쳤다. 그리고 피터 팬은 날아가 버렸다.

이리하여 웬디와 존과 마이클은 결국 자신들을 위해 창문이 열려 있는 것을 발견했다. 아이들은 바닥으로 내려앉았다. 꽤 뻔뻔하게도 말이다. 가장 어린아이는 이미 자신의 집을 잊어버렸다.

"존. 나 여기에 와본 적이 있는 것 같아."

마이클이 주변을 둘러보며 의심스럽게 말했다.

"당연하지, 이 바보야. 저기 네 옛날 침대가 있잖아."

"그러네." 하고 마이클이 말했다. 그러나 강한 확신은 없었다.

존은 "있잖아, 개집!" 하고 외치며 개집 안을 들여다보려고 달려갔다.

"아마도 그 안에 나나가 있을 거야."

웬디가 말했다. 그러나 존은 휘파람을 불었다.

"이거 봐. 안에 남자가 있어."

"아빠야!" 하고 웬디가 소리쳤다.

"아빠를 보게 해줘."

마이클이 간절하게 애원하고는 자세히 살펴보았다.

"내가 죽였던 해적만큼 크지는 않은걸." 하고 마이클이 노골적으로 실망한 듯한 목소리로 말했다. 달링 씨가 잠들어 있어서 다행이었다. 그가 돌아온 마이클에게서 듣게 되는 첫 마디가 그것이라면 너무 슬플 것이다.

웬디와 존은 자신들의 아버지가 개집 안에 있는 것을 발견하고선 다소 깜짝 놀랐다. 존이 기억 속의 믿음을 잃은 사람처럼 중얼거렸다.

"원래 개집에서는 안 주무시지 않았나?"

"존, 아마도 우리가 예전 삶을 잘 기억하지 못하나 봐."

웬디가 속삭였다. 그들은 오싹한 기분이 들었다. 자업자득인지도 모른다.

"엄마가 우릴 너무 신경 쓰지 않는 것 같아. 우리가 돌아왔을 때 여기 안 계시다니."

어린 악당 존이 말했다. 그때 달링 부인이 다시 연주를 시작했다.

"엄마야!" 하고 웬디가 안을 몰래 들여다보며 외쳤다. "그러네!" 하고 존이 말했다. "그럼 누나는 정말로 우리 엄마가 아닌 거야, 웬디?" 하고 마이클이 졸음기가 묻어나는 목소리로 물었다.

"이런! 정말 우리가 돌아올 때가 됐네."

웬디는 처음으로 진정한 후회의 마음이 언뜻 고개를 들었다.

"몰래 들어가자. 그리고 손으로 엄마 눈을 가리는 거야."

존이 제안했다. 그러나 웬디는 기쁜 소식은 좀 더 부드럽게 전해야만 한다고 생각했다. 그녀에게는 더 좋은 계획이 있었다.

"우리 모두 침대로 들어가서 엄마가 올 때까지 거기 있자. 우리가 한 번도 떠난 적이 없었던 것처럼 말이야."

그리하여 남편이 잠들었는지 보기 위해 달링 부인이 아이들 침대방으로 돌아왔을 땐, 모든 침대가 차 있었다. 아이들은 엄마의 기쁜 환호성을 기다렸으나 그런 일은 일어나지 않았다. 그녀는 아이들을 보았지만, 아이들이 정말 거기 있는 게 믿기지 않았다. 그녀는 꿈에서 종종 침대에 아이들이 있는 걸 보곤 했으므로 이번에도 눈앞에 여전히 꿈이 펼쳐져 있는 것으로 생각할 뿐이었다.

그녀는 조용한 걸음으로 예전에 아이들을 돌보았던 불가의 의자에 앉았다. 아이들은 이 상황을 이해할 수 없었다. 차가운 두려움이 아이들 셋 모두를 덮쳤다.

"엄마!" 하고 웬디가 외쳤다.

"저건 웬디야." 하고 달링 부인이 말했다. 그러나 여전히 그녀는 그것이 꿈이라고 확신하고 있었다.

"엄마!"

"저건 존이야." 하고 그녀가 말했다.

"엄마!" 하고 마이클이 외쳤다. 마이클은 이제 엄마를 알아보았다.

"저건 마이클이야." 하고 그녀가 말했다. 그러고는 다시는 품에 안아보지 못할 이기적인 세 명의 아이를 향해 두 팔을 뻗었다. 이내 그녀의 두 팔은 침대에서 빠져나와 달려온 웬디와 존과 마이클을 감쌌다.

"조지, 조지."

달링 부인이 외쳤다. 겨우 말을 할 수 있게 되었을 때였다. 그러자 달링 씨가 깨어났고, 아내와 더없는 행복을 함께 나누었다. 그리고 나나도 안으로 달려 들어왔다.

이보다 사랑스러운 광경은 없을 것이다. 하지만 세상

사람은 이 광경을 아무도 보지 못했다. 창밖에 떠 있는 소년 외에는. 그는 다른 아이들은 절대 알지 못하는 무수히 많은 황홀경을 경험했다. 그러나 지금 피터 팬은 그에게 영원히 허락되지 않은 단 하나의 기쁨을 창문 너머에서 바라보고 있었다.

Chapter
17

웬디가
자랐을 때

다른 소년들은 어떻게 되었는지 궁금할 것이다. 소년들은 웬디가 자신들에 관해 설명할 시간을 주기 위해서 아래에서 기다리고 있었다. 아이들은 500까지 숫자를 센 다음 계단을 통해 위로 올라갔다. 이편이 더 좋은 인상을 심어주리라 생각했기 때문이었다. 소년들은 모자를 벗고, '차라리 해적 옷을 입고 있지 않았더라면 좋았을걸.' 하고 생각하면서 달링 부인의 앞에 한 줄로 섰다. 그들은 아무 말도 하지 않았지만, 눈은 달링 부인이 자신들을 받아줄 것인지 물어보고 있었다. 그들은 달링 씨에게도 눈길을 줘야 했지만, 그에 대해선 잊어버렸다.

달링 부인은 소년들을 받아주겠다고 즉시 말했지만, 달링 씨는 기이하게도 기분이 가라앉았다. 소년들은 '여섯은 다소 많은 숫자라고 생각하는 걸까?' 하고 짐작했다.

"말해두지만, 어중간하게 일 처리를 하지는 않는구나."
하고 달링 씨가 웬디에게 말했다. 쌍둥이는 마지못해 한
그 말이 자신들을 향한 것이라고 생각했다. 자부심이 강
한 첫째 쌍둥이가 얼굴을 붉히며 물었다.

"저희가 좀 많이 다루기 힘들 거라고 생각하시나요, 선
생님? 만약 그렇다면 저희는 나갈 수 있어요."

"아빠!" 하고 웬디가 충격을 받아 외쳤다. 그러나 달링
씨의 얼굴엔 여전히 구름이 드리워져 있었다. 그도 자신
이 적절치 않게 행동하고 있다는 건 알았지만, 어쩔 도리
가 없었다.

"우린 웅크려서 누워 있을 수 있어요." 하고 닙스가 말
했다.

"전 항상 아이들 머리카락을 직접 잘라줘요." 하고 웬
디가 말했다.

"조지!" 하고 달링 부인이 외쳤다. 그녀는 자신이 사랑
하는 사람이 그런 식의 부정적인 눈빛으로 스스로를 드
러내는 모습을 보는 게 괴로웠다.

그러자 달링 씨는 눈물을 터트렸고, 진심이 터져 나왔
다. 그는 자신도 그녀만큼이나 아이들을 기꺼이 받아들
이고 싶지만, 아이들이 그녀를 대했던 방식과 마찬가지
로 자신의 허락도 구하길 바랐다고 말했다. 자신의 집에

서 자신을 하찮은 사람처럼 취급하는 대신에 말이다.

"저는 아저씨가 하찮은 사람이라고 생각하지 않아요!" 하고 투틀스가 즉시 외치곤 컬리에게 물었다.

"너는 아저씨가 하찮은 사람이라고 생각해, 컬리?"

"아니, 그렇게 생각 안 해. 너는 아저씨가 하찮은 사람이라고 생각해, 슬라이틀리?"

"그렇지 않아. 쌍둥이들아, 너희들은 어떻게 생각해?"

결국 그 누구도 그를 하찮은 사람이라고 생각하지 않는 것으로 밝혀지자 달링 씨는 터무니없게도 금세 흐뭇해졌다. 그래서 그는 아이들에게 만약 잘 들어맞기만 한다면 응접실에 아이들을 위한 공간을 찾아보겠다고 말했다.

"우린 잘 끼워 맞출 수 있어요, 선생님!" 하고 아이들이 장담했다.

"그렇다면 대장을 따르라!" 하고 달링 씨가 명랑하게 외치고는 덧붙였다.

"그, 뭐랄까, 우리에게 응접실이 있는지는 확실하지 않지만, 있다고 치고, 아무래도 좋아. 후프라!*"

그는 온 집 안을 춤을 추며 돌아다녔다. 그리고 아이들

---

* Hoop la! 기쁨이나 흥분을 표현할 때 사용된다. 특히 놀이나 축제 분위기에서 즐거움을 나타내는 데 사용된다.

모두 "후프라!" 하고 외치면서 응접실을 찾아가는 그를 따라 춤을 췄다. 그들이 응접실을 찾아냈는지는 모르겠으나, 좌우간 그들은 각자에게 맞는 자리를 발견했고, 모두 그곳에 꼭 들어맞았다.

피터 팬에 관해서 말하자면, 그는 날아가기 전에 다시 한번 웬디를 보았다. 피터 팬은 정확히 창문으로 온 것은 아니었다. 다만 지나가는 길에 창문에 스치듯 닿았고, 웬디는 원한다면 창문을 열어 피터 팬을 부를 수 있었다. 그리고 웬디는 그렇게 했다.

"피터 팬."

"안녕, 웬디, 잘 있어."

"아, 정말 떠나려는 거야?"

"그래."

"이런 생각은 안 들어, 피터 팬?"

웬디가 더듬거리며 말했다.

"아주 달콤한 주제에 대해서 우리 부모님께 무엇이든 말해보고 싶다는 생각 말이야."

"안 들어."

"나에 대해선, 피터 팬?"

"안 들어."

달링 부인이 창문으로 다가왔다. 그녀는 웬디를 주의 깊게 지켜보는 중이었다. 달링 부인은 피터 팬에게 모든 소년을 입양했으며, 피터 팬 또한 입양하고 싶다고 말했다.

"절 학교에 보낼 건가요?" 피터 팬이 은근한 투로 물었다.

"그래."

"그런 다음엔 사무실로요?"

"그럴 거야."

"곧 어른이 되겠네요?"

"아주 곧."

"난 학교에 가서 엄숙한 것들을 배우고 싶지 않아요. 난 어른이 되고 싶지 않아요. 오, 내가 깨어났을 때 수염이 났다는 걸 느낀다면!"

그가 열정적으로 말했다.

"피터 팬."

그에게 위안을 주는 사람, 웬디가 차분히 말했다.

"난 수염 난 너도 사랑할 거야."

달링 부인이 피터 팬을 향해 팔을 뻗었다. 그러나 피터 팬은 그녀를 밀어냈다.

"물러서요, 부인. 아무도 날 잡아서 어른으로 만들 수는 없어."

"하지만 어디서 지낼 거니?"

"팅크랑 웬디를 위해 지은 집에서요. 요정들이 밤에 잠을 자는 나무 꼭대기 위에 집을 올려놓을 거예요."

"정말 사랑스럽다!"

웬디가 갈망하듯 외치자, 달링 부인이 딸을 단단히 움켜잡았다.

"난 요정들이 다 죽었다고 생각했어." 하고 달링 부인이 말했다. 이제는 요정에 대해서는 꽤 해박해진 웬디가 설명했다.

"어린 요정들이 언제나 많이 있어요. 있잖아요, 새로운 아기가 처음으로 웃으면 새로운 요정이 태어나요. 언제나 새로운 아기들이 있으니까 언제나 새로운 요정들이 있는 거예요. 걔네는 나무 꼭대기 둥지에서 살고요, 연보라색은 남자애들이고, 하얀색은 여자애들이에요. 파란색은 자기가 뭔지 모르는 약간 바보 같은 애들이에요."

"난 정말 재미있게 지낼 거야." 하고 웬디에게 마음을 빼앗긴 피터 팬이 말했다.

"저녁에는 좀 외로울 텐데. 불가에 앉아 있을 때 말이야." 하고 웬디가 걱정스레 말했다.

"나에겐 팅크가 있을 거야."

"팅크는 주변 길의 20분의 1도 갈 수 없잖아."

웬디가 다소 톡 쏘아붙이는 듯한 말투로 상기시켰다.

"엉큼한 고자질쟁이!"

팅커 벨이 구석 어딘가에서 외쳤다.

"상관없어." 하고 피터 팬이 말했다.

"오, 피터 팬, 상관이 있다는 거 너도 알잖아."

"음, 그럼, 나랑 같이 작은 집으로 가자."

"그래도 돼요, 엄마?"

"물론 안 되지. 인제야 네가 집으로 돌아왔는데, 난 널 지킬 거란다."

"하지만 피터 팬은 엄마가 정말로 필요해요."

"너도 그렇단다, 아가."

"아, 알겠어요."

피터 팬이 단지 예의상 물어봤다는 식으로 말했다. 그러나 달링 부인은 피터 팬의 입이 씰룩거리는 걸 보았다. 그래서 이런 멋진 제안을 했다. 매년 일주일 동안은 봄 청소를 도우러 웬디를 피터 팬에게 보내주기로 말이다. 웬디는 더 영구적인 합의를 선호했을지도 모른다. 봄이 다가오려면 한참 먼 것 같았기 때문이다.

그러나 달링 부인의 약속은 피터 팬을 다시금 기쁘게 했다. 피터 팬은 시간 개념이 없었고 정말이지 모험으로 가득 차 있었다. 웬디는 그 사실을 알고 있었다. 그렇기 때문에 웬디가 피터 팬에게 한 마지막 말은 약간 구슬프게 들렸다.

"날 잊지 않을 거지, 피터 팬? 그렇지? 봄 청소 시기가 오기 전에 말이야."

피터 팬은 물론 약속했다. 그리고 그는 날아갔다. 피터 팬은 달링 부인의 키스를 가지고 갔다. 다른 사람에게는 한 번도 주지 않았던 그 키스를 피터 팬은 너무도 쉽게 가져갔다. 웃긴 일이다. 그러나 그녀는 만족한 것 같았다.

모든 소년은 학교에 갔고 대부분은 3반에 들어갔다. 슬라이틀리는 처음에는 4반에 배정되었다가 나중에는 5반으로 갔다. 1반이 가장 높은 반이었다. 아이들이 학교에 다닌 지 일주일이 채 되기도 전에 그들은 섬에 남지 않은 것이 얼마나 어리석은 일이었는지 깨닫게 되었지만, 이미 너무 늦어버렸다.

아이들은 곧 당신이나 나나 평범한 젠킨스처럼 평범해지는 일에 익숙해졌다. 그리고—이런 말을 하게 돼서 슬프지만—날 수 있는 힘은 서서히 사라졌다. 처음에 나나는 아이들이 밤에 날아갈 수 없도록 침대 기둥에 아이들의 발을 묶어놓았다. 아이들이 낮에 하는 놀이 중 하나는 버스에서 떨어지는 척하는 것이었지만, 아이들은 곧 침대에 묶인 끈을 잡아당기는 일을 중단했다. 그리고 버스에서 손을 놓으면 다친다는 것을 알게 되었다. 이윽고 아이들은 날아서 모자를 잡는 일조차 하지 못하게 되었

336

다. 아이들은 그걸 보고 연습 부족이라고 여겼지만, 실제로는 아이들이 더 이상 믿지 않는다는 것을 의미했다.

마이클은 다른 아이들에게 비웃음을 당했어도 그들보다 더 오래 믿었다. 그래서 마이클은 집에 돌아오고 맞은 첫해 말에, 피터 팬이 웬디를 데리러 왔을 때 그녀와 함께 있었다. 웬디는 네버랜드에서 입었던, 잎과 산딸기 열매로 지은 드레스를 입고 피터 팬과 함께 날아갔다. 웬디의 한 가지 두려움은 드레스가 얼마나 짧아졌는지 피터 팬이 알아챌지도 모른다는 것이었으나, 피터 팬은 전혀 눈치채지 못했다. 그는 자기 자신에 대해 말하느라 바빴다.

웬디는 예전의 일들에 대해 피터 팬과 신나게 대화하기를 고대했으나, 그의 마음은 새로운 모험들로 가득 차 있어서 옛날 일들은 이미 멀어져버렸다.

"후크 선장이 누구지?"

웬디가 최대의 적에 대해 말할 때 피터 팬이 흥미를 갖고 물었다.

"기억 안 나? 네가 어떻게 그를 죽였고 우리 목숨을 어떻게 구했는지?"

"난 죽인 다음에는 잊어버려."

웬디가 놀라서 묻자 피터 팬이 태평스레 대답했다. 또 웬디가 자신을 보면 팅커 벨이 기뻐할지 의심스러운 기대를 표현했을 땐, "팅커 벨이 누구지?"라고 말하기도 했다.

"오, 피터 팬."

웬디가 충격을 받아 신음했다. 그러나 웬디가 설명을 해도 피터 팬은 기억해내지 못했다.

"요정은 너무 많아. 아마도 그녀는 더 이상 없을 거야."

아마도 피터 팬이 맞을지도 모른다. 요정의 수명은 짧다. 하지만 요정은 너무 작아서 그 짧은 시간이 긴 시간으로 느껴질 것이다.

웬디는 피터 팬에게는 작년이 어제처럼 느껴진다는 걸 알게 돼서 마음이 너무 아팠다. 웬디가 기다리기엔 몇 년이 지나버린 것 같았는데 말이다. 그러나 피터 팬은 여전히 너무나 매력적이었다. 그들은 나무 꼭대기의 작은 집에서 멋진 봄 청소를 했다.

다음 해, 피터 팬은 웬디를 데리러 오지 않았다. 웬디는 이제는 맞지 않는 옛 드레스 대신 새로운 드레스를 입고 기다렸다. 그러나 그는 오지 않았다.

"어쩌면 피터 팬은 아픈 걸 거야."

마이클이 웬디를 위로했다.

"피터 팬은 절대 아프지 않다는 걸 알잖아."

웬디가 풀죽은 목소리로 말하자 마이클이 그녀에게 가까이 다가와 떨리는 목소리로 속삭였다.

"어쩌면 그런 사람은 없는지도 몰라, 웬디!"

웬디는 마이클이 울지 않았다면 울어버렸을 것이다.

다음 봄 청소 때는 피터 팬이 왔다. 이상했던 점은 피터 팬이 한 해를 놓쳤다는 걸 모른다는 점이었다. 그때가 소녀 웬디가 피터 팬을 본 마지막 해였다. 웬디는 피터 팬을 위해 성장통을 겪지 않으려 조금 더 오래 노력했다. 그리고 일반 상식에 관한 상을 받았을 땐 자신이 피터 팬에게 충실하지 않다고도 느꼈다.

그러나 해가 지나도 세월은 그 무심한 소년을 데려오지 않은 채 흘러갔다. 그리고 그들이 다시 만났을 때 웬디는 결혼한 여인이었다. 그리고 웬디에게 있어 피터 팬은 자신의 장난감들을 넣어둔 상자 안의 작은 먼지에 지나지 않았다. 웬디는 어른이 되었다. 그녀를 안쓰러워할 필요는 없다. 그녀는 성장하는 것을 좋아하는 부류의 사람이었다. 결국 그녀는 자신만의 자유로운 의지로 다른 소녀들보다 하루 더 빨리 성장했다.

소년들은 모두 자라서 이때쯤이면 더 이상 뭐라 할 말이 없다. 이들에 대해 무슨 말을 더 한다는 것은 거의 가치가 없는 일이다. 당신은 길을 걷다가 쌍둥이와 닙스와 컬리가 작은 가방과 우산을 가지고 사무실로 가고 있는 모습을 볼지도 모른다. 마이클은 열차 기관사다. 슬라이틀리는 귀족 호칭을 가진 여성과 결혼해서 귀족이 되었다. 가발을 쓰고 철문을 나서는 판사가 보이는가? 그건 바로 투틀스다. 자신의 아이들에게 해줄 어떤 이야기도 알지 못하는 수염 난 남자는 한때 존이었다.

웬디는 분홍색 띠를 두른 흰 드레스를 입고 결혼했다. 세월이 다시 흘러, 웬디는 딸을 낳았다. 이것은 잉크가 아니라 금빛으로 쓰여야만 한다.

그녀는 제인이라는 이름으로 불렸는데, 언제나 호기심 어린 표정을 하고 있었다. 마치 본토에서 태어난 그 순간부터 질문하고 싶어 한 것처럼 말이다. 제인이 질문하기 충분할 만큼 자랐을 때, 그 질문들은 주로 피터 팬에 대한 것이었다.

제인은 피터 팬에 대해 듣는 것을 좋아했다. 그리고 웬디는 제인에게 모든 것을 이야기해주었다. 그 유명한 비행이 일어났던 바로 그 방에서 기억할 수 있는 모든 것들을 말이다. 그곳은 이제 제인의 방이었다. 왜냐하면 제인의 아빠가 이제는 더 이상 계단을 좋아하지 않게 된 웬디의 아빠로부터 3%의 이자로 사들였기 때문이다. 달링 부인은 이제 죽고 잊혀졌다.

이제 아이 방에는 두 개의 침대만이 있었다. 제인과 제인 보모의 침대였다. 그곳에는 개집도 없었다. 왜냐하면 나나 또한 세상을 떠났기 때문이다. 나나는 나이가 들어 죽었는데, 생의 마지막에는 함께 지내기가 다소 어려웠다. 자기 자신을 제외하곤 아이들을 돌보는 방법을 아는 사람이 아무도 없다고 너무도 강하게 확신했기 때문이다.

제인의 보모는 일주일에 한 번 저녁에 쉬었고, 그럴 때면 제인을 침대 안에 밀어 넣는 건 웬디의 일이었다. 그때가 피터 팬 이야기를 하는 시간이었다. 제인은 엄마와 자신의 머리 위로 침대 시트를 끌어 올려 텐트를 만들고선 그 지독한 어둠 속에서 속삭이는 놀이를 발명했다.

"지금 우리는 무엇을 보고 있을까요?"

"오늘 밤은 아무것도 보이지 않는걸?"

만약 나나가 여기 있었다면 더 이상의 대화는 반대했을 것 같다는 느낌을 받으며 웬디가 말했다.

"아니에요, 보이잖아요. 엄마가 작은 소녀일 때가 보이잖아요."

"그건 아주 오래전이란다, 아가. 아아, 세월은 정말로 빨리 날아가 버리지!"

"날아간다고요? 엄마가 작은 소녀였을 때 날았던 것처럼요?"

"내가 날았던 것처럼! 그거 아니, 제인? 엄마는 가끔 정말로 날았던 건지 궁금하단다."

"엄마는 날았어요."

"엄마가 날았던 그 옛날은 사랑스러운 나날이었단다!"

"왜 지금은 날 수 없어요, 엄마?"

"왜냐하면 엄마는 어른이라서 그렇단다, 아가. 사람들은 크면 나는 법을 잊는단다."

"왜 어른들은 나는 법을 잊는데요?"

"왜냐하면 더 이상 즐겁지도 순수하지도 비정하지도 않기 때문이지. 오직 즐겁고 순수하고 비정한 사람만이 날 수 있거든."

"즐겁고 순수하고 비정한 게 뭐예요? 나도 즐겁고 순수하고 비정했으면 좋겠어요."

어쩌면 웬디는 무언가를 정말로 보고 있다고 인정할지도 모른다.

"엄마는 정말로 믿어. 그건 바로 이 방이었어."

"저도 그렇다고 정말로 믿어요. 계속 이야기해주세요."

그들은 이제 피터 팬이 자기 그림자를 찾으러 날아왔던 그 밤의 대모험에 승선했다.

"그 바보 같은 녀석. 비누로 그림자를 붙이려고 했지. 그게 안 되니까 피터 팬은 울었어. 그래서 엄마가 잠에서 깼단다. 엄마가 그림자를 피터 팬에게 꿰매줬어."

"엄마, 조금 빼먹었어요."

이제는 엄마보다 이야기를 더 많이 알고 있는 제인이 딴지를 걸었다.

"피터 팬이 바닥에 앉아서 울고 있을 때 엄마가 뭐라고 했죠?"

"엄마는 침대에 앉아서 말했지. '얘, 너 왜 울고 있니?'"

"맞아요, 그거예요!"

"그리고 그다음엔 우리 모두를 데리고 네버랜드로 날아갔지. 요정과 해적과 원주민과 인어의 석호와 땅속의 집 그리고 그 작은 집으로."

"맞아요! 엄마는 어느 게 제일 좋았어요?"

"엄마는 땅속 집이 제일 좋았어."

"맞아요, 저도 그래요. 피터 팬이 엄마에게 마지막으로 한 말은 뭐였어요?"

"피터 팬이 엄마에게 마지막으로 한 말은, '항상 날 기다려줘. 그러면 넌 어느 날 밤, 내가 내는 수탉 울음소리를 듣게 될 거야.'였어."

"맞아요."

"하지만 아아, 피터 팬은 엄마를 전부 잊어버렸단다."

웬디가 미소 지으며 말했다. 그녀는 어른이 되었던 것이다.

"피터 팬의 수탉 울음소리는 어떤 거예요?"

제인이 어느 날 저녁 물었다.

"그 소리는 이렇지."

웬디가 피터 팬의 수탉 울음소리를 흉내 내보았다.

"아니에요, 그건 그렇지 않아요. 그 소리는 이래요."

제인이 심각하게 말했다. 제인은 자신의 엄마보다 훨씬 흉내를 잘 냈다. 웬디는 약간 놀랐다.

"아가, 그 소리를 어떻게 알았니?"

"잘 때 종종 들어요."

"아, 그래. 많은 소녀가 잠잘 때 그 소리를 듣곤 하지. 하지만 엄마는 깨어 있을 때 그 소리를 들은 유일한 사람이란다."

"엄마는 운이 좋아요."

그러던 어느 날 밤 비극이 찾아왔다. 그해 봄이었다. 그날 밤의 이야기는 모두 끝난 상태였고 제인은 자신의 침대에 잠들어 있었다. 웬디는 불가 아주 가까이에서 바닥에 앉아 옷을 꿰매고 있었다. 아이 방에 다른 불빛은 없었기 때문이다. 웬디는 옷을 꿰매느라 앉아 있는 동안 수탉 울음소리를 들었다. 그러자 창문이 옛날처럼 열어젖혀졌다. 그리고 피터 팬이 바닥에 떨어졌다.

피터 팬은 예전과 정확히 똑같았다. 웬디는 피터 팬이 여전히 젖니를 갖고 있다는 걸 즉시 알아보았다.

피터 팬은 작은 소년이었고, 웬디는 어른이었다. 그녀는 감히 움직이지도 못한 채 불가에 웅송그렸다. 무력하고 죄책감을 느끼는 큰 여인…….

"안녕, 웬디."

피터 팬이 그 어떤 차이점도 알아차리지 못한 채 말했다. 왜냐하면 피터 팬은 주로 자기 자신에 대해서만 생각하고 있었기 때문이다. 그리고 어둑한 빛 속에서 웬디의 하얀 드레스는 피터 팬이 그녀를 처음 보았을 때의 그 잠옷일 수도 있었다.

"안녕, 피터 팬."

최대한 작게 몸을 웅크리면서 웬디가 희미하게 대답했다. 웬디 안의 무언가가 '여인이여, 여인이여, 날 놔줘.' 하고 외쳤다.

"안녕, 존은 어디 있어?"

문득 침대 하나가 사라진 걸 알아차린 피터 팬이 물었다.

"존은 이제 여기 없어."

웬디는 숨이 턱 막혔다.

"마이클은 자고 있어?"

피터 팬이 제인을 무심히 흘낏 보며 물었다.

345

"그래."

웬디가 대답했다. 이제 웬디는 피터 팬에게 그랬던 것처럼 제인에게도 충실하지 못하다고 느꼈다.

"저건 마이클이 아니야."

웬디가 재빨리 말했다. 자신에게 떨어지는 어떤 책망을 피하기 위해서였다. 피터 팬이 바라보았다.

"안녕, 새로운 아이인가?"

"그래."

"남자애야, 여자애야?"

"여자애."

이제 확실히 이해할 법도 했지만 피터 팬은 조금도 그렇지 않았다.

"피터 팬. 내가 너와 함께 날아가는 걸 기대하고 있는 거야?"

웬디가 더듬거리며 말했다.

"물론이지. 그게 내가 온 이유잖아." 하고 답한 피터 팬이 약간 엄격하게 덧붙였다.

"봄 청소 시기란 걸 잊고 있었어?"

웬디는 피터 팬이 많은 봄 청소 시기를 그냥 지나쳐버렸다는 걸 말해봐야 소용없다는 걸 알아차렸다.

"나는 갈 수 없어. 난 나는 법을 잊어버렸어."

웬디가 미안해하며 말했다.

"내가 다시 가르쳐줄게."

"오, 피터 팬, 요정 가루를 나에게 낭비하지 마."

웬디가 일어섰다. 마침내 하나의 두려움이 피터 팬을 엄습했다.

"뭐야?"

그가 겁을 내며 외쳤다.

"불을 켤게. 그러면 너 스스로 볼 수 있을 거야."

웬디가 말했다. 아마도 피터 팬이 인생에서 두려워한 거의 유일한 순간이리라.

"불 켜지 마."

피터 팬이 외쳤다. 웬디는 비극적인 소년의 머리카락을 손으로 만지작거렸다. 그녀는 피터 팬에 대해 마음이 부서진 작은 소녀가 아니었다. 그녀는 모든 것에 대해 미소를 지을 수 있는 다 큰 여인이었다. 그러나 지금 그녀의 얼굴에 걸린 미소는 젖어 있었다.

그녀는 불을 켰다. 그리고 피터 팬은 보았다. 그는 고통에 찬 비명을 질렀다. 키가 큰 아름다운 존재가 자신을 품 안에 안으려 몸을 구부릴 때 그는 다급히 뒤로 물러났다.

"뭐야?"

피터 팬이 다시 외쳤다. 그녀는 그에게 사정을 말해주

어야만 했다.

"나는 나이를 먹었어, 피터 팬. 난 스무 살보다도 더 나이가 많아. 난 오래전에 자랐어."

"그러지 않겠다고 약속했잖아!"

"나도 어쩔 수 없었어. 난 결혼한 여성이야, 피터 팬."

"아냐, 그렇지 않아."

"아니, 맞아. 그리고 침대 안의 작은 소녀는 내 아기야."

"아냐, 그렇지 않아."

그러나 피터 팬은 이미 그녀의 말이 진실인 걸 알았다. 그는 잠자고 있는 아이에게 한 발 다가가 단검을 치켜들었다. 물론 공격을 하지는 않았다. 대신 그는 바닥에 앉아 흐느껴 울기 시작했다. 웬디는 그를 어떻게 위로해야 할지 알지 못했다. 한때는 그리도 쉽게 할 수 있었던 일이었는데 말이다. 이제 그녀는 오직 한 여성일 뿐이었다. 웬디는 생각하기 위해 방을 뛰어나갔다.

피터 팬은 계속 울었다. 그의 울음에 곧 제인이 깨어났다. 제인은 침대에 앉았고 즉시 흥미를 느꼈다.

"얘, 왜 울고 있니?"

피터 팬이 일어서서 제인에게 머리 숙여 인사했다. 그리고 제인도 침대에서 피터 팬에게 머리 숙여 인사했다.

348

"안녕." 하고 피터 팬이 말했다.

"안녕." 하고 제인이 말했다.

"내 이름은 피터 팬이야."

"그래, 알고 있어."

"난 나의 엄마를 데리러 왔어. 네버랜드로 데려가려고." 하고 피터팬이 설명했다.

"그래, 알고 있어. 난 널 기다리고 있었어." 하고 제인이 말했다. 그때 웬디가 자신 없는 모습으로 돌아왔다. 그러곤 피터 팬이 침대 기둥에 앉아 근사하게 수탉 울음소리를 내고 있는 걸 발견했다. 그동안 제인은 엄숙한 황홀경 속에서 잠옷 차림으로 방 안을 날아다니고 있었다.

"그녀는 내 엄마야." 하고 피터 팬이 설명했다. 제인은 내려와 피터 팬의 곁에 섰다. 제인의 얼굴에는 소녀들이 피터 팬을 바라볼 때 나타나는—피터 팬이 보기 좋아하는—표정이 떠올라 있었다.

"피터 팬은 엄마가 정말로 필요해요." 하고 제인이 말했다. 웬디가 다소 쓸쓸하게 인정했다.

"그래, 알고 있어. 나만큼 그걸 잘 아는 사람도 없지."

"잘 있어."

피터 팬이 웬디에게 말했다. 그는 공중으로 떠올랐다. 그리고 부끄러운 줄 모르는 제인도 피터 팬과 함께 떠올랐다. 그건 이미 제인에게 있어 가장 손쉬운 이동 방법이었다.

웬디가 창문으로 달려갔다. "안 돼, 안 돼!" 하고 그녀가 외쳤다.

"봄 청소 시기만이에요. 피터 팬은 항상 제가 봄 청소를 해주길 원해요."

"나도 너와 함께 갈 수만 있다면……." 하고 웬디가 탄식했다.

"엄마는 날지 못하잖아요." 하고 제인이 말했다. 웬디는 결국 그들이 함께 날아가도록 내버려두었다. 마지막으로 피터 팬이 언뜻 본 웬디의 모습은, 그들이 하늘로 멀어져 별만큼 작아질 때까지, 창가에 서서 둘을 바라보고 있는 모습이었다.

웬디를 실제 만난다면 당신은 그녀의 머리가 하얗게 희어지고, 다시 작아진 몸집에 놀랄지도 모른다. 왜냐하면 이 모든 것은 아주 오래전에 일어난 일이기 때문이다.

웬디의 딸 제인은 평범한 어른이 되었고, 마가렛이라 불리는 딸을 두었다. 매년 봄 청소 시기가 되면—피터 팬이 잊어버렸을 때를 제외하곤—피터 팬은 마가렛을 데리러 와서 그녀를 네버랜드로 데려간다. 그리고 마가렛은 피터 팬 자신에 관한 이야기들을 피터 팬에게 해준다. 그리고 피터 팬은 이 이야기를 열정적으로 듣는다.

마가렛이 자라 그녀도 딸을 낳으면 그 딸은 차례로 피터 팬의 엄마가 될 것이다. 즐겁고 순수하고 비정한 아이들이 있는 한, 이 이야기는 계속될 것이다.

작품 해설

자라지 않는 소년,
피터 팬

《피터 팬과 웬디(Peter and Wendy)》는 1911년 출간된 제임스 매슈 배리의 소설이다. 이는 극작가 제임스 매슈 배리가 쓴 희곡 〈피터 팬; 자라지 않는 소년(Peter Pan; The Boy Who Couldn't Grow Up)〉을 소설화한 것이다. 이 연극은 1904년 12월 런던에서 초연되었고 공개 동시에 크게 성공했다. 이후 소설, 영화로 각색되어 어른, 어린이 상관없이 전 세계적으로 사랑받았고 주로 《피터 팬》이라는 제목으로 널리 알려져 있다.

희곡과 소설 모두 날 수 있는 장난꾸러기 소년 '피터 팬'이 주인공이며 웬디 달링과 그녀의 두 형제 존과 마이클, 피터의 요정 팅커벨, 잃어버린 소년들, 해적 후크 선장과 해적들이 주요 등장인물이다. 피터 팬과 잃어버린 소년들, 인어, 요정, 아메리카 원주민, 해적이 사는 네버랜드에 웬디, 존, 마이클이 오며 벌어지는 모험이 그려진다.

제임스 매슈 배리는 친구 실비아 루엘린 데이비스의 아들들에게 이야기를 들려주다 피터팬을 창조했다. 그는 실비아 루엘린 데이비스의 절친한 친구였고 그녀의 아들들의 공동 보호자였다. 실비아 루엘린 데이비스는 남편이 죽은 지 몇 년 후에 암으로 사망했다. 제임스 매슈 배리는 그녀의 아들들을 비공식적으로 입양했다. 유독 소년들이 좋아할 만한 요소가 많이 등장하는 것은 그 때문인지도 모르겠다.

이 책의 17장 '웬디가 자랐을 때'는 연극 초연 4년 후, 제임스 매슈 배리가 추가로 덧붙인 신(scene)이다. 이 신은 희곡과 소설이 조금 다르다. 우선 희곡에서는, 몇 년 후 피터 팬이 웬디를 찾아왔을 때 그녀는 제인이라는 딸이 있는 여성이 되었다는 점, 잃어버린 소년들 중 한 명과 결혼했다는 점이 밝혀진다. 또 피터 팬은 어른이 되면서 웬디가 자신을 '배신'했다는 데 마음 아파한다. 제인이 피터의 새 어머니로 네버랜드에 오기로 동의할 때까지 그는 마음 아파한다.

한편 소설에서는 피터 팬이 웬디를 찾아왔을 때 결혼해 제인이라는 딸이 두었다는 점은 나오지만 누구와 결혼했는지는 언급되지 않는다. 또 제인이 자랄 때 피터가 그녀의 딸 마가렛을 네버랜드로 데려간다고 나온다.

제임스 매슈 배리는 연극의 부제를 '자라지 않는 소년'이라고 지었다. 이는 주요 이야깃거리, 즉 어린 시절의 순수함과 성인의 사회적 책임 사이의 갈등을 강조한다. 피터 팬은 한 가지에서 다른 것으로 전환하지 않기로 선택했고 다른 아이들에게도 그렇게 하라고 독려한다. 그러나 소설의 첫 번째 문장인 "모든 아이는 자란다, 단 한 명은 제외하고."와 이야기의 결론은 '자라지 않는다.'라는 소원이 비현실적이며 그 대안에는 비극의 요소가 있음을 보여준다.

인지 심리학자들이 연구하기 수십 년 전부터 제임스 매슈 배리는 어린이의 정신 발달의 많은 측면을 매우 예리하게 알아차렸다. 특히 피터 팬은 2차 정신 표상에 대한 정신적 능력이 부족 하여 과거를 기억하거나 미래를 예상하거나 두 가지를 동시에 고려하거나 다른 사람의 관점에서 사물을 볼 수 없다. 그는 건망증이 심하고, 충동적이고 오만하다. 모험을 통해 배운 것을 잊어버려야 '아이 같은 경이로움'을 유지할 수 있기 때문이다.

이야기에는 때때로 축소되거나 완전히 생략되는 약간의 낭만적인 측면이 있다. 피터에게 키스하고 싶어 하는 웬디의 유혹적인 욕망, 어머니 같은 인물에 대한 피터 팬의 욕망, 웬디, 타이거 릴리, 팅커벨(각각 다른 여성성을 나타냄)에 대한 상충되는 감정, 그리고 후크 선장(전통적으로 웬디의 아버지와 같은 배우가 연기)과의 싸움의 상징성은 모두 프로이트적 해석을 암시한다고 할 수 있다. 1953년 디즈니 영화를 포함한 대부분의 아동용 연극 각색은 웬디와 피터 사이의 낭만적인 주제를 생략하지만, 1904년 원작, 1911년 소설, 1954년 뮤지컬, 1924년과 2003년 장편영화는 모두 낭만적인 요소를 암시한다.

제프리 하워드(Jeffrey Howard)는 피터 팬이 "삶의 책임과 죽음의 불확실성을 두려워하는 사람들을 위한 예방 이야기"라고 하였다. 어른이 되어 잊어버렸을 뿐 모든 어린이에게는 자신만의 네버랜드가 있었는지도 모른다. 삶의 책임과 죽음의 불확실성을 두려워하는 어른에게 권한다. 부디 잊고 있던 네버랜드를 기억해낼 수 있기를.